GOBOOKS & SITAK GROUP©

U0000271

GOBOOKS
& SITAK
GROUP ©

三日月書版

三日月書版

逃出
情欲學院
Escape the Lust Ac
流雲
illust.
JNE*
Presented
LiuYun a
JneJi
ER04
三日月書版

Contents

第一章　情欲學院

海港口，碧水青空的交界，一艘龐大的客輪嗡嗚駛來。

宛紗站在碼頭旁，手提行李箱，靜靜等候客輪停泊。

旁邊都是十八歲左右，與她同年齡的學生。他們的家長簇成一團，催促學生快點上船。

客輪停在碼頭，船門徐徐沉降，十多名成年男子下了船，一身漆黑皮衣，戴著詭異的防風面罩，手持電擊棍，在道路旁排成一列。

細細一看，他們的工作牌印著「管理員」字樣，後面幾個數字是編號。

為首的管理員揮手道：「請排隊上船。」

人頭竄動，黑壓壓一片，幾百名學生陸續上船，其間哭泣聲、吵架聲持續傳來。

宛紗是唯一沒被父母送來，自願上船的學生，在情緒激動的人群裡顯得格格不入。

她拖著行李箱，排隊穿過S型護欄，踏上通向船門的舷梯。

身後穿花色T恤、氣質陰柔的男生，突然臨時反悔，翻過護欄，拽住母親的手臂，鼻涕眼淚直流。

「媽媽，我想回家，不要送我去那裡，我保證聽你們的話，再也不化妝了！」

男生的母親面上蒙羞，生怕旁人聽出端倪，狠狠甩開兒子的手：「我都簽合約了，乖乖老師的聽話。」

旁邊一個管理員，扯住男生的手臂，直接將他拎了起來，拽上舷梯。

男生的母親冷冷目睹一切，彷彿他不是自己的親生小孩一般。

宛紗知道，這絕不是個案。來這裡的學生，在主流社會眼裡，或多或少都有「問題」。她與這群人互不相識，她只知道以後他們會在同一間學校念書。

至於學校的名字，船要載他們往何處，無人知曉。

僅僅從父母那裡得知，這所學校將是改造他們的地方。

剛靠近船門，底下突然傳來騷亂聲。

宛紗低頭一看，護欄裡擁擠的人流，主動讓出一條路。

四名健碩的管理員，兩前兩後，扛著一個人高馬大的傢伙。

他四肢健壯如牛，被粗繩捆綁住，肌肉繃成一塊一塊，結實得嚇人。感覺身高應該有一百九十公分，但從長相看來，跟他們年紀差不多。

男子嘴裡塞著布條，臉上寫滿憤怒，額頭的青筋突突暴起，粗如鋼筋的手臂扭動掙扎，繩索看似隨時都要斷裂。

一個管理員嗤笑：「打了麻藥，居然還有力氣。」

眾人的驚呼聲此起彼伏。

另一名管理員用電擊棒敲了敲船身，沙啞嗓音隔著面罩，越發低沉：「安靜！只要遵守校規，校方會保證各位的人身安全，生活上也不會虧待你們。成績優異者，還有豐厚獎勵。」

管理員將男子扛了過來，宛紗連忙往後避讓，不慎，撞進一堵溫熱的懷裡。

被撞到的人似乎很高，她腦袋僅僅抵到他的胸膛，隱隱聞到衣衫透來一股清冽的薄荷味。

「啊，對不起！」

宛紗轉身一看，微微愣住了。眼前的少年，實在惹人矚目。

乾淨透白的襯衫，解開了第一顆鈕釦，微微敞開精緻的鎖骨，修長如天鵝的頸項，揚起優雅的角度。

過分出色的長相，將完美發揮到極限。

但古怪的是，指形分明的兩手，戴著一雙黑色皮手套。

他揚起下頷，眼眸黢黑幽暗，目光涼涼地掃過她身上。

宛紗觸及他的目光，莫名其妙地打個了寒顫。

他鼻息一滯，遠山般的眉頭微蹙，彷彿聞到什麼討厭的味道，戴手套的手揣進口袋，邁開長腿跨進船艙。

宛紗下意識地聞聞自己，她身上沒什麼奇怪的味道啊。那人的表情，活像碰到髒東西似的，害她心情都變差了。

隨著吵鬧的高壯男子被扛上船後，學生們安分了不少，順從地跟著管理員，分配到不同的船艙休息。

船艙牆壁上方，掛了一臺液晶電視，數張椅子可坐可臥，十分舒適。

門邊還放了一臺飲料機，不用投錢就能拿飲料，旁邊還有個櫃子放滿了零食，彷彿他們是去度假似的。

宛紗被安排在B號船艙，同艙的還有兩男兩女，其中包括那個花色T恤的陰柔男生。

他蜷縮在角落裡，肩膀一聳一聳，抽抽搭搭地哭著。

一旁的平頭男生見狀，鄙夷地嗤笑道：「娘炮。」

「好了，安靜！」管理員開口：「下船到了學校後，就會幫你們分班分寢室。」

短髮的女生問：「學校在什麼地方？」

管理員很不耐煩地回答：「上岸就知道了。」

短髮女生縮縮脖子，往平頭男生身上挨去。

平頭男生跟她剛認識，被她這麼依偎著，整個人都呆住了。

宛紗注意到，短髮女生的手，似乎伸進了男生的腿間。

等管理員走後，那兩人開始暢聊起來，宛紗沒有參與其中，靠在躺椅上休息。

短髮女生說：「我發現這裡的男生，長得都很帥耶。」

另一名綁著馬尾的女生眼神飄啊飄，恍惚地應了她一聲。

平頭男生湊過頭笑道：「不止是男生，女生也是啊，沒看到長得醜的。」

短髮女生又續道：「剛剛上船，我還看到一個穿著白襯衫的超優質帥哥。」

「哦?有我帥嗎？」平頭男生指著自己。

短髮女生白他一眼，嬌笑道：「滾啦！」

吵吵鬧鬧間，讓宛紗有點睡不著，正要坐起身，瞅見電視機吱的一響，亮了。

船艙裡閒得無聊，除了哭泣的男生，所有人都將注意力集中在電視機前。

電視播了一部日本電影，看片頭應該是部青春喜劇，十八歲的少女一身校服，背著藍書包，奔跑在校園的綠蔭小道。

下一畫面切成教室，下課鈴聲響起，學生們一窩蜂湧出教室。

唯獨片頭的少女留了下來，跑到講臺上，一臉笑意地問老師。

「老師，昨天講的課，川子沒理解明白，能不能再教我一遍？」

老師和藹地笑：「不懂的地方給我看看。」

川子抬起手，伸向的不是書包，而是她衣領的鈕釦，一顆顆地解開，露出裹在黑色胸罩裡的白嫩雙乳。

平頭男生喝著飲料，一看到這畫面，當場把飲料噴了出來。

馬尾少女捂起眼，「這是什麼電影啦！」

短髮女生毫不羞澀，直直盯著：「A片啊，妳沒看過？」

只見電視裡，老師脫掉川子的胸罩，粗糙地大手握住雙乳，跟揉麵團似地玩弄著。

川子發出甜美的嬌吟聲，倒在講桌上，主動撩起裙子，分開纖細的雙腿，「老師，教教我嘛。」

馬尾少女漲紅著臉，跑到電視機下方找插頭。

平頭男生過來幫忙，仗著自己個子高，想直接按了電視上的開關，結果螢幕仍大剌剌地放著AV。

平頭男生暗罵一聲髒話，抱怨道：「這電視怎麼關不掉啊！」

短髮女生看得津津有味，擺擺手道：「那就讓它繼續放啊。」

馬尾少女跺跺腳：「怎麼放這種電影，好噁心，我要去跟管理員說。」

許久沒吭聲的宛紗，平靜地開口：「不用去了，他們是故意放的。」

此言一出，全場靜默幾秒，皺著眉頭看向宛紗。

「胡說！」馬尾少女嘴裡嘀咕，跑出去找管理員理論了。

十分鐘後，她沉著臉回來了。平頭男生連忙上前問她管理員怎麼說，她只是搖搖頭，半聲不吭。

校園ＡＶ還在播著，老師箍著川子的纖腰，臀部在她腿間用力聳動。

攝影機專拍交合的部位，一根深色性器貫穿少女雪白的私處，打氣似地進進出出，發出淫靡的聲響。

船艙內，充斥川子綿長的叫床聲。

「嗯嗯……不要……」

平頭男生看得喉頭滾動，隱隱可見，他的胯部隆起了小山丘。

短髮女生舔著唇笑，在他耳邊吹了口氣：「同學，需要幫忙嗎？」

平頭男生臉漲得通紅，支支吾吾地說不出話。

那一聲聲纏綿的叫聲，像在耳朵裡撓癢似的。宛紗連忙撕了點衛生紙，擰成小坨塞進耳裡，抱著手臂閉眼睡覺。

翌日，天還濛濛亮，宛紗從睡椅上起身，睡眼惺忪地環顧船艙。

只見短髮女生歪著腦袋，與平頭男生貼在一起，手還放在他的胯間。

所有人睡得很死，唯獨被稱作娘炮的男生，睡椅是空著的，人不知去向。

宛紗溜出船艙，獨自走在露天甲板上。

昨夜睡得頭昏腦脹，被冰冷的海風一吹，打了個哆嗦，瞬間清醒不少。

撲通！

一聲巨響從船尾傳來，是重物落水的聲音。

宛紗略感錯愕，循著聲響快步跑到船尾。

巨浪拍打船身，船杆搖搖晃晃，黑旗幟烈烈翻飛。白鷗張開雙翼，一縱身，朝她迎面撲來。

宛紗嚇了一跳，條件反射地伸手擋開。白鷗從她髮頂擦過，振起一陣細風。

待拿開手，她撐著眼皮，瞥見一道拔長秀頎的身影。

旭日從海平線初升，那人恰位於船尾的東側，逆光攏起襯衫，周身鍍了銀似的，暈染一層淡白的光。

他立在船舷邊，眺望藍色波濤，細長的眉眼低垂，專心注視某種事物，眼底流露出一絲玩味的神色。

宛紗打量他一眼，暗暗地想，這不正是嫌棄過她的傢伙嗎？

她順著他的目光，看向海面，只瞧見海面上一圈圈的漣漪。

他到底在看什麼？為何有種毛骨悚然的感覺？

男子察覺到宛紗的存在，轉過身，撞上她探究的目光。

「嗨，你在看什麼？」宛紗比劃一下，故作輕鬆地問，「我好像聽到落水聲，有東西掉下去嗎？」

男子一聲不吭，微抬起下頜，疏冷的目光劃向她面龐，像在細細逡巡。薄唇抿出一條線，驀然彎起弧度，綻出輕輕的笑聲，意外地好聽。

宛紗愣住了，他笑什麼？

他戴黑皮套的手插進口袋，轉過身，颯爽地走遠，徒留一道白色背影。

遙遠的海面，一座碧青色的海島，圍繞一圈銀白沙灘。遠遠看去，如綠衣娉婷少女，穿了條銀亮襦裙。

客船前進的方向，正是朝著那座海島。

第二章　男女混住

半小時後，客船抵達海島，學生們陸續下了船。

宛紗回船艙取行李，遇上了馬尾少女。

「哈哈哈，妳的頭上怎麼有雞毛啊！」馬尾少女捧腹大笑。

宛紗將手伸向頭頂，摸到兩根羽毛，尷尬地笑：「這是海鷗的羽毛啦。」

她突然明白，那個白襯衫的男生為什麼看著她笑了。

馬尾少女笑過後，跟宛紗親近不少：「我叫梁琪，妳呢？」

宛紗回她：「宛紗。宛如的宛，紗裙的紗。」

「名字不錯啊。」梁琪吐吐舌頭，「不過沒我的好聽。」

管理員要清點人數，一一確認著下船的學生名字。

兩人劃掉名字後，說說笑笑地下了船。

放眼放去是一望無際的銀白沙灘，碧藍的海水衝擊沙石，掀起一道道白色泡沫。

女生們脫下鞋子，赤腳踩在沙灘上，感受沙子的柔軟細膩，還有曬後的灼熱。

男生們同樣歡喜，在這麼美的海島上生活，不失為一種享受。

宛紗陪梁琪在海邊踩浪花，聽到不遠處，兩個管理員在談話。

「清點無誤嗎？怎麼少一個？」

「叫趙微龍的，沒找到人。」

「那個娘娘腔？可能還躲在船上，趕緊找出來！上面知道人數少了，會怪在我們頭上！」

宛紗等管理員離開後，悄聲問梁琪，有沒有看見那個穿花T恤、帶點陰柔氣質的男生。

梁琪漫不經心地搖頭：「早上起來就沒看到他，怎麼了？」

宛紗皺眉：「我很早起來，也沒看見他。」

兩人仔細想想，反正找人的事交給管理員就好了，她們關心這些幹嘛呢？

便跟著其他人一起走了。

學校位於海島中部，抵達前需穿過一座森林，半小時車程就能到達。

在接駁公車上，管理員對學生叮囑道：「你們想去什麼地方，必須向學校申請，接駁公車可以隨便坐。」

「但是，」他加重了語氣，「自己跑出去的話，我們不保證你們的人身安全，森林裡的毒蛇猛獸可不少喔。」

宛紗坐在靠窗的位置，看見窗外樹上纏繞著一條蟒蛇，頭皮陣陣發麻。

學生們被管理員嚇唬一下，本來膽戰心驚，可瞥見車前閃現白漢玉的牆壁，歐洲風格的藍圓房頂，高聳在蔥蔥綠野間，個個激動地站起身。

一個男生誇張地喊：「皇宮！」

管理員嗤笑道：「土包子，這是學校。」

梁琪眼都亮了，「學校蓋得這麼豪華，學費還全免，也太好了吧！」

宛紗咬著下唇，沒做聲。

白色柵欄大開，三輛公車接續而入，駛向學校西邊的宿舍區。

「你們的寢室都安排好了，是隨機分配。」管理員拍拍手，「今天休息一天，明天是開學典禮。」

宿舍大樓同樣裝修華麗，外觀像豪華別墅，但此時路上空無一人，應該是因為高年級的學生還在上課。

宛紗領到寢室鑰匙後，管理員還告訴她，因為某些原因，另外兩名室友暫時不能過來，只有她跟另一個室友一起住。

宛紗心想，兩個人住也不錯，人少比較安靜。

按照鑰匙吊飾上刻的文字，找到了三棟的一零六室。

突然，她看了看周遭環境，覺得不對勁，怎麼同一棟宿舍裡也有男生？一般來說，不是應該男女宿分開嗎？

隔壁一零五的女生突然大叫：「你進來幹嘛！」

男生進了寢室，同樣愣住，無辜地撓撓頭：「這是我的寢室啊。」

「你進錯地方了。」女生掏出鑰匙，給他看看，「我是三棟一零五室。」

男生嘴角一抽，遞給她鑰匙：「我也是三棟一零五室。」

宛紗剛開了宿舍門，聽到這段對話，握住鑰匙的手心不由發汗。

不會吧，真的是隨機的？包括性別？

開什麼玩笑。

她進了寢室，偌大的房間中設備齊全，還放了四張大床。

另一個室友似乎比她先到，行李箱放在床邊，浴室傳來水花的聲響。

裡面是男是女？

她的室友只有一個，一半概率會是女孩子。

宛紗決定賭一賭，先等對方出來。

浴室裡的人洗了很久，宛紗坐在床頭，盯著牆壁上的時針轉動，欣慰地想，這麼愛乾淨，肯定是女生！

水聲停歇後，喀嚓一聲，浴室門大開，霧氣漸漸散去，一道人影裹著白色浴巾，款款踏出。

宛紗一眼望去，是一雙修長的大腿，往上看，是挺直的腰桿，露出的寬實肩膀，滑下晶瑩剔透的水珠，格外誘人。

這傢伙身材極其完美，符合人類的黃金比例。

但光滑的胸前，卻是平的。

對方似乎也察覺到房內多了人，眼光凌厲地刺向她。

宛紗的大腦只傳來一道訊息——快逃啊！

宛紗風也似地跑了出去，三秒鐘後，又回到了寢室，與他大眼瞪小眼，提起忘記的行李箱，又磕磕碰碰地逃了。

下樓到大廳，才打算找管理員理論，就見一群學生圍著他在吵了。

管理員用電擊棍敲著桌子，咬死一句話不放：「宿舍已經安排好了，不能隨便調換。」

接近管理員的機會都沒有，更別提討個說法。

宛紗拖著行李箱，在大廳裡邊走邊尋思著對策，一不留神，箱子輪子輾到旁人的鞋子。

「對不起。」宛紗抬起頭，發現被壓到腳的是一名管理員。

他身材高大壯碩，微微躬下身，戴著防風面罩看不清臉，隔著拋光玻璃的目光，在她臉上逗留了一會。

黑色工作服的胸牌，印著「管理員86」的字樣。

難得碰到一個管理員，宛紗雙手合十地求情道：「能不能幫我個忙？」

管理員86沒答應也沒拒絕，一聲不吭地站在原地看她。

宛紗猜不準他想法，繼續說：「學校安排我跟男生同宿舍，我覺得這樣不太妥當，想換成全是女生的寢室。」

慢悠悠地，管理員86從口袋摸出一張紙，攤開後，粗糙的手指劃過一行行人名。

宛紗湊過頭，指著自己名字：「我的寢室是三棟一零六室。」

「妳跟傅一珩、趙微龍、周丞住一零六室。」他的嗓音異常沙啞，像被煙燻過一般。

「原來趙微龍跟我同房？還沒找到他人嗎？」

管理員86搖搖頭，頓了頓說：「翻遍整艘船都沒有找到。還有周丞，是個高危險分子，因不服管教，目前人在監禁房。」

宛紗想起上船前那名被捆綁的高壯少年，不會就是周丞吧？剩下的傅一珩，應該就是戴黑手套的那位了。

宛紗有個主意，祈求地問：「能借我看看宿舍名單嗎？」

管理員86直接塞給了她，挪開腳步就走，末了提醒一句：「傅一珩比周丞還危險，能換趕緊換了。」

宛紗聽不懂他的危險是指什麼，還有比周丞那種高壯結實的人更可怕的傢伙嗎？

她研究了一遍宿舍名單，發覺絕大多數都是兩男兩女一間，沒有全是女生或男生的宿舍，像是學校有意而為之。

她用筆勾出三女一男、三男一女的宿舍，也只有三個特例，包括她自己的。

宛紗順著門牌，先找到三女一男的宿舍，問男生是否願意跟她換寢室。

男生唔了聲，瞄了眼室內，很不情願的樣子。

宛紗頓時明瞭，內心朝他豎起中指。

來到三男一女的寢室，開門的居然是之前同艙的短髮女生，穿著薄透的背心裙，挺起胸，能瞧見豐滿的乳溝。

短髮女生發覺敲門的是宛紗，驚訝地問：「妳來幹嘛？」

宛紗念名單上她的名字：「妳是戴曼麗嗎？有事打擾一下，妳有沒有考慮換寢室？」

「妳想跟我換寢室？」戴曼麗突然激動起來，「裡面都是帥哥耶，想都別想！」

宛紗連忙解釋：「不是我跟妳換，是我室友，他是男的。妳跟他換好後，我跟妳同一間寢室，他們四個男的一間。」

聞言，戴曼麗猛搖頭：「不換。」

砰，門關上了。

宛紗愣然地站在門口，很想告訴她，自己室友的長相遠超過了裡面三位。

雖然她也不確定傅一珩願不願意換寢室，但看到戴曼麗的模樣和態度後，宛紗也不想跟她同住一室了。

換寢室的計畫破滅，天也暗了下來。

宛紗忙得飯也沒吃，拖著行李箱，不知不覺回到了原寢室外，身心襲來強烈的疲倦感。

九點半，其他學生接受了現實，早早進了寢室，走廊上一片安靜。

她將行李箱放在門邊，一屁股坐下，掏出箱子裡的零食和麵包，開始吃了起來。

麵包很乾，她吃沒幾口就噎到了，拍打胸口劇烈咳嗽，難受極了。

一零六號房的門，悄然開了條縫，一雙狹長的黑眸，透過縫隙俯視著宛紗。

眼皮底下的她，抱著腿蜷在角落，微捲的黑髮垂搭肩頭，原本白淨瑩潤的臉龐，因著咳嗽，面頰暈得胭紅。鼻尖倔強地翹著，呼呼地吸著氣。

跟小白兔一樣，還是被遺棄的，他輕蔑地笑。

宛紗好不容易止住咳嗽，抬頭一看，寢室門大敞，明亮的光線湧出，橫在昏暗的甬道，像劇場裡的開幕歡迎。

宛紗躊躇片刻，進了屋，發覺書桌前有道筆直坐著的背影，不時傳來翻書的聲音。

她動動嘴唇，不知說什麼好。

他闔上書本，率先開口：「不想住寢室，可以在走廊上打地鋪。」

宛紗還是第一次聽到他說話。

他的聲音低而緩和，像風琴奏出的清樂，非常磁性而迷人。

宛紗想像他所說的場景，隔壁寢室一大清早出門，看見走廊上隆起的被窩，肯定會嚇一大跳。

「我暫時住這裡吧。」宛紗很不情願地說，環顧四周，發現多餘的床被搬走了，屋裡只剩兩張靠窗的床，房內空曠了不少。

宛紗把行李箱推到床尾，看向窗外偌大的花園，亭子的柱子底下，一對穿校服的男女摟抱成團。

看樣子是高年級的學長學姐，談戀愛也算很正常的事。

宛紗越看越覺得奇怪，那兩人的下半身緊貼著，劇烈聳動，女生仰著頭，張開嘴喘息。

附近經過幾名學生，遇此場景，見怪不怪地路過。

第三章 情色電視臺

宛紗刷地拉上窗簾，只覺得眼睛受到汙染，想看點正常的東西，讓自己緩一口氣。

「我可以開電視嗎？會把聲音關掉，不打擾你。」

傅一珩沒有回答，宛紗就當他同意了，按下了遙控器。

螢幕一亮，宛紗即刻按下靜音，轉到一個陌生頻道，顯示正在實況中。

可能是重要新聞，她繼續看下去。

場景在一座大橋，主持人是十九歲左右的少女，對著鏡頭嬌俏地笑。電視沒開聲音，宛紗無法得知她在說什麼。

鏡頭隨著少女的腳步，來到大橋上的人行道上，中間是川流不息的車輛。不遠處，一個年輕男子手插著口袋，悠閒自在地漫步著。

少女跑上前去，拍了拍男人的肩。

男人轉過頭，莫名其妙地看她一眼。

少女講了句話，手忽地伸向男人的下體，揉捏了幾下。

男人傻了眼，嘴巴大張，疑似發出呻吟，神情非常享受。

宛紗手裡的遙控器匡噹一聲掉在地上，電池掉了出來。

此時，螢幕豎起一行小字：**少女深夜實況勾引男子**。

傅一珩目光橫了過來，黑手套輕敲桌板，看向電視直播的畫面，又意味不明地瞥了她一眼。

宛紗心臟像被揪了下，他不會以為自己喜歡看這種吧？

她連忙撿起遙控器，裝回電池，按下電源鍵卻沒反應。

電視螢幕裡，只見少女已經扯下了男人的褲頭拉鍊，將他推到護欄邊，從內褲掏出粗壯男根，水蛇腰纏了上去，發出滿足的呻吟。

男人依舊傻愣，一臉想拒絕，卻控制不住身體，下身在少女手中脹大。

宛紗尷尬到極點，一邊走到電視旁想找插頭，一邊解釋：「呃，我以為只是普通的電視節目……」

插頭跟插座像黏在了一起，她蹲在地上，卯足力氣都拉不動。

節目還在繼續，少女撩起自己的裙子，底下竟然沒穿內褲，給男人欣賞她嫩白的私處。

男人喉頭滾動，臉漲得通紅，雙腿直接軟了下去。

少女跳坐到男人身上，雙腿架在他的腰部，握住他的男根，往濕漉漉的穴裡塞，搖晃屁股，使陰莖在穴裡生猛進出。

鏡頭突然一轉，對準車輛，原本川流不息的路面，變得擁堵不堪。

原來，幾名駕駛為了看活春宮，故意降低車速，導致道路堵塞。

宛紗看得目瞪口呆，這哪像娛樂節目，分明是即興發揮的A片實錄！

餘光掠過白襯衫，她側過頭，發覺傅一珩走到跟前，彎曲下身，黑手套伸向插頭，順勢朝她近了些距離。挨過來那刻，傅一珩眉心微蹙，面上浮出一絲紊亂，旋即繃起俊臉，屏住呼吸。

宛紗連忙離他遠些，看著他拔下插頭。

他又露出船上的表情了，似乎不願聞她的氣息，像在抑制某種情緒，她能理解為他討厭自己嗎？

關掉電視，宛紗鬆了口氣，想著既然他討厭自己，也不用太擔心共處一室會遭侵犯了。

宛紗洗完澡後，裹得嚴嚴實實地鑽進被窩，抬手關掉檯燈。

室內昏暗沉沉，月光從窗邊傾瀉而入，照拂對面隆起的被窩，床頭櫃放著他喝剩的牛奶。

傅一珩應該睡了吧。

宛紗呆呆看著天花板，許久睡不著覺。

剛剛洗澡時，才發現自己一直戴著的表不知道掉在哪裡了，頓時傷心不已。那支表其實很普通，卻是哥哥送給她的生日禮物，彌足珍貴。

之所以前來這所學校念書，也是為了哥哥。

再怎麼想表也不會回來，還是等明天問問其他人有沒有撿到好了……睡意襲來前，她對自己這麼說。

翌日，宛紗為了避開傅一珩，早早起床，才發現對面的床上早空了。

打開浴室門，宛紗撞見剛洗漱完的傅一珩，兩人在門口面對面站著。

宛紗主動退到門邊，讓他先過。

傅一珩長腿一邁，從她旁邊走過，餘光掠過她時，唇角勾起淺淺的笑。

宛紗深知，這絕不是問候的笑。

她進了浴室，關上門，盯著鏡子裡的自己，頭頂翹起一綹頭髮，像豎起的天線。被男生瞧見睡後的凌亂，真的很慘。

宛紗拿起木梳，用力梳理幾下，想起以後還得共處一室，覺得更慘了。

九點鐘開學典禮，宛紗吃過飯後，乘著接駁車來到學校東區。

學校設施都是頂級，基本吃用一律免費，除非想買更好的東西，才需要積分，而積分可以透過任務獲得。

任務的具體內容宛紗也不清楚，但對於其他新生來說，不要錢就能享受的地方，根本是天堂。

開學典禮在露天體育場進行，管理員要百名新生按身高差距，排成十列坐好。

高年級的學生們也陸續到來了。

宛紗身高中等，站在女生第三排，後面五排是男生。矮個子的梁琪在第一排，還笑著跟她揮揮手。

傅一珩坐在最後一排，無論身高和長相都鶴立雞群。她轉過頭，就能看到他極俊的半張臉，不少女生在偷瞄他。

廣場響起一首變奏曲，開學典禮正式開始。

一般學校都是校長先上臺，制式化地迎接新生，並為上學期做總結。可這個學校的校長，臉都沒露一下，直接叫學生會來完成儀式。

兩位上臺的男女都長得很好看。女的是學生會副會長，身穿低胸的金色禮服，裹著渾圓的翹臀；男的是學生會會長，一身藍色西裝，高大帥氣，講到上學期總結時，手卻摸在副會長的臀部上。

對於臀上不安分的手，副會長只是面帶微笑。維持秩序的管理員，見怪不怪地站著。新生們竊竊私語，討論學生會長怎麼大庭廣眾，做出這種事。

會長講完客套話後，提出高年級的學長學姐準備了迎新節目，要新生們好好欣賞。

舞臺設備極其先進，背景是三百六十度全息投影。第一場是逼真的浩瀚星空，十二名學長學姐，穿著象徵星座的舞衣，成雙成對躍上舞臺，手挽著手，隨舒緩的音樂起舞。

在場的新生們，看得如痴如醉。

倏地，音樂激烈起來，伴隨一陣撕裂聲，領隊的男舞伴將女舞伴的短裙扯了下來，推倒在棉花做的烏雲裡。

女舞伴的手臂纏著他，修長的雙腿架在他的肩上，拱起腰，柔軟的身軀做出高難度的彎曲。男舞伴夾在她的腿間，一挺身，某個部位似乎插進了女舞伴的身體，交合的動作如舞蹈般優雅。旁邊的舞者也沒閒著，男女互摸身體，唇舌舔弄，抱著彼此舞動旋轉。

一群新生目瞪口呆地看著投影的景象。女生們羞得捂著臉，眼睛卻在透過指縫偷瞄；不少男生看得臉色潮紅，下身硬挺挺地，想找個地方發洩。

隔壁的中年級生投來鄙夷的目光，暗笑他們大驚小怪。

整場開學典禮滿是歡愛場景，學生們看得心頭發癢，一股燥熱擴散開來。

表演結束後，由新生代表上臺發言，代表是新生裡綜合實力最強的一位。不出宛紗所料，上臺的人是傅一珩。

他頎長的身影一出現，理所當然地吸引了所有人的目光。周圍女生連連發出好帥的驚嘆聲。

宛紗旁邊的女生悄悄說：「聽說能上臺的新生，以後很可能是學生會長。」

另一女生驚嘆：「那他真的好厲害。」

副會長在傅一珩面前，說話都嬌滴滴起來：「傅學弟，你名字最後一個字，是讀『橫』嗎。」

傅一珩冷冷地回答：「是的，學姐。」

副會長捋捋秀髮，俏麗地笑問：「身為新生代表，你有什麼話想講嗎？」

傅一珩站在臺上，面對觀眾席，朗聲說：「我只有幾句話想跟在場的各位說，世上沒有真正的天堂，所得到的贈予，都必須付出同等代價。得到之前，先搞清楚是否承受得起代價。我講完了，謝謝。」

副會長呆了呆，回過神來：「謝謝傅一珩學弟。」

荒唐的開學典禮，就在傅一珩的微妙忠告下落幕。

宛紗從體育場出來，被梁琪笑著跑上前勾住她的手臂。

「天呀，開學典禮放色情表演！」梁琪心花怒放地笑，「好精彩喔！」

宛紗平靜地說：「我沒什麼感覺。」

梁琪撇撇嘴道：「妳一定是性冷感。」

宛紗看向梁琪，微微驚奇。記得前天上船時，梁琪還會因為放ＡＶ而生氣，才短短兩天，就覺得這種事正常了？

再看看四周，幾對男女摟抱在一起，不顧旁人在場，舔吻撫摸對方的敏感部位。甚至在不遠處，綠草地上，一名少女騎跨在少年的胯上，上下擺動窄臀，還能看見，黑色性器在她腿間時隱時現。

色情表演撩起的欲火，在長久壓抑過後爆發起來。宛紗不由想起傅一珩演講說的那些話，似乎別有深意。他面對其他人，似乎不那麼冷淡，難道自己身上真的有什麼惹人厭的味道嗎？

想到這裡，宛紗開口問梁琪：「我身上有沒有奇怪的味道？」

「味道啊……」梁琪湊過頭，聞了聞她的頸項，「有啊。」

宛紗啊了聲：「真的有？是什麼味道？」

「香香的，像牛奶。」梁琪深吸一口氣，「對，就是牛奶味，妳沐浴乳是用牛奶口味的嗎？」

宛紗搖了搖頭。

「那也許是妳自帶體香。」梁琪笑著猜道。

宛紗心想，討厭她的味道，應該就是不喜歡牛奶味吧？可是昨晚他睡前不是才喝過一杯牛奶嗎？搞不懂這傢伙。

梁琪準備去超市購物，跟宛紗打聲招呼就走了。

宛紗來到站牌，剛好錯過一班回宿舍的接駁車，只好獨自園地等待。

不遠處，響起一聲輕佻的口哨，三個高年級的男生，邁著大步子走來，為首的男生染著一頭紅髮，朝宛紗揚起頭：「小學妹，要不要一起玩玩？」

宛紗往後退了退：「不了，我準備回寢室。」

「那些新生哪有我們好玩啊，我們三個技術都很好，保證滿足妳。」另一名刺蝟頭男生笑著說。

最後一名胖子男瞇著眼打量她：「好嫩的小妹妹，一定是處吧，我們會溫柔的。」

哪裡都有敗類，更別提問題學生裡，還一開學就讓她碰上了。

宛紗努力保持冷靜，邊講邊退後：「這裡是學校，你們別亂來。」

紅髮男揚揚手：「哎喲，妳沒看見附近的人都在幹嘛嗎?這裡可不是一般學校。」

眼見三人越靠越近，宛紗撒腿就跑，朝人多的地方逃。

刺蝟頭健步追上，拽住宛紗的手臂，往後面小樹林拖去。

宛紗嚇得不清，靈機一動，將手裡的包包丟在地上，裡面的東西散落一地，希望路過的人看出情況不對。

小樹林裡，宛紗被胖子和刺蝟頭摁住雙手壓在草地上，動彈不得。

「學校還是有校規的對不對，你們不能亂來……」宛紗好絕望，只求三個禽獸放她一馬。

紅髮男拍拍她的臉蛋，嘖嘖地笑：「這裡做那事的多著呢，他們哪知道妳是被強迫的?乖乖享受，少點痛苦。」

宛紗咬緊牙關：「你敢碰我一下，我絕不會放過你！」

「妳以為妳是誰啊，敢威脅我！」紅髮男輕哼，伸手解開她胸前三顆衣釦，露出藍色的內衣，

「看起來胸部還滿大的嘛。」

他正要摸上她的胸，脖子傳來冰涼感，像尖刀刮過他的肌膚，渾身一陣顫慄。

身後傳來冷厲的話語：「你的手伸得多長，這把刀就會刺得多深。」

紅髮男才意識到，抵著他的傢伙，真的是一把刀子。

另兩名男生興奮異常，反應慢半拍地發現，老大身後立著一道頎長身影。對方的表情波瀾不驚，脣線繃緊，手持著刀子彷彿像是在玩普通玩具。

「唷，這不是新生代表嗎？」胖子男眨眨眼道。

刺蝟頭咦了聲：「管你是誰，滾遠一點！」

紅髮男冷汗直流，「等等，他拿著刀……」

胖子男和刺蝟頭聞言，連忙放開了宛紗的手。

宛紗慌忙站起身，整理好衣釦，逃到傅一珩身後。

紅頭男討好地笑：「可以拿開刀子了嗎？」

他盤算著等對方放下刀，就反客為主，把這名新生打得半死不活，然後繼續欺負小學妹。

傅一珩挑起眉，脣畔綻出殘忍的笑：「我怎麼覺得，不給你一刀不行呢。」

紅髮男慘叫一聲，捂著噴血的脖子，趴在草地上，朝兩個手下喊道：「靠，他真的下刀啊，給我弄死他。」

胖子男遲疑一下，捲起袖子，從背後抽出平時打人的短棒，朝傅一珩衝了過去。

刺蝟頭伺機而動，等胖子男與他打鬥之時，偷偷從後面襲擊。

傅一珩面不改色，一揮長臂，竟然削了胖子男襲來的短棒。

胖子男盯著整齊斷裂的棒子，嘴巴大張，呆站原地不敢動彈。

傅一珩一腳踹開胖子男，旋過身，尖刀劃破偷襲過來的刺蝟頭手臂。

刺蝟頭慘叫一聲：「啊——痛啊——」

傅一珩舔了舔濺在嘴角的血絲，如嗜血的羅剎，「這刀可是削骨如泥。」

刺蝟頭和胖子男嚇得屁滾尿流，腳底抹油連忙逃了。

紅髮男捂著脖子，朝逃跑的兩人揮手：「別跑啊，我還在啊！」

傅一珩一步步逼近他，刀刃滲出鮮紅血水，滴在草地上。

宛紗見此場景，同樣心生怯意，搬起石頭，往紅髮男的腦門上砸，紅髮男頭一歪，倒了下去。

宛紗擋在傅一珩面前：「他昏過去了，等管理員來了會處理他。」

隱隱覺得，傅一珩可能真的會弄死他，要傅一珩為自己背上一條命，實在不太妥當，決定先阻止他再說。

傅一珩眼前出現宛紗的身影，聞到一股淡淡的奶香味，自少女體內發出，比他以往喝過的牛奶更誘人。

第一次遇到她，他已經極力控制，刻意與她保持了距離，不想自己做出超乎想像的事。

方才的打鬥，已然激發他的血性，鼻息間都是她的甜味，惹得他心血沸騰。

宛紗看向傅一珩，發現他眸色越發暗沉，死死地盯著她，迸發出餓獸攫取的光。

第四章　她的性吸引

宛紗對上他的目光，心生一絲寒意，發現他唇線繃緊，胸脯微微起伏，黑手套握成拳頭。

「你不舒服嗎?是不是受傷了?」宛紗靠近他，檢查他是否有傷口。

眼前驟然一暗，傅一珩倒了過來，直接將她壓在柔軟的草地上。

宛紗以為他跌倒，不敢亂動，怕碰到他的傷口：「怎麼了，你先起來，我幫你看看。」

對方仍一動不動。她臉貼在他的肩膀，被迫承受沉甸甸的壓迫，還有他胸膛火熱的體溫。

他的呼吸沉重，心跳紊亂，渾身肌肉鋼筋般繃住，緊緊箍著她柔軟的胴體，彷彿長期饑渴的噬肉野獸，想瘋狂啜飲身下的蜜汁。

宛紗隱隱覺得不對勁，感受他的嘴唇往下挪，滑進她微熱的頸項，激起一股顫慄。

畏懼油然而生，有種他會在她頸項上咬一口的錯覺。

傅一珩心血湧動，腹下一股燥熱，她的奶香充斥鼻息，讓他食指大動，正欲盡情舔咬身下的「美食」……

「誰在前面!」樹林後傳來男人的聲音，腳步越來越近。

傅一珩眉頭擰緊，低頭看她通紅的臉、泛起水霧的眼，體內燥熱頓時冷卻下來，俊容暫態恢復平靜，從她身上挪開，俐落地站了起來。

宛紗愣愣地看著他清冷的側面，俐落迅捷的步伐，彷彿方才壓她的是另一個人。

傅一珩拐進大樹後，隱匿身影。

「這裡發生了什麼？」身後的人沙啞地詢問。

宛紗回頭一看，發現過來的是管理員86，連忙起身，將發生的事跟他敘述一遍，略過了傅一珩壓她那段。

管理員86手裡拿著一根電擊棒，狠狠敲在紅髮男的頭上：「竟敢在學校亂搞，這群混帳！」

「這種事校辦會處理吧？」宛紗怯怯地問。

「我會關他們幾個月，讓這三個傢伙吃些苦頭。」

宛紗鬆了口氣：「那就好。」

管理員86瞥了她一眼，冷冷發出警告：「這件事不准告訴任何人。」

宛紗隨口應了聲，待管理員86帶人離開後，她才發現管理員86的電擊棒遺落在草地上。

宛紗撿起電擊棒，往管理員86消失的方向尋找，卻不見他的蹤影，只好將電擊棒藏進包包，等下次碰上他再物歸原主。

走到住宿區，宛紗卻不太敢回房間。她對剛才發生的事心有餘悸，傅一珩突然將她壓倒在草地上，像是無意摔倒又像刻意而為之。如果管理員86不出現，他會不會對她做出什麼事？

因此她決定在大廳待著，喝喝飲料看看電視打發時間。

等大廳準備熄燈時，宛紗只好鼓起勇氣回到了寢室，才發現燈光未開，屋裡安靜無聲。

傅一珩整夜都沒有回來。

開學第一天上課，宛紗按照管理員的指示，來到分配好的班級，看見好幾個熟面孔。

戴曼麗撩了下短髮，高調地坐在前排，挑逗著旁邊的平頭男生。

宛紗來得比較遲，教室座位快滿了，只能往後排坐，在混亂的學生間，左顧右盼找位置。

彷彿有感應似的，她總覺得有道目光緊鎖自己，發現傅一珩坐在窗邊，正轉過頭，並未看向自己，旁邊座位是空的。

有個女生湊過來提醒宛紗：「妳可別坐他旁邊，這裡幾乎所有女生想跟他坐，都被趕走了。」

宛紗看四周沒什麼位置，聳聳肩：「我總不能站著吧。」

她徑直走到他旁邊的位置坐下，想起他對自己的反感，將椅子往外側挪了挪，離他遠了一點。

傅一珩原本沒反應，可她坐過來，座位又挪遠，他眉頭蹙成淺淺的川字，恰好被宛紗看見了。

宛紗覺得他討厭自己，已經到無可救藥的地步，但畢竟他救過自己，不希望跟他鬧那麼僵。

鈴聲響起，一個四十歲左右的男人邁步來到教室，一板一眼地自我介紹：「我是你們的班主任，大家可以叫我郭老師。」

宛紗發現他身上沒帶書，學生們課前也沒領到課本，這節課究竟會講什麼內容。

郭老師說：「今天是大家第一次上課，重點內容是講女子形體學，有女同學願意當示範嗎？」

戴曼麗飛快舉手，大聲喊：「我！老師選我！」

郭老師點點頭：「上講臺自我介紹一下吧。」

學生們私下討論女子形體學，跟平時學的數理化不太一樣，難道是生物學知識？

戴曼麗輕快地跳上講臺，擠眉弄眼地笑：「我叫戴曼麗，十九歲。」

郭老師冷不丁地說：「衣服脫下來，躺到講臺上。」

此言一出，全班震驚了。

偏偏戴曼麗也是個奇人，她一件件地脫下衣服，故意往臺下扔，看得男女生臉紅耳赤。

郭老師打了個手勢：「別光坐著，可以過來看。」

戴曼麗躺在講臺，毫不吝嗇地展開肢體。不少男生湧上前來，盯著少女光潔的裸體看。

宛紗坐在最後一排，很慶幸一群人擋著，不用看戴曼麗搔首弄姿。她偏過頭瞥了瞥傅一珩，發現他對女生的身體似乎毫無興趣，修長的黑手套旋轉著筆桿，垂眸凝望窗外。

郭老師開始介紹起女性的乳房和生殖器，用粉筆圈出敏感點在哪個部位，還要求一個男生現場撫弄。

平頭男生臉漲得通紅，伸向戴曼麗的腿間，在郭老師的指示下，掰開陰唇，手指插進她的小穴。

戴曼麗發出嬌滴滴的呻吟：「嗯啊，我想要……」

郭老師解說：「這是女性陰道，男性陰莖可持續插入，一個女性還可以承受多個男人。」

圍觀的男生胯部隆起來，喉嚨不停地吞咽。

郭老師頷首一笑：「你們對一個女生有性趣，就會分泌唾液，想『吃掉』她。」

傅一珩的手一頓，筆桿從手背滑了下來，滾落到宛紗的椅子下。宛紗鑽到桌子底下，替他撿了起來，抬起屁股時，對撞上傅一珩俯瞰的視線。他眼瞳的顏色本來就深，在背光的視野，越顯漆黑暗沉。他盯著她的臉龐，似乎在斟酌思量，接著很快就別過了眼。

宛紗覺得奇怪，將筆桿放他桌上：「還你。」

郭老師要戴曼麗穿回衣服，拍拍手：「接下來，男生找女生做實驗，可以一對一，也可以一對多。分好組別後，跟我來實驗室。」

平頭男生叫孫貿，被郭老師選為臨時班長，統計每組的人員名單。

許多女生跑來找傅一珩組隊，都被他無情地拒絕了。

第五章　性愛教學

也有好幾個男生前來邀請宛紗一組，宛紗一個個尷尬地推辭，有種想蹺課的衝動。

全班人跟著郭老師過去，實驗室就在隔壁，想逃也逃不掉。

實驗室很寬敞，擺著數十張小床，每張床都用屏風隔開。

郭老師接過平頭男生，遞來的名單表：「怎麼還有兩個人沒組隊——宛紗和傅一珩。」

全班同學的目光齊齊射向兩人。

郭老師看了眼性別：「剛好一男一女，你們組一隊吧。」

宛紗心裡咯噔一聲，看來在劫難逃啊！

在郭老師的命令下，女生們被男生圍著橫躺在小床上。

宛紗僵在原地，不願上去。

郭老師突然開口：「還沒上床的女生，我親自教課。」

聞言，宛紗心不甘情不願地上了床，看著傅一珩面無表情地朝她逼近。他那麼討厭她，應該不願碰她吧？要不要跟他商量看看，一起作弊算了？

實驗室的床很窄，宛紗躺在上面，不得不彎曲膝蓋，裙子蓋著纖細的白腿，以免春光外泄。

偏偏那頭，郭老師下達命令：「脫衣服啊，別躺著不動。」

其他女生神情扭捏，但還是順從地脫光了衣服，在男生面前展露嬌軀。

宛紗待著不動，在不熟的人面前脫掉衣服，好比剝下一層廉恥的皮。

郭老師大聲問：「做完實驗，明天交實驗報告。還有沒脫的嗎，不要拖拖拉拉了！」

宛紗咬著下唇，不知如何是好。

傅一珩走到床邊，居高臨下地睨著她，開口問：「自己動手，還是我來？」

「我自己來吧。」宛紗手伸向衣領，緩緩地解下釦子。

傅一珩瞅見她胸前一抹嫩白，別過臉道：「別板著一張臉，像我要強暴妳一樣。」

宛紗脫掉裙子，只剩內衣內褲。

屏風的隔壁，郭老師逮到一個不願脫衣女生，用教棍敲了敲她的床：「不脫光的女生，裸體跑操場三圈。」

接著，老師到宛紗這床來檢查了，腳步聲越來越近。

宛紗身子縮起，生怕被郭老師看到。

恰時，傅一珩身軀前傾，一手攬住她的腰身，一手托起臀部，將她整個人圈進懷裡。

宛紗不由吃驚，突然聽到屏風邊，傳來郭老師的詢問：「不錯啊，這就抱上了。她脫光了沒？」

傅一珩應了聲：「脫了。」

他這麼一抱，高大挺拔的身形，剛好擋住郭老師的視線。

郭老師瞥了眼床頭脫下的裙子，沒有起疑，轉身去檢查隔壁組了。

宛紗鬆了口氣，抬起眼，望見傅一珩正盯著她，準確來說，是她暴露的身體。

傅一珩目光掃過她全身，包裹著雙乳的胸罩、遮住腿間祕密的內褲……都是淡藍色的。

她體內散發出來的，是他夜夜難眠時，必須啜飲的牛奶香味。

手掌摸到的肌膚，雪白滑膩，像玻璃杯裡牛奶的色澤。

原本不想碰她，可氣味激發獸性，他渴極了，想在她酥胸上咬一口，嘗嘗有沒有奶味。

宛紗瞥見他的喉管性感地上下滑動，隱隱有種不妙感。

不知不覺間，她背後一排釦子解開了，胸罩飄了下來，被裹起的雙乳彈出。

宛紗想遮住胸脯也來不及了。

頓時，傅一珩的眼神似乎變了，跟在樹林時一樣，藏著深不見底的癲狂。

傅一珩想不到她挺有料，飽滿的水桃型豐乳，乳尖翹挺，像兩顆淡紅色的小櫻桃。

郭老師開始講課：「女性的乳房最為柔美，分為不同形狀，圓錐形、圓盤形、水滴形、半球形。」

傅一珩打量她的胸脯：「妳是半球。」

宛紗不由低頭看了看，第一次注意到自己的乳房，是飽滿豐盈的半球形。

郭老師繼續說：「握一握她的雙乳，看看一隻手罩不罩得住，並記錄乳頭的顏色、雙乳的尺寸和彈性。」

傅一珩覆上她的酥乳，用平淡的口吻說著，：「單手罩不住，必須兩隻手。」

宛紗嚶嚀一聲，感受黑手套握住自己的胸部，時重時輕地捏揉，皮料摩擦肌膚，冰涼觸感使她顫慄。

傅一珩食指撥動乳頭，突然俯下身，張嘴含住乳頭，猛地用力吮吸。

「啊……」宛紗呼痛聲，引起旁人注意。

隔壁的男生溜了過來，腦袋湊到屏風後，窺看裡面的景象。

傅一珩直起身，及時擋住春光，轉過頭，冷厲如刀的目光刺了過去，彷彿要挖出他的眼珠。

男生立即道歉，嚇得拔腿就跑。

郭老師朗聲講課：「研究完女生胸部，繼續觀察她的下體。大多女生的陰部都會長陰毛，只有一小部分人沒有，在古代被稱為『白虎』。」

宛紗臉頰染上紅暈，夾緊雙腿，感到他的手摸向她的內褲，往下拉扯。

露出的三角地帶，絨毛稀少，幾乎沒有幾根。腿間的深壑，藏著少女的祕密，香味從裡面滲出。

傅一珩聞到氣味，渾身血液沸騰，兩手擒住她的細腿，往兩側掰開。

宛紗拿他無可奈何，內褲掛在膝蓋上，大腿大張，沒人光顧過的私處，毫無保留地在他面前敞開。

傅一珩垂眸看著她的白嫩處，輕笑：「妳是白虎。」

不遠處，郭老師繼續解釋：「女生的下面有三個洞，最上面的是尿道，中間的是小穴，後面的是肛門。找找小穴的位置，別弄錯位置了。」

傅一珩跳上床，坐在她的兩腿間，用枕頭墊高她的臀部，仔細地研究起來。

她的私處很漂亮，陰唇顏色粉粉的，像兩瓣嬌嫩的花瓣，輕輕閉合著，保護少女最隱祕的花穴。

宛紗雙手捧著胸脯，軟在小床，愣愣地盯著天花板的亮燈。

突然觸到異物，她渾身一個發顫。

那是他的手指。

他居然摘下了手套。

她還沒見過他不帶皮套的手，有點好奇是什麼模樣。

只能用肌膚感受到，他的手指很涼，觸感完好無損，骨節硬朗分明，像調修鋼琴似地，撥弄著嬌嫩可憐的花唇。

「找到了小穴嗎？用你們的手指插一插。」郭老師的聲音再度傳來。

宛紗啊了聲，察覺異物進去了一點，被撐得微微脹疼。

傅一珩感受她花穴的緊致和濕熱，手指慢慢地往裡插入，觸到一層薄薄的膜。

宛紗一絲不掛，飽滿的乳向上挺起，纖細的腿被折成M形，臀部墊高，粉色的花唇被撥到兩側。股間狹小的肉縫，被撐開一個口，硬生生塞入他的指頭。

宛紗忍受異物感，肉壁本能夾緊，像要把指頭擠出去，又像要吸進身體裡。

傅一珩享受她柔軟的擠壓，嘴角勾出弧度：「夾得好緊。」

郭老師繼續授課：「如果碰到一層膜，就是女性的處女膜。一旦男性陽具塞進去，便會戳破這層薄膜，流出處子血。你們輕輕插入，別用手指弄破了。」

傅一珩沒再深入，在緊致的穴口，淺嘗則止地插進抽出。

宛紗有點疼，細眉微微蹙起：「別弄了……」

傅一珩手指抽插幾下，突然撥動兩瓣花唇。

宛紗猶如觸電般，啊了聲，打了個顫慄。

傳一珩瞅見她的異樣，像找到好玩的東西，時不時撫弄她的花唇。

花唇是最敏感的部位，輕輕擦一下就癢麻難耐。宛紗腳趾蜷曲，手指揪著白色被單，感受從未經歷的快感。

傳一珩垂眸俯視著她染得緋紅的肌膚、翕動喘息的朱唇、起起伏伏的雪乳……腹下湧動熱流，想強壓上去，將滿腔的燥熱發洩在她身上。

啪！

郭老師突然用教棍敲在男生的背上：「那麼急著想上？肉莖插入是以後的課程內容，不要胡搞瞎搞！」

原來有個男生剛脫下褲子，正準備插入同組的女生體內，被郭老師逮了個正著。

郭老師大聲說：「這節實驗課結束，每個男生領一張表，填好後交給班長。」

傳一珩闔上眼皮，待睜開後，眸中的狂熱蕩然無存，恢復往常的幽黑沉靜。

宛紗舒了口氣，勉強坐起身，低頭看了看乳頭，被他吸出的紅痕還未消退。

她撿起裙子穿上，翻遍整張床都沒找到內褲，彎身在床底探了眼。

糟了，要光著屁股回寢室嗎？她憂鬱地想著。

宛紗側過臉，瞥到一塊藍色布料，抬頭一看，發覺傳一珩的黑手套勾著內褲，不冷不熱地看著她。

「謝謝。」宛紗接了過去，背對傳一珩，尷尬地穿好內褲。

老師和同學走得差不多了，實驗室只剩下他們兩人。

宛紗雙腿發軟，慢慢地步出了實驗室，來到走廊，正按下電梯，便察覺身後多出一道身影。

她呼吸一滯，硬著頭皮，跟傅一珩一起進了電梯。

被這樣那樣的玩弄後，宛紗面對傅一珩有著說不出的感覺，有一絲絲忌憚，卻也有一絲絲悸動。

宛紗決定緩和氣氛，盯著電梯上跑動的數字，提出疑惑很久的問題：「你昨天怎麼沒回寢室？」

傅一珩開口：「我昨晚沒睡。」

宛紗愣了愣：「沒睡？在哪裡過夜？」

「天臺、樹林、教室。」傅一珩頓了頓，「我經常這樣。一旦失眠，就不想同一個地方待著。」

宛紗沒吭聲了。大多失眠的人，都是心思重重，才會難以入眠……

他也是嗎？

兩人走出了教學大樓，望見牆上掛了一條條橫幅，每條橫幅下圍滿了不少學生。

宛紗好奇地湊過去看，發現是社團在招聘新生。

社團的名稱也是稀奇古怪，什麼ＳＭ社、多Ｐ社、乳交社等等……

宛紗原本興趣不大，無意間聽到別人在說，只要報了一個社團，就能獲得一百點的積分。

在這所學校，積分可以購買東西，跟錢差不多價值。

宛紗的基礎積分是五十點，買點日用品就捉襟見肘，更別提學校的專用手機，只好隨便報了兩個社團，ＳＭ社和道具社。

其實沒什麼性經驗的她，也不太懂兩個詞的具體含義，一心只想要拿積分買東西。

宛紗在報名表填好名字，抬頭看向不遠處的傅一珩，問了句：「報了名有積分，你要不要也報一個？」

「隨便，替我把名字寫上。」傅一珩佇立在電線桿旁，清俊至極的側臉，吸引不少女生的目光。

戴曼麗報完所有社團，湊到宛紗跟前道：「他超帥耶！你們很熟嗎？」

宛紗隨口說：「他是我室友。」

戴曼麗豔羨地嘖了聲：「上次說要換寢室的，就是妳對不對？」

宛紗沒理她，在自己名字底下，都加上傅一珩的名字。

戴曼麗輕哼一聲，自討沒趣地走開。

每家興趣社團都填滿了名字，唯獨一家社團前人煙稀少。宛紗走過去，看見上面印著「柔道社」三個字，頓時起了興趣。

經歷差點被強暴一事，宛紗深刻反省著自己的無力。

有多痛恨，就有多想提升自我。

穿著休閒T恤、頗為俊秀的學長，瞥見宛紗的光顧，摘下黑色耳機詢問：「小學妹有興趣？」

宛紗點頭：「我可以報名嗎？」

「當然可以！」學長遞給她紙筆，「我叫曲哲，是柔道社的社長。咦，妳怎麼填兩個人的名字？」

宛紗回答：「我替室友報的。」

「哦？看來妳跟室友關係不錯啊。」曲哲挑眉笑道。

此時，熙攘的人群裡突然起了一陣喧譁，十多名高年級學生拉著白色橫幅，神情肅穆地走了過來。

橫幅赫然用紅字寫著——**我們是學生還是性奴！**

為首一個學長大聲喊：「學校培育我們的目的是什麼？請校長給出答覆！」

另一個學姐跟著吼：「不要再做沉默的羔羊了，不要繼續被他們馴養，大家一起奮起反抗吧！」

無論初來乍到的新生，還是學習多年的老生，紛紛對他們露出難以理解的眼神。

沒幾分鐘後，管理員們手持電擊棍湧了上來，抗議的學生被團團圍住，電擊棍狠狠擊中他們的背脊，一個個倒了下去，再被拖著離開。

其中一名管理員解釋：「這群學生帶頭違反校規，怕被處罰才慫恿你們叛亂，千萬不要被他們影響。」

管理員們清場離開後，其他學生們如夢初醒般地討論起剛才發生的事。

「那麼好的學校，居然還有人想違反校規啊？」

「對啊，我在這都兩年了，每天舒舒服服，比外面的世界好太多了。」

「我看他們都活膩了。」

宛紗看向傅一珩，發覺他盯著飄落在地、沒人敢撿的白色橫幅看。

眾人隨意踩踏在橫幅上，血色字跡滿是腳印，汙黑不堪。

傅一珩忽而笑了，上揚的嘴角，掠過一絲殘忍。

第六章　美食也催情

來柔道社報名的不多，百無聊賴的曲哲跟宛紗閒聊起來。

「這類學生每年都有幾個，人多的地方總有異類。」

宛紗想了想，鄭重地問：「曲學長，你認識一個叫宛毅的男生嗎？」

「宛毅？」曲哲拍了下大腿，「他也算風雲人物，我當然認識了！不過，我記得他比我高兩年級，應該早就畢業回家了吧！」

宛紗動動唇，本來想說「不，他沒有回家」，最終還是沒說出口。

曲哲問：「妳的手機號碼是多少？」

「我沒有專用手機。」

「最好買一支，方便社團聯繫。」

宛紗環顧四周，發現傅一珩先一步離開，便獨自去北區的商店街，恰好遇上來逛街的梁琪。

宛紗第一次來商店街，這裡可說是巨大的情色商場，情趣用品琳琅滿目。

三百五十分能抵不少錢，宛紗買了支專用手機。這裡的網路無法連到一般網頁，只能上學校開放的部分網頁。

買完手機後，梁琪便拉著宛紗進超市買零食。

當宛紗發現超市裡居然有賣避孕藥時，大感吃驚：「這種藥只能在藥局和醫院賣吧？」

「啊，我要這個，草莓味的避孕藥。」梁琪順手拿了幾包避孕藥，直接扔進手推車裡，「這種避孕藥沒副作用，吃起來跟糖果差不多。」

宛紗頓悟：「妳已經吃過了？」

「反正每個人都全身檢查過，不用擔心染上性病，該享受的時候還是要享受嘛。」梁琪嘿嘿笑道。

宛紗沒說是，也沒說不是。不可否認的是，這所學校對許多人來說，確實是人間天堂。

宛紗買了些小零食，還被梁琪塞了包避孕藥，提著大包小包回宿舍。

一進寢室，就見傅一珩開了盞小燈，坐在床上靜靜地看書。

放下東西後，宛紗猶豫了一會，挪到他身旁問：「今天老師發的表格……你填了嗎？」

嘩啦一聲，傅一珩將填表的紙塞了給她。

宛紗看了眼，臉頰發燙起來。

上面的問題千奇百怪，比如乳房的形狀、花穴和乳頭的顏色、花壺的緊致度、是否有處女膜等等……最後一道問題是，手指插進花穴的感覺如何。

幸好傅一珩還沒作答，否則宛紗得羞憤欲死。

宛紗拿過桌上的筆，「我自己填。」

傅一珩抬頭，睨了她一眼，「妳填不了。」

宛紗對著一道道問題，確實難以下筆，洩氣地將紙筆遞給他：「填完了記得給我看。」

傅一珩轉動筆頭，嘴角上揚：「好。」

學校的課程三天上一輪，學生有充分的自由活動時間，表格不必急著交。

隔天，宛紗接到曲哲的電話，要她下午來北區的活動大樓，參加柔道社的社團活動。

宛紗疑惑地問：「我才剛買手機，你怎麼知道手機號碼的？」

曲哲哈哈一笑：「我用手機查到的啊，輸入人名就能查對方資訊，手機號碼也能查到。」

宛紗掏出手機，研究一會，發現是手機內建的APP，每個在這裡就讀的學生都能在裡面查到。

學校會事先上傳一小部分的資訊，比如手機號碼或學號等等，剩下的就靠學生自己補足。

宛紗在快速掠過學生的資料時，想起一件事，連忙在搜尋列上打了「宛毅」兩字，居然真的找到他的帳號了。

頭像是哥哥帥氣的照片，相簿裡分享了不少生活點滴。

最後一張照片停在去年六月，宛毅穿學士服拍畢業照，抱著一個長得很漂亮的女生，爽朗地看著鏡頭。

宛紗嘆息一聲，關上手機，呆呆盯著窗外。

哥哥，你到底在哪裡？

下午，宛紗如約來到北區的活動大樓，在三樓遇上了曲哲。

曲哲笑盈盈地介紹：「今天是你來的第一天，跟著學姐學習一下最初級的壓腿吧。」

宛紗愣了愣，沒記錯的話，柔道是日本的摔跤格鬥術吧？怎麼還要學壓腿？

一進活動室，宛紗有點發懵。

只見，好幾名女生穿著薄薄的緊身衣，將身軀扭成奇怪的形狀。

宛紗嘴角微抽：「這是柔道？」

「對啊，這就是柔道。」曲哲得意地搖頭晃腦，「身體扭出極限的姿勢，使男人插入得更深，做愛更有刺激的體驗。上次開學典禮的舞蹈，領舞就是我們社的成員喔！」

宛紗扶額，「呃，這跟我想的柔道不一樣……」

曲哲拍拍她的肩：「很不錯的社團吧？可惜沒幾個女生願意參加。好好學的話可以累積積分喔，下次帶妳室友一起來吧。」

結果，宛紗為了所謂的積分，壓了一下午的腿，雙腿發軟地回了寢室。

傅一珩剛沐浴完，額前碎髮濕透，一身深色寬鬆睡衣，顯得乾淨又清爽，恰好撞見一臉疲倦的宛紗。

傅一珩打量了眼宛紗，背對著她，用白色帕子擦乾濕髮。

宛紗一屁股坐上沙發，自顧自地說：「想不到柔道是那種『柔道』，害我白高興一場……」

傅一珩輕嗤一聲，不予評論。

宛紗突然想到，眼前的人不就是最好的老師嗎？他輕而易舉就能擊退三個人，應該懂不少武術吧？只是不曉得他肯不肯教自己……以他冷漠的性格，感覺機會渺茫啊。

宛紗還是決定問問：「你能不能教我幾招防身術？」

傅一珩轉過身，微妙地瞟她一眼，似乎有些訝異她會突然這樣要求。

求別人做事，總得拿出誠意。宛紗訕訕地笑：「你教我一招，我欠你個人情，就……就請你吃頓飯，可以嗎？」

傅一珩目光掃向她床頭櫃一堆零食，輕笑：「滿腦子都是吃。」

宛紗捂著肚子：「別說了，我還沒吃晚餐……」

傅一珩打了個響指，示意她跟過來。

宛紗肚子餓得打鼓，隨手抽了袋巧克力，追隨傅一珩的腳步，來到空曠的天臺。

天臺的風很大，傅一珩長身玉立，黑色衣袂隨風鼓動，挺立在低垂的夜幕，竟有幾分像幽冥使者。

宛紗撕開巧克力，咬了口，心滿意足地咀嚼。

傅一珩垂眸看她，蹙眉道：「擦完嘴，我們就開始吧。」

「咦，你真的要教我啊？」宛紗頗感意外，將未吃完的巧克力包好，塞回口袋裡。

傅一珩平靜地說：「教妳點簡單的，對付普通人還成，其他的就自求多福。」

聞言，宛紗還是滿高興的，「好啊好啊！」

傅一珩走到宛紗跟前，手伸向她的胸脯：「如果有人正面襲擊，妳要怎麼應對？」

宛紗的乳頭擦到他手指，生出微微的癢，電流般的刺激貫穿她全身。因他的輕輕觸碰，她渾身像醉了酒，軟綿綿的，想被他撫摸。

宛紗搖晃下腦子，努力恢復神智，越想越不對勁，從口袋掏出巧克力，偷偷瞄了眼。

果然，包裝紙的底部，印了一行不起眼的小字——**內含催情配方，請適時食用**。

糟了……

宛紗渾身燥熱，咬緊下唇，想再努力堅持一下。

傅一珩似乎沒發現她的不對勁，繼續說著：「像妳這種力氣小的女生，靠搏鬥脫困幾乎不太可能。只能攻擊人體脆弱點，眼睛、鼻子、膝蓋……還有胯部，是男人最脆弱的部位。」

宛紗鼻息發出嗯聲，算回應他的話。

傅一珩走到離她一步遠，作勢伸向她的頸項：「若是有人正面掐妳脖子，直接用指甲戳他的眼睛。」他長腿微微岔開，向她示範：「或是用妳的膝蓋，踢他的胯下。」

天臺的燈光暗淡，使得面容模糊不清，只能瞧見彼此的輪廓。

宛紗盯著他胯部的線條，驀地想起她裸身張開大腿，被他的手指摳弄花穴時疼痛又癢麻的銷魂滋味。

「妳試試看。」傅一珩手伸過來，黑手套輕輕勒住她的脖子，「用指甲戳我眼睛。」

宛紗愣住了，感受冰涼的皮料與她溫熱的肌膚熨貼，打了個寒顫。

體內的燥熱在持續加劇，瘋狂蠶食她最後一絲理智。

這時，傅一珩終於察覺到她的呼吸聲和氣息不對，身軀像彈簧似地繃緊。

「不舒服？」他放開她，沉聲問。

宛紗的手突然抬起，撫向傅一珩的俊臉，圓潤的指尖在他的肌膚滑動，像在描摹他的面部輪廓。

傅一珩極度厭惡別人親近，要是換成別人隨便摸他，絕對會立刻削斷那傢伙的手指。

奇怪的是，對宛紗的撫摸，他卻沒那麼抵觸，反而享受起她指腹的柔軟。

宛紗被催情劑控制，毫無神志可言，滿心滿眼都是面前的男人，手指摩挲著他高挺的鼻梁、狹長的眼皮、薄涼而性感的嘴唇。

之前怎麼沒發現，傅一珩長得那麼讓人心動呢……好想親他一口。

宛紗踮起腳尖，撞也似地撲向他，將嘴覆上他的嘴唇。

傅一珩竟真被她凶猛地撞倒，微微愣然地承受她的狂吻。

宛紗本來就很餓，像吸果凍似地，吮吸他的唇瓣，時不時舔舔他的臉，手跟章魚一樣纏著他。

「我想要……我想要……」

想要什麼，自己都不知道，只覺得貼近他，能減輕體內的燥熱。

她身上熱得發汗，氣味越發濃烈，一股奶香充斥他的鼻息。

傅一珩鼻腔微熱，心頭被撥動一下，周身血液加速流轉，體內凶獸呼之欲出。

果然，不能離她太近。

他不喜歡被人制約，輕易地翻過身，將她壓在底下。

宛紗面頰緋紅，全身軟綿綿的，仍在貪婪地撫摸他的胸膛：「給我……」

傅一珩俯下身，貼近她耳畔：「告訴我，妳想要什麼？」

「我……我……」宛紗囁嚅一陣，手胡亂摸索，伸向他的下體，「我想要你……」

她的手像貓爪似地撓，任誰都會被她摸出反應。

傅一珩脫下黑手套，伸手一抓，扯斷她裙子的鈕釦，敞開細嫩的肌膚，淡淡的奶香暴露在空氣中。

粉色的胸罩被解開，兩團豐滿的雪乳彈跳而出。

宛紗像隻小奶貓似地拱起身往他身上貼，乳頭擦在他硬冷的鈕釦上，癢癢麻麻。

傅一珩喉頭滾動，一口咬住她的乳頭，舌尖舔著雪乳吮吸。

「啊……」宛紗被咬得生疼，神志恢復一點，恍然發現自己衣服不整，躺在某個人的身下，酥胸被人任意地舔咬。

傅一珩扒光她的衣服，盡情享用這具香軟的身體，手伸向她濕熱的下體，捏弄幾下花唇。

腿間的敏感點被襲擊，宛紗又開始混沌不清，雙腿圈住了他的腰身。

傅一珩頭埋在她的頸項間，牙尖細細地咬細嫩的肌膚，一手抓握她飽滿的雪乳，另一手撥開花唇。

宛紗嗯了幾聲，感覺有硬硬的東西隔著布料戳自己腿間，想要闖進來似的，心底害怕又隱隱期待。

傅一珩已然解開褲拉鍊，硬熱的粗物抵在她花唇上摩擦，正要進入時——

身後驀地傳來陰沉的質問：「很好，你打算破壞我們的契約。」

傅一珩動作一頓，坐直身體，撿起衣服掩住她的裸體，眼底掠過一抹殺意。

翌日早上，宛紗一清醒，身體像被車子輾過一般，每個細胞都在叫囂著痠痛。

環顧四周，傅一珩的床鋪平整疊好，人已然不在寢室。

宛紗撐起腰桿，搖搖晃晃來到浴室，看向鏡子裡的自己，愣住了。纖細的頸項上，赫然點綴著紅痕，像幾顆小草莓。

她解開衣服，瑩白的雙乳上滿是紅暈，原本粉桃色的乳頭變得腫脹，輕輕一擦，帶起一絲絲的疼痛。

這具身體，無疑被蹂躪過。

昨夜發生的事，她依稀記得一些，越是回憶，過去的畫面越發深刻。

是她先撲倒傅一珩，在身上蹭來蹭去，然後壓著他狂親。

後面的事，不太記得，總之很丟臉……

她整理好衣服，不願再看鏡子，只想找個地方冷靜一下。

又是上課的一天，宛紗繫上圍巾，遮住可疑的紅點，早早來到教室，挑了中間的位置，跟一個男生同桌。

其他同學陸續進來，教室裡熱鬧起來。

旁邊的男生開始找宛紗閒聊，講一些不著邊際的事。

宛紗有點犯睏，打了個哈欠，隨便應和他幾句，目光掃了眼教室門。都快上課了，傅一珩怎麼還沒來？

男生面帶羞澀地問：「今天還做實驗的話，我可以跟妳一組嗎？」

宛紗第一反應是拒絕，還沒來得及開口，頭頂傳來冷厲如刀的聲音。

「她已經有人了。」

宛紗抬起眼，對視上一雙黢黑的眼眸，心頭不由一凜。

第七章　性的生理課

男生心生不悅，但看著說話的人，氣勢比自己要強太多，只好問宛紗：「他是跟妳一組的？」

宛紗唔了聲，也沒否認。

傅一珩徑直從她側身走過，在她後面一排的位置坐下。

宛紗滿是心事，指甲掐著桌底板，刮出細小的劃痕。好想問他，昨晚他們到底有沒有……

隔壁男生又不屈不撓地湊過來說：「如果妳想換組，可以告訴我。」

「這個……」

宛紗正想出聲拒絕，此時鈴聲響起，她便也不好再說話了。

郭老師慢悠悠地進了教室，再優雅地喝了口水，潤了潤喉嚨，開始跟學生們講課。

「前兩天教的女子形體學，大家在實驗室表現得不錯。今天來講一節男子形體學，希望大家繼續保持這種學習態度。」

學生們噓聲一片，特別是男生，個個不太願意。

郭老師喊道：「班長先上臺。」

孫貿，也就是平頭男生，苦巴巴地走上講臺。

郭老師用教棍輕敲他的胯部，「還愣著幹嘛，脫褲子啊！」

孫貿捂住襠部，憋著聲說：「老師，我不太舒服。」

「哪裡不舒服？」郭老師厲聲譴責，「要你脫褲子，又不是要你當場上廁所，別跟小媳婦似的。」

孫貿沒轍，只能解開褲頭，露出隆起的內褲。
戴曼麗坐在前排，朝他拋個眉眼：「快點脫嘛。」
孫貿豁出去了，將內褲拉了下來，面紅耳赤地站著。
課堂響起爆裂般大笑聲：「哈哈哈哈……」
宛紗都笑抽了，天啊，這課怎麼越來越有趣。
郭老師打量下他的陽具，「挺大的啊，符合亞洲男人的標準，害什麼臊！」
孫貿的臉色總算好了一點。
郭老師從口袋掏出軟尺，量了量尺寸，給學生們講課：「他的陰莖是未勃起的狀態，七點五公分。一般亞洲男性未勃起的陰莖，平均值大約是六點六公分。底下兩顆是睾丸，進行一場暢快的性愛，陰莖和睾丸缺一不可。」
一些用功的學生還拿出紙筆，將老師的話抄寫下來。
郭老師揮了揮手：「女生們可以來講臺看看，摸摸他的陰莖。」
瞬間，孫貿被一群女生圍了起來，臉紅得像猴子屁股。
戴曼麗首當其衝，手指彈了彈他的陰莖：「好好玩。」
孫貿雙腿微抖，軟在兩腿間的肉莖，像發脹似地變長變粗，直挺挺地上翹。
郭老師用尺再測量了一下，向學生解釋道：「這就是勃起狀態，他的有十七公分，超出平均值不少。」

戴曼麗握住他的陰莖，用手掌套弄，笑嘻嘻地：「你好大喔。」

孫貿被她肆意玩弄，沒幾下，就噴在她的手心裡。

戴曼麗攤開手掌，流出一淌精液，皺了皺眉：「秒射？」

「沒性經驗的男生，第一次都很快。」郭老師笑了。

宛紗看向孫貿黯然的臉，覺得他已經生無可戀了。

郭老師拍拍手，「好了，時間不早了，大家趕緊去實驗室，開始做實驗了。」

這次實驗，女生普遍比男生興致高昂，推著自己組的男生進了實驗室。

宛紗的同桌男生，仍不依不撓地問：「妳確定不跟我一組嗎？」

「你找別人吧。」被問得有點煩了，宛紗的口氣不太好。

下一刻，手腕一緊，竟被拉到一邊，宛紗側過頭，發現拽她的人是傅一珩。

他的力道很大，掐得腕部有點疼，她忍不住痛呼出聲。

「好痛！」

傅一珩鬆開手，面無表情。有了昨夜的曖昧，對她的態度看似並無好轉。

宛紗下意識摸向圍巾，有些話想問他，卻說不出口。

兩人面對面對峙，氣氛僵硬而微妙。

戴曼麗瞅見傅一珩，頓時來了性趣，熱情地湊上前道：「傅一珩，我能不能跟你一組，加我一個也好啊。」

傅一珩的視線從戴曼麗身上掃過，「問她。」隨即將問題丟給了宛紗。

戴曼麗朝宛紗投以祈求的眼神。

宛紗頓時明白了，傅一珩把自己當擋箭牌啊。她決定替他履行職責：「我們這邊加不了人，滿了。」

戴曼麗抽動嘴角，說了句「想跟她一組的多的是」，扭著屁股走了。

宛紗比他先一步進了實驗室，挑了個隱蔽點的位置，盯著潔白的床鋪，心底突然升起報復的快感，別過頭捂唇偷笑。上節課被他折騰得不行，這次要全部回敬給他！

傅一珩坐上小床，雙腿直直伸長，腳跟點在地上，黑眸清冷地凝視她的側臉。

「別以為我不知道妳在笑什麼。」

宛紗愣了愣，轉過身看向他。

「過來。」傅一珩勾勾手指。

宛紗只得過去，學之前他那次講話，硬著嘴皮說：「你脫還是我脫？」

「妳來。」傅一珩的神情異常平靜。

宛紗蹲下身，猶豫片刻，伸向他的胯部，將拉鍊頭輕輕地往下拉。

他的腿間，內褲隆起一大塊，是男人最雄偉的部位。

宛紗聞到男性荷爾蒙氣息，鼻頭有點熱，心跳驟然加快。

傅一珩斂起的眼眸，睥睨著她，磁性的嗓音似在蠱惑：「伸出妳的手，摸它。」

宛紗捏住褲角一角，慢慢往下揭開，敞出一根條狀肉棒。它是與膚色相近的肉色，不同於AV片裡醜陋的烏黑，顏色甚是討喜。

這是她第一次近距離地接觸男性生殖器。沒多久前，剛看過孫貿的陽具，已經覺得這尺寸夠可觀了。

想不到，跟傅一珩的一比，簡直小巫見大巫。

上節課被插進一根手指，就痛得兩腿微顫，要是被這麼大的肉莖貫穿身體，得多疼啊！

宛紗這麼一想，頭皮就有點發麻。

郭老師開始講課：「男性陰莖充血後伸長變硬，從而輕鬆插入女體，現在想辦法讓它硬起來。」

有女生問：「老師，陰莖一般在什麼情況下會勃起？」

「一般正常男性，妳脫光衣服在他面前走個兩圈，他就硬了。」郭老師笑著回答。

其他學生聽了，哄堂大笑。

郭老師接著說：「男生很容易起生理反應，有時早晨醒來，褲子上就鼓起一座小山丘了。」

「怪不得說，男人是下半身動物。」幾名女生連連嘖了聲。

郭老師發給了每一組軟尺和紀錄表，要女生記錄男生勃起前和勃起後的尺寸。

宛紗捏住軟尺的兩端，測量傅一珩的肉莖，但肉莖耷拉在腿間，量起來不夠準確。

傅一珩輕挑眉宇：「不敢碰？」

「才不是！」宛紗伸出手，摸向肉莖的頂端，球狀的圓碩龜頭，肉體的熱度從指腹傳到全身，讓她的臉微妙地滾燙起來。

沒勃起的陽具，摸起來像條狀軟肉，看似毫無攻擊性。

宛紗一手握住龜頭，向上扶起，軟尺貼在肉壁測量，尚未勃起，就有十一公分。

再看陽具的後面，長著兩顆蛋蛋，被捲曲的硬毛遮著。

郭老師喝了口茶，慢悠悠地說：「記錄下陽具的長度和睪丸的大小。睪丸就是陽具後面的肉蛋，生產與儲存精液的地方。」

宛紗一手托住肉棒，一手彈了彈兩顆肉蛋，好玩地握在手裡，輕輕搔捏幾下。

起初，傅一珩還能平靜地看著她觸碰自己的性器。直到她開始把玩睪丸時，冷峻的臉浮出一絲不穩，薄薄的唇線緊繃。

宛紗掌心裡的肉棒，忽然充血膨脹，變長變硬，到單手都握不住的粗壯，像被喚醒的駭人凶獸，隨時要攻擊獵物。

一時間，她略感吃驚，抬起頭，撞上了傅一珩的目光。

他低垂眉眼，緊鎖著她，一字一字地道：「把妳撩的火滅了，嗯？」

宛紗心頭恍然，看了眼變硬的陽具，竟不知如何下手。

對了，還是先量尺寸再說。

她慢騰騰地拿起軟尺，慢騰騰地測量，再慢騰騰地做筆記。哼哼，就讓他忍著，憋死算了。

傅一珩的肉莖勃起後，竟然有二十一公分，比所謂的平均值高出不少。

盯著她的一舉一動，傅一珩的眉間蹙成淺淺的川字，伸出手，冰涼地刮了下她的下頷：「妳不怕……下次輪到我嗎？」

宛紗那點小心思被看穿了，將筆拍在桌上，捲起袖管，來就來！

郭老師恰好講到重點：「女生想辦法讓男生射出來，用手用嘴都可以。」

宛紗兩手握住肉棒，上下套弄起來。

傅一珩淡然地說：「太輕了。」

被嫌輕了，宛紗只好加重力道，擼動他粗長的肉莖，每次刮到突起的青筋，手掌就覺得一陣火熱。

傅一珩表情平靜，幾乎毫無反應。

不遠處，郭老師提醒一個女生：「龜頭和睪丸是男人的敏感處。」

宛紗靈機一動，指甲刮了刮龜頭的褶皺。

傅一珩深喘一聲，肉柱頭部的縫隙，溢出透明的水痕，泌出雄性氣息。

宛紗找到要領，擼動陽具的時候，時不時玩弄敏感的龜頭，彈了彈後面的肉蛋。

足足搞了半個小時，宛紗手痠得不行，停下來歇息一下，滿手都是他的味道，雄性荷爾蒙的獨特氣味。

對女人來說，那極具吸引力。

「天啊，怎麼還沒射？」宛紗抱怨道。

傅一珩沉黑的眼眸，倒映著她的身影，俯身湊到耳畔，細聲說：「光用手的話，感覺會差很多。妳應該分開大腿，夾著這根東西。」

宛紗愣了愣，心臟被他話語揪起。

他的聲線極其動人，徐徐說著：「掰開花唇，擠進細小的肉縫，狠狠地插入裡面，戳破妳的處女膜。」

她看著他的薄唇一張一合，想像他所講述的畫面，囁嚅一聲：「會痛。」

傅一珩輕笑：「痛是必然的，還會流血，陽具沾著猩紅的血液，貫穿進妳最裡面。」

宛紗縮了縮脖子，看向掌心的粗壯男根，彷彿真被它捅穿，下體隱隱作痛。

傅一珩俯視她的腿間：「我想知道，妳下面有多深，能不能全塞進去。」

宛紗猛搖頭，緊張地道：「我那裡太小了，進不去……」

光用想像的，就覺得害怕。那麼粗壯的肉棒，跟那麼狹小的肉縫，如何匹配得了？

「妳怎麼知道不能？」傅一珩細長的眼皮斂起，「明明還沒插入過。」

宛紗被他引誘得浮想聯翩，心頭像點燃一把火，室內的冷氣都無法降溫。

可一想到會很痛，像被潑了盆涼水，暫態澆滅了火。

小時候摔一跤，膝蓋擦出血，她疼得很難受，哭得傷心極了，哥哥要哄很久才會開心起來。

「現在妳該想的是，讓它射出來，」傅一珩話語一轉，拉長聲線，「用嘴還是用腿，妳選一個。」

宛紗兩者都不想選，但知道傅一珩沒射出來的話，不會放過自己。

粗壯圓碩的龜頭，硬塞進嘴裡，她必定會被撐壞吧。

傅一珩看她一臉猶豫，沉聲開口：「用腿的話，夾住那個部位，在內褲外摩擦。」

聽上去還能接受，宛紗繼而問：「你想怎麼做？」

傅一珩擒住她的手腕，強拉起身，將她壓倒在小床上。

宛紗身軀驟然繃直，盯著他撩開自己藏青色校裙，黑手套摩挲她的內褲。兩條玉柱般的細腿，緊緊得併攏著，看似不願敞開大門。

傅一珩俯下身，頎長的身軀蓋住她，仍壯碩恐怖的男根，就著併攏的雙腿，擠開股間縫隙。

宛紗困在他身下，被壓得無法動彈，腿間被撐開，硬挺挺地插進一根粗物。他的那部分，與她的那部分，隔著薄薄的布料貼合著。

雖然沒有插入，但足以刺激。

傅一珩下頷抵著她的額頭，雙手撐在兩側，開始在她腿間抽插。

宛紗的視線被他的胸膛擋住，只能看到他白襯衫的半透明鈕釦，在眼前高頻率晃動。

大腿夾著他的東西，隔著內褲，花核被硬物不斷地廝磨。花核過於敏感，被肉棍摩擦幾下，就癢得脹熱難忍。

宛紗抬起臉，恍然地看著他高挺鼻梁下的半張臉。

第一次那麼近看他，薄薄的唇抿成一線，隱忍而性感，隨著聳動，離她時遠時近，看似會吻上她的額頭。

她腹下湧著熱流，肌膚滲出一絲細汗，喘氣著別過臉。

傳一珩聞著她沁人的奶香，沒讓她瞧見自己眼底的異動。

其實在勃起的那刻，他就想吃掉在眼前晃來晃去的「美食」，將硬得難受的男根插進她體內，並啃咬她稚嫩的酥胸。

男根插在腿間很舒服，倘若捅進她緊致的小穴，豈不是更暢快淋漓。

宛紗被迫感受他的沉重，沒發現內褲的襠部被撥向一側，小穴暴露在外，花核被肉棒擦得往外翻開，肉與肉親密接觸。

「嗯……嗯……」宛紗小聲呻吟，被襲來的快感弄得無所適從，小腦袋窩在他的胸膛，穴中流出一絲絲液體。

傳一珩察覺到男根沾著的淫水，唇咬著她的耳垂，沙啞低語：「妳濕了。」

他的挺動越發劇烈，一心想進入她體內，扶著肉棒插入她的肉縫，龜頭塞進小部分，射出一灘濃郁的白液。

宛紗啊了聲，下體傳來被撐開的痠痛，還有濁液噴在穴口的燙熱。

傳一珩輕輕喘息，射完後軟掉的肉棒，意猶未盡地聳動幾下，緩緩從她身上翻轉而起，面容平靜地拉上褲頭拉鍊。

宛紗狼狽地坐起身，低頭看了眼一塌糊塗的穴口，黏著半透明的白濁，花唇被擦得紅腫不堪。

他雖然沒捅破處女膜，仍進入了一小部分，在她體內射出精液。以至於她的小穴，還會溢出絲絲精液，景象十分淫靡。

宛紗用紙巾擦掉穴口的淫液，還發現另一樁無語的事。內褲上黏滿了他的精液，穿上內褲就感覺黏糊糊的，還隱隱飄出淡淡的男性味道。要是別人聞到多尷尬。宛紗只好等老師同學們都離開後再走。

傅一珩也還沒走，轉眼間，實驗室只剩他們了。

宛紗褲底一片濕熱，全是他的精液，滿心想回寢室，遠離姓傅的傢伙。身後，傳來他帶著笑意的聲音：「放心，下次我會直接剝光妳的內褲。」

宛紗只當沒聽見。

回到寢室，宛紗脫下內褲，對著水龍頭沖洗，擦了好幾次肥皂，仍覺得沾著他的味道。被撐開的穴口，還在隱隱作痛，彷彿塞著他炙熱的前端。

第八章　古怪的學院

當晚，傅一珩又沒有回寢室。

宛紗躺在床上，呆呆地盯著，被小夜燈照得銀白的天花板。洗過澡後，腿間彷彿還殘留著他的氣息，偷偷在她鼻間作祟。

說實在，她不討厭他留在她身上的味道。

反而，有點著迷。

第二天，學校帶著新生去海灘遊玩。

宛紗的A班與梁琪的B班乘坐同一輛接駁車，兩人便選了同一排座位，開心地聊起天來。

還沒出發前，宛紗的眼神時而飄向敞開的車門，時而飄向人頭竄動的窗外。

梁琪突然問她：「欸，妳是不是在找傅一珩？」

宛紗略微吃驚，轉過頭看她：「幹嘛提他？」

梁琪嘿嘿地笑：「他超有名的好不好，自從開學典禮的驚鴻一瞥，好多女生倒追他呢。」

宛紗想起他昨夜沒回來，皺了皺眉：「也未必所有人都會喜歡他吧。」

接駁車座位一滿，司機便發動車了，仍然不見傅一珩人影，不知是坐了別的公車，還是根本沒來，令宛紗有點在意。

算了，到海邊再找找看他吧！

學校沿著海灣建了幾棟別墅，供學生在海邊度假。明媚陽光下，路邊擺著許多美食攤販，都可以任意取用。

島嶼沙灘經浪花沖刷，日夜朝夕，好似洗成一條銀亮絲綢。

宛紗換上淺藍泳衣，陪梁琪赤腳踩在沙灘上，印出淺淺的腳印。

梁琪看向她裹緊的飽滿胸脯，瞇起眼笑：「滿有料嘛，每天喝牛奶的關係嗎？」

「別亂說啦！」宛紗用手肘撞她。

迎面走來兩個同級男生，盯著宛紗的大胸看，滿臉堆笑地問：「妳們要不要一起來玩？」

在這所學校，男性邀女性玩耍，可不僅僅只是普通的玩樂而已……宛紗回想到差點被三個禽獸強暴的那次，搖頭拒絕：「不了，我有點事。」

兩個男生聞言，臉都沉了下來，但還是識趣地離開。

「幹嘛不跟他們玩？」梁琪拉著宛紗，悄聲問。

宛紗直言：「我不喜歡他們。」

「是嫌他們不夠帥吧！」梁琪笑彎了眼，「是不是傅一珩那種，妳才肯答應啊？」

宛紗不知道怎麼回答好，只能故作輕鬆地笑道：「才沒有，我不是看臉的人好嗎！」

「好啦，既然妳不喜歡，那我去找他們玩囉。」梁琪鬆開她的手，往兩個男生的方向跑。

到了用餐時間，沙灘上遊玩的人頓時少了許多，宛紗沒什麼胃口，獨自在沙灘漫步。

今天一整天都沒看見傅一珩，看來是真的沒來。他永遠神出鬼沒，讓她琢磨不透。

宛紗彎下身，撿沙子裡的貝殼，來到浸沒腳踝的淺水區。豈料，一個巨大的浪潮朝她拍了過來。襲來的海浪，瞬間潑了她一身冰涼。

接著很快退潮，海潮的強大回流，將她捲進了海浪裡，拉扯進大海的暗流。

被淹進深水區，不擅長游泳的宛紗，霎時慌了神，雙手胡亂地划動，努力朝淺水區游去。

但事與願違，一旦置身於深海，就能體會被大海困住的無力。無論她游得多快，都抗衡不了海水的回流。

似乎離海岸越來越遠了，宛紗踩水的力氣漸漸耗盡，多希望岸上的人能發現她浮在水面上的腦袋。

大概沒人注意到她吧……

宛紗再也游不動了，口鼻嗆進海水，整個人隨之滑入海裡。

淹沒的剎那，一隻修長有力的手臂，將她的臀部托了起來，穩穩地舉到水面上。

宛紗嗆到了水，拚命咳嗽，吐出喉嚨裡的海水，眨眨痠痛的眼睛，視線恢復後，看清了對方英挺迷人的面容。

是傅一珩。

他冷颼颼的目光，逡巡她掛滿水珠的臉，語氣不鹹不淡：「真會惹麻煩。」

宛紗心頭湧動莫名的情緒，說不清是感激，還是別的什麼，好不容易找回聲音：「你來了……」

傅一珩輕輕應了聲，環著她往岸上游去。

宛紗漸漸恢復知覺，發現傅一珩露著上半身，手托住的部位，是她渾圓堅挺的雙乳。隨海水的起伏，他的手有意無意刮搔著她的乳頭，帶起一絲酥癢感。而她為了保持平衡，不得不摟著他的脖子，唇不時會蹭到他性感的鎖骨。

旁人看來，還以為他們在海中親熱。

傅一珩輕鬆地帶她上岸後，天色也差不多暗了下來。

宛紗喘了口氣，看著落在沙灘的襯衫，抖了抖沙子，撿起來還給傅一珩。

傅一珩看了眼弄髒的襯衫，好看的眉蹙起，但不願光著上身，勉為其難地套了上去。

宛紗看他一句話不說，朝別墅的方向走，不由問：「這麼早去別墅幹嘛？」

傅一珩頭也不回：「洗個澡，換身衣服。」

真是個嚴重潔癖，宛紗忍俊不禁。

吃完飯後，海邊升起篝火，學生們舉辦起了團康活動。

一群人玩得特別嗨，男生們穿著椰子殼和葉子編成的簡陋衣服跳海帶舞，女生們笑得前仰後合。

宛紗跟著笑，掃了眼周圍，沒看到傅一珩的身影，卻意外瞧見了管理員８６。

想起一事，宛紗起身朝他走去。

管理員８６看了眼燃燒的篝火，轉身立在幽暗的大海前，防風面具遮著面容，看不清他任何表情。

宛紗隱約覺得他有心思，知趣地站在身後，暫時沒有打擾他。

管理員86察覺她的存在，低沉地聲問：「有什麼事？」

宛紗想起一事：「對了，之前處理那三個男生的那天，你的電擊棒忘在地上，我幫你收起來放在包包裡，待會我拿過來……」

管理員86咳嗽幾聲，「我不要了，丟了吧。」

宛紗愣了愣，心想丟了多可惜啊，既然他不要，就自己留著防身用吧。

「管理員，你在島上住了很久嗎？你認識一個叫宛毅的男生嗎？他應該已經畢業了。」

管理員86冷冷回答：「不認識。」

宛紗聞言，心裡有點失落：「好吧。」

「妳問的人跟妳一樣姓宛，是你的親人嗎？」管理員86換了個口氣，「肯定是有問題才被送過來的。」

宛紗低下頭：「對我來說，他是個很正常、很好的哥哥。」

管理員86看著對面的篝火，良久沒吭聲。

人頭竄動的篝火邊，只見戴曼麗扭著腰肢，脫下裙底的內褲，丟進孫貿的懷裡。

周圍人噓聲一片。

管理員86突然來了興致，主動跟宛紗閒聊道：「這裡的學生其實都有問題，比如跳舞的那個女生。」

「她是有點性觀念太過開放啦……」宛紗看向戴曼麗：「但其他人感覺都還好啊。」

「那是他們隱藏得很好。」管理員86嗤之以鼻：「姓戴的那個女生，很適合這所學校，她從小就被家人培養成性奴，沒有正常的性觀念。」

宛紗大感吃驚：「怎麼會有家人會把小孩當成性奴養……」

「怎麼會沒有呢。」管理員86悠悠地說，「她就是被她媽媽送來的，可能是擔心有一天她發現事實，會跟媒體爆料吧，索性送來這裡與世隔絕。」

經他這麼一說，宛紗就覺得大概理解了。

宛紗問：「對了，還有趙微龍，找到他了嗎？」

「已經找到他的屍體了。」管理員86平靜地說，「在客輪上就跳海了。」

海風狂亂地吹著，帶來一股寒意，從她的頭顱灌進腳底，分不清是身冷還是心驚。

只見遠遠的海岸線處，緩緩踱來一道頎長的身影。濃重氤氳的黑霧，彷彿跟著他的步伐潛行。

管理員86看了他一眼，轉過身離開。

只剩下宛紗和他，彼此對視。

第九章　情侶套房的呻吟

濃霧被海風吹散，隱在迷霧中的傅一珩漸漸顯出身形。他沒看宛紗一眼，只是冷冷地丟下兩個字。

「回去。」

已過十二點，篝火晚會結束後，學生陸陸續續離開。

宛紗跟在傅一珩後頭，穿過一道石階，來到海灘別墅。

管理員按照宿舍的分配來安排房間，他們仍住在同一間房。

宛紗一進房，整個人呆住，這……根本是蜜月套房吧！

房內只擺著一張大床，還是紅色的心形，雪白被褥鋪上玫瑰花瓣。旁邊的小桌上放著一瓶紅酒、兩支高腳杯，連燈光都透著粉色曖昧。

平常兩人雖然同一寢室，但是睡不同張床，現在躺一張床上，感覺肯定會發生什麼。

宛紗拉開行李箱整理，不小心掉出一包備用的衛生棉。

她靈機一動，撿起衛生棉，藏進換洗的衣服裡，對傅一珩說：「你洗過了吧？那換我去洗了。」

在這種充滿曖昧氣氛的地方，再平常的話都顯得奇怪。

宛紗溜進浴室，洗完澡後，將衛生棉貼在內褲上，看著鏡子裡濡濕的自己，心亂如麻。

其實經期還沒來，她只想拖延時間。

說實在，她不討厭傅一珩，但兩人除了是室友外，並無其他關係。

雖然在這座島嶼，任何男女都能發生性行為，不存在道德底線，不用承擔責任。

宛紗仍一心堅持，要跟相互喜歡的人發生關係，那種感覺才夠美好。

更重要的是，她超怕痛……

一出浴室，她就瞥見傅一珩換上黑色睡衣坐在床邊，顯露出他肩寬腿長的傲人身材。

高腳杯在他指間旋轉，半杯葡萄酒晃出優美弧度，透著琥珀般的玄紅光澤。

傅一珩側臉，幽暗的眼眸劃向她：「來一杯。」

宛紗走過去，檢查葡萄酒的配方，確定沒奇奇怪怪的玩意，才放心地擰開塞子：「我只喝一口。」

倒了一小杯，宛紗抿了口，喉嚨傳來一陣辛辣感，劇烈咳嗽幾聲。

傅一珩看著她泛紅的臉，嘴角微微上揚，發生悅耳的低笑聲。

宛紗擦擦嘴，尷尬地解釋：「我第一次喝酒……」

傅一珩給自己倒了杯酒，淡然開口：「這種地方，妳不該來的。」

「嗯？」宛紗一時沒聽懂他的意思。

傅一珩斜著酒杯，嘴貼近杯口，玄紅的酒水漫進他的薄唇，喉管上下滑動。

很是性感。

宛紗盯著傅一珩喝酒，越發覺得他長得好看過頭了。

傅一珩放下酒杯，指腹輕輕劃過杯身，低垂眸子：「我指的是，這所學校。」

「我……有我自己的目的。」宛紗猶豫了一下後，仍是回答了。

聞言，傅一珩只是頓了一頓後，繼續飲酒，並未繼續這個話題。

看看牆上時鐘，已過一點，宛紗選擇在床尾睡下。

「你睡床頭，我睡床尾。」

她鑽進被窩的一角，聽到他拖鞋落地聲，將身子蜷縮到最邊上。

他關掉床頭燈，室內一片黑暗，只剩下兩人的呼吸聲。

宛紗鬆了口氣，今晚能睡個安穩覺吧。

喝酒後，睡意越加凶猛，沒多久進入了淺眠。恰在這時，一聲綿綿的叫喊，愣是把她吵醒。

「啊……好舒服……用力上我……」

宛紗撐開沉重的眼皮，察覺聲音是來自於窗外。經歷過那麼多事，她很快便意識到，有人在外面做愛，好像還不止兩個人。

她渾身升起一股燥熱，分不清是酒的作用，還是別的什麼原因。

傅一珩還在睡覺吧，希望他別聽到這種聲音。

宛紗闔上眼皮，正要繼續睡覺，腳踝卻被微涼的事物勾住了。

是傅一珩的手。

她的心提到嗓子眼，感受到床的另一頭，原本蟄伏的猛獸醒了，緩緩地沿著被子爬到她身上。

他的頭從被子鑽出，全身覆蓋著她，使得她無處可逃。

「別……」宛紗呼吸一滯。

話沒說完，嘴就被封住了，傅一珩狠狠吻住她的唇，像撕咬似地占有著她。

宛紗被他肆意攪弄，唇舌發麻，隱隱嘗到一絲絲血腥味。嘴唇竟然被咬破了。

嘶的一聲，睡衣被扯了下來，一雙大手覆上她飽滿的胸部，盡情地揉捏起來。

傅一珩俯下身含住一團雪乳，牙尖咬了口敏感的乳頭。

「嗯……」宛紗發生嘶痛聲，像迎合又像排斥似的，拱起嬌軟的身子。

傅一珩將她的睡裙扔至地上，手伸向她的內褲。

宛紗打了個哆嗦，連忙捂著最後一塊寶地：「別，我那個來了……」

傅一珩摸到她褲襠貼的衛生棉，輕哼一聲，挪開了手。

宛紗暗自舒了口氣，誰知他突然將她翻轉過身，伏在床上背對著他。

「你幹嘛……啊……」

她聽到窸窣的褪褲聲，一股熱源自她夾緊的腿間，硬生生地塞進去。

傅一珩打開床頭的小燈，跪坐在她背後，揉著她因重力下垂的雙乳，肉莖在她腿縫裡進進出出。

欣賞她上翹的雪臀，隨著抽插微微晃動，右側屁股還長著一顆小紅痣，煞是可愛。

「啊……不要弄了……」宛紗還不知道，求饒的話最容易喚起男人的獸性。

早在半個小時前，和她睡在同一張床上的傅一珩，聞著被窩裡的淡淡奶香，早已「飢餓」難耐，滿心地想著如何啃噬她，時間拖得越久越是瘋狂。

傅一珩抽插得越加劇烈，但隔著礙事的衛生棉，生理刺激比之前少了很多。

他愛極了她的小紅痣，低下頭，在白嫩的臀部上咬了口，意外地沒聞到股間的血腥味，很快懷疑起來。

跪伏在床上的宛紗，忽感那根插入的肉棒，從她腿間拔出，正詫異他為何發洩得那麼快。

臀部驟然一涼，內褲竟被他整條撕開，粉嫩的花唇暴露在光線下。

背後傳來低沉的笑聲，「呵，小騙子。」

宛紗隱約知道，完蛋了，自己要被吃乾抹淨了。她無助地胡亂抓取，摸到床前一塊枕頭，死死抱住，將臉埋了進去。

背對傅一珩，看不見他的臉，卻能感知那股強大的氣壓正壓迫著她。

一雙大手在玩弄她的裸體，像揉麵包似的，抓捏兩團柔軟的酥乳，激起綿綿的痠脹感。

「嗯啊……」宛紗細聲呻吟，如同泡在熱水的麵團，身體在發熱發脹。

傅一珩的手從她纖細的腰肢，滑到被迫張開的大腿間。

光線下，渾圓雪白的翹屁股，敞露出股縫的淡色花穴。花唇閉合著，像兩扇大門，保護穴道不被外界凌犯。

傅一珩偏要闖入，掰開兩瓣花唇，手指摩擦著花穴的褶皺。

那恰是最敏感的部位，宛紗的指頭揪緊枕頭，腳趾難耐地蜷曲，每一處肢體都在壓抑。

這時的傅一珩，沒有戴黑手套，光著手觸摸她的私密處。他硬冷的指甲，長有紋理的指腹，一下一下搔刮著她最嬌嫩的部位。

癢意像無數根羽毛，在撓私處的軟肉，每一下都讓她渾身震顫。

傅一珩察覺她的肉縫溢出透明黏液，抹了一些在指頭上，邪肆地笑：「每次碰妳，都流那麼多。」

宛紗被他講得尷尬不已，記得郭老師在課堂上說過，女人私處分泌出液體，意味著情動。

宛紗的觸覺異常敏感，一點小痛楚，一次小撫摸，比尋常人的感覺更為強烈。

所以，她怕痛，也更敏感。

傅一珩掰開兩瓣花唇，順著流出的淫液，將手指插了進去。

「啊……」宛紗狹小緊致的花穴，硬生生塞著一小截指尖，疼痛猶如撕裂肉體。

那根指頭沒戳破處女膜，小幅度地抽插著，每拔出一下，都帶出黏膩的水聲。

宛紗將頭埋在枕頭裡，痛得咬緊牙關，眼角泛淚，忽感體內的手指抽出，換成另一根粗壯的異物。

光憑觸感就能察覺到，這根異物多粗多硬。嬌嫩的花唇被撐開，圓碩的頂端抵在入口，即將往裡闖入。

她是不是要死了？

「不可以進去！」宛紗咬著牙，「你如果強迫我，我會討厭你！」

傅一珩身形停頓，須臾後，冷淡地開口：「妳以為我在乎嗎？」

宛紗愣了愣，指甲掐著枕頭，不知如何是好。

傅一珩低眸看了眼，她因害怕痛楚而繃緊的肢體，嗤笑一聲。

本以為在劫難逃，要被他硬生生插入，可接下來，傅一珩將她雙腿並緊，肉莖繼續像先前那樣，單單摩擦她的下體。

這次不再隔著內褲，肉碰肉的接觸，滾燙的肉身磨著嬌嫩的花唇，力道比先前狠得多。他劇烈挺動腰腹，粗長的肉色陽具在細嫩的腿間穿梭，睪丸拍打著她的大腿，發出啪啪聲響。

每撞擊一下，她貼著枕頭的唇就會忍不住吐出嬌吟，身體被撞得往前傾，要不是有枕頭墊著，頭就得撞到床板了。

摩擦了數百次，她的花唇被磨得紅腫不堪，像經過一夜暴雨的紅海棠。

傅一珩猛力抽動幾下，覺得差不多了，將宛紗翻轉過身，頂端抵在她的穴口，射出一灘濃濃的白濁，糊滿被蹂躪過後的紅腫花唇，紅與白很是刺目。

宛紗只覺下體黏膩不已，很不舒服，想起身去浴室洗一洗，但太累了，像經歷了一場大戰，毫無精力去做其他事。眼皮一沉，睏意排山倒海而來。

意識迷糊間，似乎一雙修長有力的手臂，將她撈進溫熱的懷抱。

傅一珩湊近她的頸項，貪婪地嗅她肌膚的氣味。

好香，好想再咬一口。

翌日，宛紗是被身體的痠痛痛醒的，感覺自己墊著一塊肉肉的枕頭，睜開眼一看，慌忙捂住嘴，生怕自己喊出聲。

印入眼簾的是，一張清冷俊雅的睡顏，而她臥在他懷裡睡了一整夜。

宛紗小心翼翼地挪動，想趁他還熟睡偷偷溜進浴室。

誰知，他濃黑的長睫毛微微顫動，撐開眼皮，沉黑的眸子直直朝她看來。

宛紗頭枕在他臂膀，大腿架在他腰部，另一隻夾進他腿間，身軀圈在溫熱的懷抱，赤裸地與對方肌膚相親。昨晚的一幕幕，閃現在腦海裡，宛紗回憶起被他如何折騰，還跟他摟著睡了一夜，滿心尷尬地想遠離他。她從他腿間抽出自己的腿，被子遮著胸部坐起身來。

他背靠在床頭，凝視她慌張下床，面容異常平靜。

可當她想抽走唯一的被子，遮住自己滿是紅痕的裸體，這一畫面刺激到了他。

傅一珩拽著被子的另一角，猛地拉扯，將她重新拖回床上。

宛紗被迫往前傾，跌到床上，愣愣地跟他對視彼此。

傅一珩離她近了，深吸一口氣，鼻間充斥著奶香。

宛紗看著他墨黑的眼瞳，映著自己愕然的臉。他眼底似乎潛藏暗流，隨時會爆發洶湧波濤，下一秒要將她淹沒。來不及逃了，她被壓在床頭，白色被單飄了起來，蓋在他們的身上。

被單從上而看，凌亂的情侶大床，隆起的被單起起伏伏，十分劇烈。

被單內，宛紗被吻住了唇舌，傅一珩頎長的身形壓著她，硬挺挺的肉棒抵在她腿間。

宛紗嚇得不輕，看來郭老師說的是真的，男生一大早很容易勃起。

這一次，她正面赤裸地躺在床上，視線受被單遮擋，眼前只剩傅一珩。

傅一珩將她的雙腿架在肩上，挺起的肉莖在股縫間聳動，雙手揉搓兩團豐滿的雙乳。

最柔軟的地方被男性硬粗的肉棍摩擦，極其敏感的宛紗，體內累積了無盡的快感，面頰浮起醉酒般的紅暈，嘴唇不自覺溢出呻吟聲。

「嗯啊……輕一點……」她受不了地求饒。

床板嘎吱嘎吱地響，隆起的被單傳來肉體啪打聲。

過了許久，宛紗從被子裡爬了出來，下體還流出可疑的液體，軟綿綿地進了浴室。

一關浴室門，宛紗才想起忘記帶換洗的衣服，從門縫裡偷偷窺探情況。

傅一珩站在床邊，已然穿上牛仔褲，戴著黑手套，俐落流暢地扣上襯衫。

即便兩人有了親密接觸，宛紗仍沒能見過他摘下手套的樣子，但每次他光著手觸摸她身體，就能感知他手是完好無損的。

好端端的，為什麼戴手套？

第十章　詭異的海島

傅一珩似乎察覺到她的視線，突地抬眸，看向從門縫裡偷看的她。

宛紗刷地關上門，聽著他離開的腳步，暗暗鬆了口氣。

下體傳來黏膩的觸感，昨夜的精液和今早的混合在一起，黏在她狹小的穴口，有點難清洗。

拿起蓮蓬頭沖刷全身時，她滿心腹誹著，傅一珩真的太狠了，全身滿是他舔咬過的紅痕，沒有一處倖免。

尤其右側的屁股，他似乎情有獨鍾。

宛紗對著鏡子側過身，想看看那裡有什麼特別之處，吸引他特殊對待……可惜，不管轉哪個角度，都看不到那個位置。

洗完澡後，宛紗出門吃早飯，遇上一群學生正圍著一名管理員。

「管理員，你一定要相信我，真的有大蜥蜴啊！」說話的是梁琪，她的嗓音微顫著，聽似十分害怕。

梁琪推著旁邊一個男生，要他趕緊跟管理員解釋：「我跟王烽昨晚都看到了，還有另一個叫李倫楊的男生也有看到。當時在石洞裡，一隻像大蜥蜴的東西鑽了出來，我跟王烽跑得比較快，李倫楊落在後面。等我們跑到安全處時，才發現李倫楊早就不見了……」

此時，旁邊來湊熱鬧的學生問：「大晚上的，你們三個在石洞裡幹嘛？」

梁琪瞥了眼旁邊的王烽，臉紅得說不出話。

「聽起來有點像科莫多巨蜥，唾液有致命細菌和毒素，一咬斃命。」管理員搖搖頭，「不過這座島從沒出現過科莫多，而且科莫多是以腐肉為主食，很少主動攻擊人類。」

梁琪急著說：「真的有啦！李倫楊都不見了！」

管理員露出不耐煩的神情，「才一個晚上而已，不能斷定為失蹤。而且，你們能肯定自己看到的一定是大蜥蜴嗎，也可能是上岸產卵的大烏龜啊。」

周圍發出爆笑聲。

王烽尷尬地撓撓頭：「我確實沒仔細看。」

梁琪嘴唇動了動，也沒回答。當時情況太緊急了，她也不能百分之百確定自己看見了什麼。

管理員離開後，看熱鬧的眾人也一哄而散，唯獨梁琪無奈地站在原地。

宛紗走到她身側，拍拍肩膀，無聲地安慰她。

好一會，梁琪啞聲說：「紗紗，我覺得李倫楊應該遇到了危險。為什麼沒人相信我，跟我過去看看情況呢……」

「我信妳。」宛紗一臉認真。

梁琪朝她投以感激的目光，苦澀地一笑：「妳相信也沒用，我不會讓妳去冒險的。晚上盡量不要去外面喔，知道嗎？」

宛紗點點頭。

說完，梁琪便失魂落魄地走掉了。

夜晚，宛紗向管理員要了張被子，臥在沙發上睡覺。

傅一珩回來得較晚，看著沙發隆起的被窩，僅是抿起薄唇，冷漠地別開眼。

兩人互不交流，你睡你的我睡我的。

宛紗躺在硬冷的沙發上，聽到對面大床翻來覆去的聲響。啊，記得傅一珩說過好幾次，失眠對他而言是常態。

但奇怪的是，他昨天晚上睡得很安穩啊，甚至沒吵醒過她半次。

明明犯睏，卻無法入睡，她一遍遍數著羊，突然聽見大床傳來響動，接著便是逐漸靠近的腳步聲，在沙發旁停了下來。

宛紗屏住呼吸，心臟紊亂跳動，細細聽他一舉一動。

數秒後，腳步聲重新響起，而後，門喀嗟一開，又砰地關上。

大晚上的，他居然又出去了？

梁琪今早還特意提醒她晚上千萬別出門，宛紗相信梁琪的話，獨自在外可能會有危險。

同樣，她也不希望傅一珩遇上危險。

宛紗迅速換上外出服，掏出包包裡的電擊棍，匆匆忙忙追趕傅一珩。

跑下樓梯，沿著了別墅外的小花園走了一圈，都不見傅一珩的身影。

「奇怪……人呢？」宛紗坐在花壇邊歇息，耳廓忽地被刮了下，錯愕地轉頭。

暗淡燈光下，傅一珩正雙手抱胸，居高臨下地睨著她。

「你跑出來幹嘛？」宛紗問。

傅一珩挑眉，「這句話應該是我要問妳的。」

宛紗直言：「還不是看你出門，我不放心才跟來的……」

「哦？」

宛紗意識到這話有點曖昧，解釋道：「早上聽我朋友說，這座島可能有大蜥蜴，好像叫……柯洛多？晚上最好不要出門。」

「是科莫多。」傅一珩徐徐說道，「這座島並沒有科莫多，科莫多是群居動物，生性凶殘，發現一隻必定有很多隻，這裡的管理員是不會讓這種生物存在海灘，死一個學生對他們來說很麻煩。」

宛紗皺眉，低聲喃喃：「那她看到的是什麼？」

傅一珩旋過身，朝臺階走去。

「傅一珩，你要去哪裡？」宛紗起身問道。

「睡不著，出去吹吹風。」

宛紗還是有點擔心，大步跟了上去，「我也睡不著，一起去吧！」

傅一珩腿長，腳步如風。

宛紗怎麼也跟不上，累得直喘氣。

還沒走百來步，傅一珩稍作停歇，靜靜地站著，像在看風景，又像在等候她。

宛紗好不容易跟上，與他並肩走著，來到靠海的碎石灘。

遠處，矗立一座燈塔，投射迷離的光。

傅一珩放眼看夜幕下的波濤，目光深遠。

宛紗找了處石墩坐著，凝視他孤冷的側面，竟覺得他似乎有不少心思。

「你為什麼會來這所學校？」她不由開口，提出疑惑很久的問題。

傅一珩側頭，看她一眼：「妳呢？」

宛紗直言不諱：「我是為了來找我哥，如果找不到他，就沒待下去的理由了。」

傅一珩冷淡地說：「妳覺得自己想走就走得了？」

宛紗從未想過這個問題，遲疑地問：「休學也不行嗎？」

「妳簽合約的時候沒認真看吧？必須在這所學校待滿三年，未滿三年者，不得以任何理由離開。」

宛紗不知道這事，她一心只想找哥哥，根本沒細看合約內容就簽了。天啊，她實在不想在這種不正常的地方待那麼久啊！

她心煩意亂，走到石灘邊緣，撿起地上一塊碎石，扔向浪花翻騰的大海。

撲通一聲，石子落進海面，濺出小水花。

宛紗盯著水面一圈圈水紋，忽地想起在客船上，第二次遇到傅一珩時聽到的落水聲。

當時，他正意味不明地看著一圈波紋。

夜風將海水的寒意，從領口鼓進她的全身，肌膚的汗毛直直豎起。

宛紗突然看向傅一珩：「……趙微龍落水的時候，你人在現場對不對？」

傅一珩有些驚訝她會突然這麼問，片刻後，淡然地嗯了聲。

宛紗愕然地問：「為什麼不跟管理員講？」

「妳覺得，這與我有關嗎？」傅一珩輕笑出聲。

宛紗往後退了退，想起管理員86說過，傅一珩是危險人物，難道是真的？

「是他自殺，還是你推的？」

傅一珩聞言，眉宇微蹙，看向她腳跟，眼底突地騰出一股殺意：「別動！」

宛紗心生惡寒，想立即遠離這裡，突然聽到絲絲聲，低頭一看，一張吐著紅舌的血盆大口正要咬向她的小腿。

啪！

下一刻，一塊礁石砸中大蜥蜴的頭顱，成功轉移了牠的目標。大蜥蜴扭轉過頭，吐著長舌，暴怒地朝傅一珩張口撲來。

傅一珩拍拍手套的灰，從容自若地抽出藏在腰後的短刀，等待大蜥蜴的攻擊。

宛紗從口袋摸出電擊棍，問傅一珩：「需要這個嗎？」

眼看大蜥蜴爬近，傅一珩一躍而起，迅捷地落到大蜥蜴的尾巴後：「等會扔過來。」

這條蜥蜴足有一點五公尺長，體格龐大，因此扭轉身體較為遲緩，一擺尾巴，大腦袋轉了過去，卻找不到傅一珩的蹤影。

不知何時，傅一珩又繞到了蜥蜴後面：「丟過來。」

莞紗見機行事，將電擊棍扔了過去。

「接著！」

傅一珩接過電擊棍，正好大蜥蜴已然逼近，咧出滿口尖牙，張口咬向他的腳踝。

傅一珩險險閃過，猛地朝蜥蜴頭頂踹了一腳。蜥蜴腦袋往側邊一偏，傅一珩順勢打開電擊棍，將棍端抵住蜥蜴的頸椎，二十萬伏特的電流瞬間穿透牠的身體。

蜥蜴被電擊後難以動彈，但也只是暫時麻痺而已。牠張開的大嘴流著毒唾液，對著傅一珩嘶嘶作響。

傅一珩手肘壓著蜥蜴的頸椎，拔開短刀的皮套，鋒利的尖刀對著後腦刺下去。

宛紗恰好站在蜥蜴正前方，她清晰地看見蜥蜴的頭顱淌出黑色血水。也不知是不是錯覺，她似乎看見了蜥蜴銅色眼珠滾動一下，流露出悲愴的神色。

隨之，眼皮耷拉下來，蓋住滲血的眼睛。

宛紗心頭震顫，恍然看著蜥蜴屍身。

傅一珩擦拭刀刃的黑血，套上皮套，將短刀收回身後：「回去吧。」

宛紗回過神，問道：「要跟管理員說嗎？」

傅一珩旋過身，沒看蜥蜴屍體一眼：「他們很快就會來處理了。」

熬到半夜，宛紗又睏又累，回到別墅後，揉了揉眼，準備在沙發上好好睡一覺。

傳一珩突地摁住她的肩膀，將她推倒在床上。

宛紗嚇了一跳：「幹嘛！」

「問我幹嘛。」傳一珩脫掉她的鞋子，戲謔一笑，「妳覺得呢？」

宛紗瞪著他，眼前一暗，白色被子蓋住她全身。

她的腦袋從被子裡鑽出來，呆愣地看向傳一珩。

傳一珩卻只是平靜地說：「睡吧。」

等等，是把這張床讓給她睡的意思？

「那你呢？」宛紗遲疑地問。

傳一珩闔上眼皮，「我睡不著。」

宛紗感覺他眉眼有些疲憊，想起先前還質問他，是不是殺害了趙微龍，不免愧疚起來。他救過她那麼多次，怎麼可能做出殺人的事。

宛紗認真地說：「對不起，我不該誤會你害了趙微龍，以為你是那種人。」

傳一珩聞言，嗤笑：「不用道歉，我的確是妳想的那類人。」

宛紗愣住了：「為什麼那麼說？」

「那傢伙雖不是我親手殺的，卻是因我而死。」

「這……我不懂你的意思。」宛紗不知所措，「你救過我，我也該感激你的。」

傳一珩別開眼：「不必感激我，我救妳是另有目的。」

宛紗越發不懂他了，到底是什麼目的，即便問了他也不會說吧。

傅一珩長腿一邁，坐上宛紗睡過的沙發，雙臂環胸閉眼休息。

宛紗偷偷瞄他一眼，臉埋進被窩裡，沒多時就睡著了。

半個小時後，傅一珩輕腳來到床邊，高處俯視她的面容，然後彎下身，整理好被掀開的被子，嗅了嗅她髮絲間的氣味，淡而好聞。

面前的女生，給他帶來不少困擾。

沒她，睡不好覺了。

第十一章　ＳＭ社團活動

自海邊回來後，宛紗剛好遇上梁琪，詢問她前夜失蹤的男生，之後有沒有回來。

梁琪只淡淡地說了句不清楚，接著便換了話題。

宛紗也不好再多問，只能祈禱對方能平安無事了。

兩人在商店街逛街，挑好兩件衣服，來到櫃檯掏出積分卡一刷，餘額顯示為負五十三分。

梁琪湊到收銀機前，驚訝地道：「紗紗，妳居然是負分！」

「我記得昨天看的時候還剩一百多分，怎麼過了一晚就扣了兩百分？」宛紗也嚇到了。

後來問了管理員，才知道是參加了兩間社團，分別要扣一百分。

沒積分的學生，比乞丐還慘。無法買任何東西外，還難以在學校生存。

宛紗對一夜間破產的事大受打擊，緩了口氣後，查詢社團電話，打了過去。

接電話的是ＳＭ社團社長，聽完宛紗的詢問，嗤之以鼻：「像你們這種騙積分的新生，我見得多了。」

宛紗很坦然地說：「我沒打算騙積分啊，只想賺點積分來用。」

對於她如此坦率的回答，ＳＭ社長頓了一下後，大聲問：「那妳還要來嗎？」

宛紗反問：「去參加活動的話，能還我積分嗎？」

「參加兩次活動才能還妳，今晚九點就有活動了，在北部社團大樓三號廳，記得過來！」

掛掉電話後，宛紗才想起來，她填的時候也填了傅一珩的名字，這樣大概他的積分也被社團扣了。

出於友好的室友關係，宛紗決定傳訊息提醒他。

「今晚有空嗎？九點來社團大樓三號廳，有場SM活動，我在那裡等你。」

宛紗不太清楚SM的含義，只希望千萬別像柔道社，做一些壓腿彎腰的怪事……

監控室內，門窗皆被封住，唯有數十臺監控螢幕，畫面不斷地閃動著。

螢幕上顯示的畫面分布學校各處，裡面的學生在鏡頭前來回穿梭。

傅一珩眼眸沉靜似水，雙手抱臂，盯著螢幕跳躍的畫面，身影攏上迷離的藍光，猶如凌駕於影片之外的神祇。

身後的陰暗人影，朝他發出質問：「你要的東西，我已經給你了，夠了沒？」

此時，口袋響起訊息音，傅一珩掏出手機看了眼，面容浮出一絲驚異，繼而清朗地笑了，抬腳朝門口邁去。

「喂，你要去哪裡？」

傅一珩勾勾唇角：「今晚有約。」

社團大樓三號廳，SM社團的社員在此集合，一排排坐在裡面。

來參加活動的男女，大約三十多人，全是一男一女，成雙成對，其中甚至還有戴曼麗和孫貿。

只有宛紗孤零零地坐在角落。

已經九點零八分了，仍不見傅一珩，他很可能不會來了。

ＳＭ社長站在櫃檯，拿著名單開始點名，念到宛紗的時候，還多留意她一眼。

下一個是傅一珩，ＳＭ社長念完後，正要直接略過。

「到。」一聲悅耳的磁性嗓音傳來。

所有人轉過頭，望向門外一道頎長的身影，女生間驚起一陣騷動。

戴曼麗站起身，激動地指著身側的位置：「傅一珩，這裡有空位！」

旁邊的孫貿明顯不高興了，扯了扯她的袖子：「像什麼樣子，快點坐下。」

既然傅一珩來社團報到，宛紗也算完成了一樁任務，回過頭翻起剛才發的社團小冊子。

仔細一看，才發現上面都寫著性愛小知識。比如按摩棒、潤滑油的使用小訣竅，後面則是ＳＭ社團的創建歷史。

宛紗正看得起勁，眼餘瞥到兩條長腿挺立在她桌子邊，不知站了多久。

她抬頭看他，迅速闔上冊子，尷尬地問：「要坐裡面嗎？」

傅一珩揚眉，反問她：「妳說呢？」

宛紗只得離開座位，讓出位置給他。

傅一珩一坐下，周圍不少女生在偷偷瞄他，同時朝宛紗投來豔羨的眼神。

宛紗跟傅一珩解釋：「不來參加社團活動會扣積分，所以我發訊息提醒你一下。」

「他沒扣我的。」

宛紗一聽，皺了皺眉，「兩個社團扣了我兩百分，為什麼沒扣你的？」

「他們不敢。」傅一珩語氣平淡。

宛紗聞言，怒從膽中生，都沒來參加活動，憑什麼得到特殊對待！

後來想一想，傅一珩參加了學生會，已經是管理層的人物，以後可能會擔任學生會長，直接管轄這些小社團，他們當然不敢在太歲頭上動土。

SM社長點完名後，直接帶他們來到一處房間，裡面擺滿各式各樣的道具，有繩索、皮鞭、手銬、絞刑架等等。

宛紗看得目瞪口呆，這些都是拷問的刑具吧。

SM社長揮揮手：「M先進培訓室。S挑選想要的工具，別讓M看到你選了什麼。」

其他社員照著社長的指示，陸陸續續進了培訓室。

宛紗站在原地不動，後悔極了選SM社團，想不到口味這麼重。

SM社長看向宛紗：「妳第一次來吧？妳一看就是個M，妳的S呢？」

宛紗不懂M的意思，第一反應就是拉傅一珩做擋箭牌：「是他。」

社長點了點頭：「那妳先進培訓室，傅部長來挑選道具。」

宛紗朝傅一珩使了個眼色，要他千萬不要當真，惴惴不安地進了培訓室。

培訓室裡，擺著一張雙人床，還有一張椅子。

宛紗繞過雙人大床，選擇椅子坐下，結果嗶啦一聲，椅子自動彈出尼龍繩，將她綁了起來。

她大吃一驚，使出力氣掙扎，卻無法動彈一下。

這時，門開了。傅一珩端著蒙上黑布的托盤，徑直走了進來，看向她被捆綁的模樣。

宛紗扭了扭手臂，向他求救：「傅一珩，快幫我解開！」

傅一珩不動聲色，從黑布下摸出把剪刀，一步步朝她逼近。

宛紗莫名畏懼，強撐出笑臉：「快點幫我剪開繩子。」

傅一珩立在她跟前，俯下身，撩起她微捲的頭髮，撥到後背，拿起剪刀朝她劃了過來，輕聲說：「別動。」

宛紗全身緊繃，一動不敢動，生怕剪刀誤傷到自己。

身下傳來喀嚓的響聲，肌膚傳來冰涼的觸感。

宛紗覺得很不對勁，低頭一看，底下的裙子被剪斷扔在地上，白皙的腿部肌膚露了出來。

傅一珩手握剪刀，低垂的沉黑眼眸，噙著笑，倒映她愕然的臉。

不知不覺間，她已淪為他的玩物。

裙襬被剪光後，下體暴露空氣中，絲絲透涼。

宛紗看著一地碎布，內心惶恐，開口對傅一珩說：「我們回去吧。」

傅一珩撩起她內褲一角，沿著邊緣，一寸一寸地剪開襠部：「妳不是發了訊息說，在這裡等我嗎……」

宛紗應了聲：「是這樣沒錯……」

他理所應當地回道：「既然來了，玩一下再走吧！」

宛紗頭皮發麻，內心腹誹著，根本就只有他在玩她啊！

多說無益，宛紗只能被綁在椅子上，任由剪刀的刀背摩擦她的腿根，金屬冰涼的觸感，激起她的雞皮疙瘩。

喀嚓一聲，內褲還掛在腰部，褲襠卻從中間被剪開，露出白皙無毛的私處。

傅一珩愛極了她的花穴，像慰問一個熟人，摘下黑手套，以指腹按摩著花唇。

宛紗下意識地想夾腿，卻發現雙腿也被繩子固定死了，急急地說：「放開我！」

傅一珩笑而不語，裁剪下一條托盤的黑布，蒙在她的雙眼上。

宛紗眼前盡是黑暗，對於接下來要發生的，越發得慌亂不知所措。

「啊……」她小聲驚呼，感到他捏起一團乳房，輕輕托住，喀嚓喀嚓地沿著乳房邊緣剪下布料。

大功告成後，傅一珩將剪刀擺回托盤，圍著她轉了圈，欣賞自己的傑作。

椅子上的稚嫩少女，身體被捆綁住，雙眼蒙著一塊黑布，胸口的布料被剪成圓形，彈出飽滿挺立的雪乳，頂端綴著一顆小櫻桃。

細白的雙腿大張，粉桃色的花穴袒露在男人面前，等待著被臨幸。

傅一珩喉結滑動，腹下燃燒一團火，燒得更旺。

占有她的欲望越發強烈，可他偏偏喜歡小火慢燉，一點一點地吃乾抹淨。

許久沒動靜，宛紗看不見他在做什麼，內心忐忑：「傅一珩，你在幹嘛？」

「怕什麼，又不會吃了妳。」傅一珩湊到她耳廓，低沉地私語，「還是其實……妳在等待有人吃掉妳？」

連他磁性低沉的聲音，都在折磨她的耳朵。

「才沒有！」宛紗連忙否認

傅一珩輕哼：「那妳的下面怎麼濕了？」

宛紗忽感私處微癢，原來是一根羽毛在刮搔她的下體，輕輕地摩擦花唇。

「嗯……好癢……」她的知覺太敏銳了，細微的碰觸就足以讓她顫慄，更別提羽毛帶來的磨人癢意。

傅一珩倒也意外她的敏感：「這只是開始，現在就受不了了，等會該怎麼辦？」

宛紗咬著下唇，腳趾難耐地蜷曲，被摩擦的花唇泌出膩人花蜜。

傅一珩見狀，給她套了個口塞，免得她咬破嘴唇。

這一下，她連話都不能說了，嘴裡只能發出嗚嗚聲，鼻息重重地喘著氣。

傅一珩將指頭探進她的花穴，淺淺地抽動，每插一下，她會發出細碎的嗯嗯聲，像被撥動的琴弦。

「舒服嗎？」他垂眸看她泛紅的臉，聲線在蠱惑她，沾了點花蜜，抹在挺起的小櫻桃上。

「嗯……嗯啊……」她的聲音像在求饒，又像在回應他的話。

傅一珩解開自己的腰帶，力道極輕地，鞭在她的大腿上。

宛紗嘶了聲，被鞭打的部位雖然不痛，但傳來陣陣的麻感，刺激她的神經。她的嘴裡含著塞子，分泌出的口水，因無法正常吞咽，溢出塞口，塞子沾滿晶瑩的水漬。

接著，聽到一陣聲響，她知道他拉下了褲頭拉鍊，不由緊張地縮起身體。

緊接著，身前傳來健碩的壓迫感，傳一珩正坐在她腿間，抓握圓滾滾的雙乳。

宛紗說不出的感覺，身體被他弄得舒服又難受，不知所措地承受他的侵略。直到花唇傳來異物的觸感，心臟猛地被拎了起來，不由地想往後退。

硬硬的，熱熱的，那是男人的東西。

傳一珩抱著她，高挺的鼻梁湊近頸項，深嗅了下氣味，香味沁入心脾。她的骨架纖細，但很有肉感，肌膚瑩潤順滑，抱起來非常舒服。

尤其股間粉粉的穴，像嬌羞閉緊的小嘴，餓得流出口水，他想餵給她一根粗長的肉棒。

傳一珩扶起陽具，來回擦弄花唇，聽著她壓抑的喘息，感受她身軀的繃緊。

原來她還這麼害怕。

「唔唔……」她的嘴被口塞堵著，想跟他說話，阻止他進一步侵略。

誰叫她太敏感了，怕疼又怕癢，輕輕摸了下，那裡就流水。

越發激起了男人的欲望。

但傳一珩不想在這種地方占有她，第一次必須好好對待。

他是完美主義者。

培訓室隔音不太好，時不時就能聽到隔壁傳來的鞭打聲，還有戴曼麗的大喊，要孫貿叫她女王。

傅一珩解開宛紗嘴裡的口塞，蒙住眼睛的黑布，還有捆著她的繩索。

宛紗終於能說話了，嘴唇翕動，大口地喘息：「啊……你……」

話還沒說出口，嘴唇就被他的吻堵住。他的舌頭頂開牙槽，模仿肏穴的動作，進出她檀口，盡情享用她的身體。

良久，傅一珩分開她，津液還沾在彼此的唇上。

宛紗平緩下呼吸，問：「結束了嗎？」

「怎麼可能結束。」傅一珩挺起腰腹，堅硬陽具戳了下她的私處，「幫它泄出來，就饒妳一晚。」

宛紗低頭看向壯碩的大傢伙，胃裡微微抽搐，想了想開口說：「可以，我們到床上做。」

傅一珩站起身，將半赤裸的宛紗，橫抱而起，丟到柔軟的大床上。

宛紗在床上翻了個身，挪到床頭，將枕頭墊了上去：「你能不能躺在這裡？」

傅一珩抬了抬眉，倒也聽她的話，背看著枕頭躺了下去。

宛紗坐在他身側，盯著挺起的碩大肉根，手緩緩地伸過去，然後握住。

圓碩的頂端還掛著她的淫液，能摸到青筋的跳動，傳達著燥熱的欲望。精液儲藏在睾丸裡，尚未爆發出來。

傅一珩正看著她一舉一動，幽黑的眼眸清冷孤傲，藏著操控一切的神色。

宛紗被折磨夠了，想反客為主，一屁股坐在他大腿上，故意挑釁他：「喂，你想不想要？」

傅一珩眉宇微蹙，薄唇抿了抿，一副妳活膩的表情。

宛紗沒那麼怕了，彈了彈他的肉蛋：「說句你想要，我幫你夾腿。」

傅一珩淡淡應了聲。

「說話啊，說你想要！」宛紗可不想放過他。

傅一珩一挺身，凶狠地撞了撞她的腿根，聲音沙啞得可怕：「我想要妳！」

宛紗呆了呆，知道他即便躺著，仍然十分強勢。

她坐在他的胯部，雙腿夾起肉莖，小屁股挨著底下的睪丸，酥胸上下起伏。

這是她剛剛在社團小冊子看到的，想不到這麼快就派上用場了。

肉莖在她股縫穿梭，摩擦出難耐的燥熱，自己都有點意亂情迷。

傅一珩抬頭看她，眼底些許迷離，戴著黑手套的手指，鑽進摩擦的私處，刮了下她的花唇。

宛紗嗯了聲，穴口噴出水來，濺在他的昂揚上。

她真是太敏感了。

廝磨了許久，陽具的鈴口噴出白濁，糊滿兩人緊貼的部位。

宛紗累慘了，倒在床上，泄了口氣：「夠了吧？」

傅一珩俯下身，凝視她微紅的臉：「怎麼可能夠。」

宛紗一驚，「你還想幹嘛？」

傅一珩高深莫測地笑了：「等下次再告訴妳。」

看來這一次結束了，宛紗抱著胸站起身，盯著一地的碎布，徹底無語了。靠，這要她怎麼回家啦！

男男女女玩夠後，不會在培訓室過夜，零零散散地離開會所。

SM社長坐在櫃檯，正跟女助手調情，互摸對方私處。

這時，培訓室二號房門打開，傅一珩的長腿邁出，橫抱著白色被單，大步跨來。

SM社長瞅了眼被單，隱隱可見一個人形，了然地笑了：「傅部長，玩得開心嗎？」

傅一珩從他身側越過，冷漠地應了聲。

SM社長揮揮手：「部長，歡迎下次再來。」

凌晨十二點，大廈外一片漆黑，路上行人寥寥無幾。

被單掀開一角，露出張小臉，黑白分明的眼珠轉了轉，掃向四周，小聲對傅一珩說：「放我下來吧，我自己走。」

「妳想披著被子走回去？」傅一珩輕笑。

宛紗一愣，「呃，可是我很重……」

傅一珩沒吭聲，似乎是為了證明他體力有多好，只在接駁公車上歇息了會，其他時間都平穩地抱著她走。

回到寢室，宛紗終於雙腳落地，捂著被單，在櫃子裡翻找衣服。

來這座島嶼前，她本就沒帶多少衣服。現在可好，校服被剪成碎片，一夜間積分又被扣光，沒比這更慘的狀態了。

宛紗挑了件睡衣，瞄了眼傅一珩，裹起被子溜進浴室穿上。

即便早就被他看光光，還是不習慣在別人面前換衣服。

出來後，傅一珩立在衣櫃旁，腳尖旁邊躺著草莓色小盒子，疑似有意在等她。

宛紗仔細一看，尷尬症要發作了，是梁琪之前塞給她的草莓味避孕藥！

她之前偷偷藏在櫃子裡，剛翻衣服的時候，不小心掉出來了。

「是我朋友硬要給我的。」宛紗連忙上前撿起來，向他解釋。

傅一珩目光掃過她，唇角隱隱掠起一絲笑：「留著，會有用處。」

「……」宛紗打了個寒顫，他是不是在暗示什麼？

一夜破產後，宛紗被列為黑名單，不能乘坐接駁公車，沒權利去學生餐廳吃飯，很多地方也被限制通行。

她不得不待在寢室，榨乾所有存糧，臨近傍晚，肚子已經咕咕叫了。

傅一珩今天出門早，回來也早，一進門就看見宛紗捧著肚子，癱軟地倒在床上，垃圾桶裡塞著吃完的零食包裝。

「妳今天沒出門？」

「我被列入黑名單，要活活餓死了，嗚嗚……」宛紗苦中作樂地自嘲，忽地從床上被拽了下來。

「需要我抱妳出門嗎？」傅一珩挑眉。

「不了，我自己能走。」感覺他抱她上癮了，宛紗猛搖頭，「你要帶我去哪裡？」

傅一珩言簡意賅，「吃飯。」

吃飯是人生重要大事，片刻不能等，宛紗饑腸轆轆地跟著傅一珩，來到北部的一家中餐廳。

進門要刷積分卡，宛紗被店員攔截下來，杵在門外，跟傅一珩說：「不然你自己進去吧，幫我點一些外帶就好。」

傅一珩不由分說地橫抱起宛紗，一腳踹飛了攔截的杆子，在一陣驚呼聲中，徑直進入了餐廳。

店員嚇得愣在原地。

宛紗被抱到餐桌上，同樣處於震驚中，看著菜單裡一行行菜名，問傅一珩：「你吃了沒？」

傅一珩點頭，抿了口茶水。

「所以就看我一個人吃？」

「是。」傅一珩抬眸，淡淡地回應。

宛紗心頭微動，「好吧。」

店員一上菜，傅一珩真的全程看她吃飯，宛紗被他沉黑的眸子盯著，夾菜都變得小心翼翼。挺鬱悶的，看來這段時間她得賴著他才能活下去，不討好這位金主不行了。

「這塊香酥雞很好吃，你嘗嘗。」宛紗想找一副沒用過的筷子給他。

傅一珩開口：「用妳這副就好。」

等等，他不是有潔癖嗎，受得了她的口水？

宛紗只好用自己筷子夾了一塊雞肉，湊到他嘴邊：「喏。」

傅一珩張開嘴，含住雞塊，薄唇碰到她的筷子，像落下一個吻。喉管的弧線滑動，吞咽都那麼性感。

宛紗挪開筷子，繼續自己夾菜，唇挨到筷子時，那個吻似乎蹭到她唇上了，面頰有點火辣辣的。

第十二章　試衣間的激情

吃完飯，兩人並肩走在繁華的商店街上，周圍有不少成雙成對的學生。

宛紗望著商店的櫥窗裡琳琅滿目的漂亮衣服，暗暗哀悼自己被剪成碎片的校服。

傅一珩看著她側臉，突然道：「進去看看。」

「我積分卡是負數，算了吧。」宛紗嘆了口氣。

傅一珩從口袋掏出一張黑卡，「刷我的。」

「不用了，這樣不太好。」宛紗注意到他的卡面，順口問，「咦，為什麼你的卡是黑色的？」

傅一珩並未回答她的問題，只是淡然地說：「沒什麼不好，想買就買，妳不是少一件衣服嗎？」

「這間店的衣服很貴，我們去其他間店看看吧。」

此時，宛紗餘光瞥見經過的一道身影，心口一震，急急朝那人看了過去。只見兩、三名男生結伴而行，說著笑著，從她旁邊路過。其中一個男生，細長的眉眼，笑得像彎彎月牙，有點可愛。

宛紗差點喊出「哥哥」兩個字了。

傅一珩垂眸看她瞪直的眼，眉心微微鎖起，長臂一攬，勾住她削尖的肩膀。

宛紗整個人撞進他懷裡，無法抵抗地被攬進了那家服飾店。

女店員笑臉相迎，向兩人推銷衣服。

宛紗有點渾渾噩噩，滿腦子只想著剛才看見的男生。

雖然長得很像哥哥，年齡看起來卻比哥哥小，應該是她太想念哥哥，產生了錯覺吧……

回過神來，宛紗挑了件衣服，進隔間換衣服，正要脫下外面的短衫。

一隻戴著黑手套、指節修長的手，撩開了換衣間的灰色簾子，高大健碩的身形擠進狹小的空間，壓迫著她。

宛紗當場愣住：「你來幹嘛……」

「我來幫妳。」他手覆上她的胸，啞著聲一字一字道，「脫光，再一件件穿上。」

狹窄的試衣間內，一面豎著鏡子，刺眼的光源自頭頂而下。

宛紗剛解開了前兩顆釦子，從傅一珩俯瞰的角度，能看見雪乳擠出的一道深溝。

他眸色漸深，黑手套伸向衣領，解開她的第三顆釦子，敞露出藍色的胸罩。

胸罩緊裹著雙乳，像被口袋著的水蜜桃，粉嫩飽滿，令人垂涎欲滴。

宛紗小聲說：「我得換衣服了，店員會發現的。」

「別急。」傅一珩雙臂環住她腰身，手插進褲子裡，曖昧地扯下褲頭，一條藍色花紋內褲橫在腰間。

他目光濃稠地滑過三角地帶，笑了聲：「也是藍色？」

宛紗訕訕地笑：「我喜歡買一套。」

傅一珩拿起掛在衣架上的連身紗裙，拉開背後的拉鍊，思考了一下穿法，幫她套在身上。

宛紗有點愣住，真的是來幫她穿衣服的？

她主動伸出手，套進袖子裡，穿好後看著鏡子裡的自己，不太滿意。

「這衣服適合平胸。」傅一珩視線往上挑起，打量她，「妳胸部太大了。」

「唔，很難挑到適合的嘛……」宛紗無奈地道。

傅一珩雙手環胸，閒散地倚在鏡子邊：「最左邊一排第三個衣架，有件黃色連身裙不錯。還有第三排第六個衣架，那件藍色襯衫也可以試試看。」

宛紗驚了：「你記得那麼清楚？」

傅一珩聳肩，「去拿過來吧。」

宛紗帶著懷疑的神色出了試衣間，還真的在他所說的位置找到了與敘述一模一樣的衣服。

店員湊上前來，看到她身上穿的連身紗裙，殷勤地笑道：「同學，這件很適合妳呢！」

所有店員都只會說合適。宛紗寧願相信傅一珩的話，照他的意思，拿回了鵝黃色連身裙和藍色襯衫。他的記性太好了吧。

店員環顧四周：「妳那個好帥的男朋友呢？」

問的是傅一珩吧。

可他不是她男友，宛紗只能撒謊：「喔……他有事先走了。」

這時，一個女生挑好衣服，跨向傅一珩待著的試衣間，朝簾子伸出手。

「等等！」宛紗大聲制止，快步跑到女生面前，擋著不讓她進去，「不好意思，這試衣間我在用，裡面有我的衣服。」

女生一愣，轉而到隔壁去了。

宛紗鬆了口氣，好險啊，差點被發現……

手臂傳來抓握的力道，宛紗被強大的力量拉進試衣間，跌入溫熱的懷抱。

傅一珩貼在她身後，低聲私語：「我幫妳脫下來。」

宛紗尚未反應，便被壓在鏡子上，貼著鏡面，前胸傳來陣陣冰涼。這令她想起被他撕衣服那次的情況，渾身繃緊起來。

傅一珩給她穿過一次後，能夠駕輕就熟地剝掉女性的衣服了。脫了那身紗裙，解開藍色胸罩，兩團酥胸彈在鏡面上。

前面貼著冰冷的鏡子，後面是他火熱的胸膛，彷彿身體被分割成兩半，一半是冰，一半是火，要把宛紗整個人融化。

傅一珩覆蓋在她後背，撥開內褲一角，往下拉扯，掏出勃起的男根，插進她腿間的縫隙。宛紗感受他欲望的粗大和灼熱，生理性刺激使得小穴分泌出液體，濡濕兩人的結合處。

傅一珩俯下身，情色地舔她耳廓：「看看妳，每次都濕那麼快。」

宛紗臉頰貼著鏡子，呼出的熱氣，讓鏡面起了一小塊霧。透過鏡子，她隱約看見自己裸身貼著鏡面，半球形雙乳被壓得變了形，藍色內褲還掛在膝蓋上，隨著起伏飄飄蕩蕩。

白皙的股縫間，貫穿著一根粗長壯碩的肉棍，重重擦著她的花唇，時隱時出。

她捂住嘴，拚命克制著，生怕被隔壁的女生察覺他們在做的事。

傅一珩高挺的鼻梁，埋進她細膩的頸根，深吸一口怡人心脾的奶香。她身上的味道，像一劑催情藥，誘他墜入癲狂。

他眼瞳沉澱著黑氣，抽插的力道越發凶狠，鏡面發出吭吭的響聲。掛在掛鉤上的新衣服，都震得掉了下來。

宛紗嚇壞了，擔心隔壁的人聽見，小聲催促傅一珩：「快點弄出來。」傅一珩發出性感的嘶聲，咬著她耳垂：「再夾緊點。」

宛紗沒轍，只能夾緊腿間的肉棍，下身被磨得燙熱難耐。

這次還算比較快，龜頭的鈴口噴出白濁，爆發在她腿間，順著小腿一滴滴滑落。

宛紗掏出紙巾，擦拭腿間的白濁，低頭看向地面，大呼不好。

剛剛拿的幾件衣服被震落在地，還沾上了精液，散發著男性的濃烈味道，怎麼擦也擦不掉。

要是被店員發現就糟了。

迫不得已，宛紗只好把兩件都買了下來，幸好傅一珩眼光獨到，穿起來非常適合。

結帳時，店員看著傅一珩掏出黑卡，哇得一聲驚嘆，小心翼翼接過了卡。

宛紗注意到，刷卡沒顯示餘額，不由問：「這是什麼卡？」

「這是學生會幹部的卡，可以無限使用積分。」店員笑著說：「就算是部長級的人物也未必全都有哦，全校擁有的黑卡的只有十個人。」

聽起來很厲害的樣子。

身為負債者，宛紗羨慕得想哭，咬著牙發誓要盡快把分數賺回來。

不管怎麼樣，傳一珩成了她的金主，帶著她逛遍商店街，買了幾件新衣服和校服，還有她最愛吃的零食。

回到寢室，已經很晚了。

宛紗洗完澡後，躺在床上玩手機，發現梁琪在APP上傳了好幾條訊息給她。

「紗紗，妳之前問我李倫楊的事，其實我心裡很在意的，更多的是害怕，除了妳之外，不敢再跟別人提這事。

「我聽說學校有個傳聞，經常會有學生莫名失蹤，特別是女生。有人說他們是被學校退學，或者逃出了這座島，也有人說……他們死了。

「這所學校太不正常了，每天供我們好吃好住的，到底是為了什麼？

「看完之後，趕快把訊息刪掉吧，別讓其他人發現了。」

宛紗只回了簡單的「嗯」，然後刪除所有訊息，將手機放在床頭櫃上，滿腦子想著梁琪的話，竟有些睡不著。梁琪所說的莫名失蹤事件，她哥哥也在其中。來這裡的問題男女，本就是被父母扔過來的，沒人在意他們的生死。

那些人到底會去了哪裡呢……

此時，隔壁大床的呼吸聲漸漸沉了，像暴風襲來的預兆。

傳一珩已忍耐多時，身上還沾著她的味道，蒙在被子裡縈繞鼻息，引誘他、折磨他，摧垮他最後一根神經。

他經常失眠，喝牛奶能稍微緩解，但在與她肌膚相親後，便覺得牛奶的氣味過於膩人，唯有淡淡的體香，恰到好處。

而誘惑他的人，就在咫尺距離，全然不知他的欲望多麼駭人。

宛紗下腹隱隱墜痛，正迷迷糊糊要睡著了，胸前忽地傳來壓迫感，彷彿被一團氤氳黑霧纏繞。

「你幹嘛？」她恍然地撐開眼。

他喉嚨像含著沙子，啞得可怕：「睡不著，我想睡妳。」

宛紗愕然：「今天不是已經……」

「不夠。」他頓了頓，重複，「不夠的……」

彷佛有什麼在折磨他。

毯子被強行掀開，沉重的身軀壓住她，一雙大手鑽進她的衣襬，像揉麵團似地抓握綿軟的胸部。

宛紗被揉得酸脹，細細發出嗯聲，更激起了男人的獸欲。

傅一珩撩起她的睡衣，頭埋進酥胸，發狠似地咬了一口。

「啊！」宛紗拱起身，疼得發顫。

傅一珩伸出舌尖，狼似地舔舐被咬的部位，像宣誓主權，又像安撫她。

宛紗察覺腿間抵著根硬物，沿著她腿根廝磨，一副要硬闖而入的架勢。

他似乎要來真的了。宛紗心情複雜，害怕中夾雜興奮，不知所措地被他舔吻全身。

傅一珩慢慢往下挪，鑽進被子裡，唇滑到她的腹部，舌頭在肚擠眼打了圈。

他揚起下頜，望向恍惚的她：「我要妳。」

她躊躇片刻，輕微嗯了聲。

傅一珩笑了，褪下她的睡褲，鼻息在腿間深嗅一口，皺起眉頭：「看來不是好時機。」

宛紗微微錯愕，從他胸膛底下爬起來，轉身背對他，褪下內褲一看——月經來了，還是剛來的。

以前騙過他一次，今晚真的見血了。

宛紗問：「那我是不是不用上課了？」

傅一珩靠向床頭，輕笑：「下禮拜才要上課，用不著請假。」

宛紗白他一眼，起身去浴室貼衛生棉，回來才發現他還待在她床上。

傅一珩勾勾指頭：「過來。」

宛紗慫恿他回自己床：「我月經來了，血可能會沾到被單……而且我不習慣跟別人睡……」

傅一珩斂起眼皮，一副「我都不嫌妳了，妳敢嫌我」的表情。

宛紗一靠近，就被拽上床，揉進他寬闊的胸膛，像抱著玩弄的小白兔。

傅一珩關了燈，強制性賴在她床上，跟她窩進同一被子。

宛紗喜歡獨睡，可是頭枕著他手臂，身子貼著溫熱的胸膛，令人舒心的安穩，沒多時就睡著了。

黑夜中，傅一珩摟著她，指腹摩挲她的唇，硬熱的肉擘抵在她腿間，低沉地私語：「我碰過的東西，不喜歡別人碰。」

似乎夢到開心的事，她在睡夢中彎起嘴角。

「還笑，等著被吃得渣都不剩。」

第十三章　可疑的學長

因為沒錢，宛紗只能天天賴在傅一珩身邊混吃混喝，成天想著如何賺回積分。目前最快捷的途徑，就是積極參加社團活動。

剛好傅一珩要去北部的社區大樓，宛紗作為小跟班，理所當然地跟著他，順便去道具社看看情況。

「一個小時後，我會來接妳。」傅一珩沉聲說，「不要到處亂跑。」

宛紗乾巴巴地應了聲，總覺得自己變成了他隨身物品。

等傅一珩走後，宛紗坐電梯準備到七樓道具社，結果電梯門在三樓開了，一個戴著黑色鴨舌帽、頗為清秀的男生走了進來。

帽檐底下，眉眼含笑上揚，像彎彎的月牙。

宛紗呆住了，那聲「哥哥」呼之欲出。

他側過臉，朝宛紗笑了：「妳也要去七樓啊？」

宛紗含糊地嗯了聲，忍不住用餘光偷偷瞄他，心底越發難受了。

不，他不是哥哥。

她的哥哥宛毅，眼角有顆小黑痣，跟這個男生僅僅是鼻梁以上相似；宛毅平時不善言辭，嘴唇總是緊抿，而眼前的男生愛笑，很容易給人好感。

叮的一聲，電梯到了七樓，男生打量著宛紗道：「妳是道具社的嗎？」

「今天第一次來。」

「怪不得沒見過妳。」男生笑了：「我是道具社的副社長，遲封。」

宛紗眼前一亮：「你是副社長？正好，我有事諮詢你！我積分被社團扣了一百，參加活動是否能還回來？」

「妳是被社長扣了一百，按以前的規定，需要參加兩次活動才能歸還。不過嘛……」遲封話語一轉，聲音放柔：「我可以跟社長求個情，一次活動就還給妳，今天妳剛好可以參加。」

這副會長挺不錯的，宛紗怪不好意思地說：「這幾天不太方便。」

遲封了然地笑：「沒關係，先看看也行，道具社很有趣喔。」

他領著宛紗來到活動廳，廳內的女生笑盈盈圍了過來，一口一聲遲哥，要他帶她們玩遊戲。

遲封為人很有親和力，在女人堆裡左右逢源，打發她們自己拿道具玩去了。

「學妹，我帶妳參觀一下。」他朝宛紗回頭一笑：「對了，該怎麼稱呼妳？」

宛紗回答：「我叫宛紗。」

「宛紗……」遲封咀嚼這兩個字，揚了揚眉宇，「真好聽的名字。」

來到道具屋，遲封向宛紗介紹：「很多社團也會使用道具，比如ＳＭ社。但我們道具社自成一派，當然跟他們不一樣。能利用的東西變成情趣用品，增加性愛快感。」

宛紗看著玻璃櫃裡，陳列的一排排情趣用品，假陽具、跳蛋、潤滑油、震動棒，最後排還有一根大黃瓜。

「大黃瓜也能當情趣用品？」宛紗大感吃驚，「那裡不會撐壞嗎？」

遲封噗哧笑了：「女人陰道有一定擴張度，大黃瓜當然進得去。不過最好別使用這種，不太衛生。」

傅一珩的男根勃起後，粗壯程度也是不輸大黃瓜，強塞進去一定很痛吧……

這麼一想，宛紗就覺得下體隱隱作痛了。

看著她的神色，遲封突兀地問：「該不會妳還是處女吧？」

宛紗微愣，假裝沒聽見，繼續低頭看情趣用品。

遲封一手撐著櫃檯，細長眼眸微瞇，目光落在她後頸的白膩。他伸出舌尖舔了舔嘴角，彷彿找到美味的獵物，吞咽口水。

宛紗回頭問他，掛在牆上的繩索是什麼。

「這是情趣鞦韆架。」遲封早已恢復溫和的笑：「感覺妳很多東西不懂，下次活動我親自教妳好了。」

宛紗猛搖頭：「不用了。」

「你有男性玩伴嗎？」

宛紗略微遲疑了一下，「唔……算有吧。」

遲封哦了聲：「看來他不太行呢。」

「不不不，他很厲害的。」宛紗回想傅一珩每次弄得她癱軟無力，實在夠折磨人的。

遲封輕佻地笑：「沒必要固定一個。」

宛紗越聽越覺得不對勁，轉身朝門口走去：「啊，我突然想起來還有點事，我先回去了。」背後，遲封丟來一句話：「下禮拜有活動，我在活動室等妳。」

宛紗下了樓，看看手機時鐘，才過了三十分鐘，傅一珩沒那麼快來接她吧。

說也奇怪，跟宛紗發出做愛邀請的男生也不少，這還是她第一次覺得毛骨悚然……對方明明是個很親和的少年。

更重要的原因是，他長得跟哥哥有七八分相似。被長得像自己哥哥的人發出性暗示，誰都會覺得不舒服吧……

接下來該怎麼辦？

宛紗垂著腦袋，左思右想，眼前浮現黑皮革鞋尖，一步步逼近。

視線往上一移，是兩條大長腿，白襯衫套住的寬肩窄腰，揣進口袋的黑手套，面容依然冷峻鋒芒，撞進她的視野裡。

「怎麼這麼早？」宛紗有點訝異，卻又覺得安心不少。

傅一珩輕聲開口：「一個小時太久了。」

宛紗隱隱有點高興：「這樣啊。」

傅一珩別過頭，大步離開，不冷不熱地落下一句：「走了。」

「好……你別走那麼快啦。」宛紗連忙小碎步跟上。

傅一珩腳步一頓，長臂往後伸，黑手套搭在她肩上，攬著走。

遠處的七樓，遲封靠在窗邊，遙望一高一矮的身影，低低地笑：「原來是傅一珩啊……」

很早就注意到傅一珩的存在，敏銳地察覺到，這傢伙散發出來的狩獵者氣味，比自己危險得多。

居然帶著一個少女。

真是有趣呢。

最近傅一珩每晚都跟宛紗睡在一起，不過兩人什麼也沒做，就只是蓋被子純睡覺。

她習慣獨眠，在床上翻來覆去，偶爾會踢踢被子。

現在，傅一珩霸占大半張床，她被迫圈在他懷裡，頭枕著手臂，臉埋進溫熱的胸膛，聽他沉穩的跳動。

他素來愛乾淨，沒奇怪的體味，衣料沾著淡淡皂香，是一股令人感到舒服的味道。

醒來後，一睜開眼，是他沉靜的睡顏，清晰地放大在她眼前。

濃黑睫毛蓋著眼瞼，下頜線條流暢柔和，跟平時的他不太一樣。

宛紗愣然地看著他，忍不住伸出手，輕觸他的唇。還沒挨到邊，就見他輕啟薄唇，張口含住指尖，睜眼直盯著她。

他用舌尖卷起她的指頭，濡濕的溫熱，從指尖流到她四肢百骸。

宛紗心跳紊亂，驀地抽出手指，尷尬地說一聲：「早啊。」

傅一珩翻身壓住她，頭埋下來，深嗅頸項清甜的氣息，嘴唇在細膩的肌膚滑動，令人酥麻的私語：「早。」

宛紗縮縮脖子：「今天還要上課。」

傅一珩低笑：「那裡乾淨了吧？」

「嗯……」

月經拜訪了四天，第五日剛走，剛好到了學校的上課日。

身為沒錢搭公車的人，宛紗便跟著傅一珩一同坐車去南部教學大樓。

久違的郭老師，拎著他泡枸杞的保溫杯，依舊踩著鈴聲來教室：「同學們，最近過得開心嗎？」

學生齊聲歡呼：「開心！」

郭老師點頭，粗眉一挑：「開心就好，看你們來得挺齊，幸好沒忘記上課。」

臺下哄堂大笑。

宛紗打個哈欠，倦怠著瞇起眼，已有打瞌睡之勢。

「我們開始上班。」郭老師將保溫杯放在講臺，「今天的課程是教你們——男性陰莖如何正確插入女性陰道。」

第十四章　性交插入實驗課

宛紗瞬間清醒，雙腿不自覺夾緊，直直看向講臺。

旁邊坐著的傅一珩，瞟向她的側臉，唇角弧度上揚。

郭老師朗聲說：「做愛是所有動物的本能，但有不少男生第一次莽莽撞撞，造成女生對性愛有心理陰影。」

宛紗深有體會，尤其是每次傅一珩把她弄得又痛又舒服的情況下。

「處女第一次會痛，所以男生要做足前戲，親吻她安撫她，等下體夠濕潤再插入。」

臺下有個男生似乎性經驗豐富，忍不住大笑：「老師，不過是插入而已，幹嘛搞得那麼複雜。」

郭老師一臉嚴肅，「你給我站起來！」

男生懵然地站起，撓撓頭：「我沒說錯啊，插穴是那麼簡單的事。」

郭老師大聲質問：「要不要試試啤酒瓶插你肛門？」

男生屁股一緊，回不出話了。

「一般男生都喜歡直接來，但是對沒性經驗的女生來說，沒有前戲可能造成陰道撕裂傷……所以女生們要找一個願意長時間撫慰妳的男伴，知道嗎？」

宛紗聽完老師的話，瞄了眼身側的傅一珩，他前戲向來做得很足。

不過，她還是有點怕痛。

郭老師揚揚手：「先講到這裡，直接去實驗室吧。」

實驗室，男女學生興奮不已，迫不及待地寬衣解帶。

「急什麼，按步驟慢慢來！」郭老師用教棍敲敲桌板：「女性的敏感部位比男性多很多，乳房、脖子、耳根、陰蒂、大腿內側……都是男性可以愛撫的敏感點。」

有過性經驗的女生，向郭老師提問：「老師，我前些天第一次做，為什麼沒有出血？」

「處女膜是一層中心有孔的薄膜，並非所有處女第一次性交都會出血，大部分處女是少量出血。」

那個女生的男伴，笑著說：「每次頂到她深處一塊地方，她的反應都特別大，還噴水。」

郭老師跟著笑了，「那是女生的G點，也就是高潮部位。每個男性陰莖形狀大小不同，能不能頂到那個地方，全靠姿勢和技巧。」

另一個女生怯怯地伸手：「老師，我是第一次，會不會很痛啊……」

郭老師溫柔地安慰道：「第一次難免都會痛，以後就舒服了。男生們記住，女人的身體是水做的，溫柔地對待她，她會更溫柔地包容你。」

實驗室角落，宛紗坐上床，指腹微微發汗，鈕釦怎麼樣都解不下來。

傅一珩朝她逼近：「妳在緊張？」

宛紗搖搖頭，又點點頭：「可能有一點吧。」

傅一珩低笑一聲，俯下身，將她摁倒在綿軟的小床，一顆顆解開她的鈕釦，敞出灰藍色胸罩。

宛紗埋在他身下，感受他的手掌插進胸罩，覆蓋在高高隆起的乳峰。

他的指間夾了夾乳尖，手掌捏動綿軟的乳房：「是不是經常揉，會更大點？」

「……才不會。」宛紗臉頰微燙。

傅一珩勾起唇角：「妳怎麼知道不可能？」

郭老師在附近指導一對處男處女：「對準中間較寬的肉穴，陰莖慢慢地往裡插入。她叫痛的時候就停一下，揉她的雙乳或者親吻嘴唇，等適應後再繼續進去，最後趁其不備來一擊深的。」

女生啊的一聲，下身已被進入，嗚嗚地喊著疼。

男生連忙哄著她，臀部笨拙地聳動，沾血的棒身在裡頭進進出出。

郭老師繼續說：「慢慢抽出來，迅猛插進去。也可以玩九淺一深，淺淺插九次，重重插一次。」

隔著屏風，隔壁床在劇烈震動。

周圍響起女生嬌憨的叫聲，男生享受的喘息，肉體的撞擊聲不絕於耳。

處處瀰漫著淫靡的氣息。

宛紗猶豫半晌，說出心裡話：「其實我不想第一次在教室裡，被人盯著怪怪的。」

傅一珩平靜地看她：「妳想怎麼樣？」

宛紗眨了眨眼道：「我們蹺課好不好，回自己寢室，自己的床。」

傅一珩抬手，黑手套摩挲她的面頰，滑下冰涼的觸感。

宛紗呼吸微滯，暗想很可能會被拒絕吧。

「當然可以。」傅一珩挑眉，「反正妳逃不掉的。」

宛紗整理衣服後，猝然被他握住手，躲開郭老師的視線，一起溜出了實驗室。

教學樓外操場空曠無人，耀金曦光照滿大地。傅一珩牽起宛紗的手，穿過泥土芬芳的草坪，來到接駁公車站牌。

一上車，司機扭頭看向兩人：「你們不會是蹺課出來的吧？」

宛紗發覺車上只有他們兩個，連忙笑著解釋：「當然不是。」

傅一珩挑了個最後排，最裡側的座位坐下。

宛紗走過去，剛要坐在他左側，便被傅一珩一把撈過腰，擺玩具似地將她抱在懷裡，順便撩起她藏青色的校裙。

宛紗跨坐他大腿上，臀部硌著一根硬物，微微錯愕。

隔著兩層布料，仍能感受到肉擘的火熱，頂端朝她的穴口翹起，硬邦邦地插進腿間，那粗壯感委實驚人。

傅一珩一手揉著她胸，另一手箍著腰，悄無聲息地，挺動窄臀往上撞。

布料摩擦聲極小，司機專注開著車，全然沒注意最後排的兩人在幹什麼。

太陽很大，接駁車的藍色窗簾全被拉起，外面的人也看不見車內。

傅一珩聳動一會，大概不夠滋味，拉下拉鍊，掏出勃起的肉擘，插進她的內褲裡。

宛紗上半身微微搖晃，花唇被粗熱的龜頭擦得發麻，令人痠脹的癢意，不可抑制地溢滿四肢百骸。

她咬著下唇，手攥緊前排椅子，生怕自己呻吟出聲。那根肉擘，故意擠開花唇，往肉穴撞擊，隱隱要猛插進來。

傅一珩將唇貼近她，情色地舔咬她的耳垂：「說說看，回去怎麼安慰它？」

公車經過過減速帶，後座吭哧作響，伴隨著細微的啪啪聲，十分可疑。

司機抬頭看後視鏡，發覺宛紗被抱在傅一珩懷裡，哈哈笑了：「你們感情不錯嘛。」

宛紗耳根泛紅，嗯了聲。

沒人看得見，她藏青色的裙底下，有根粗壯的火熱正肆無忌憚地摩擦花唇，棒身凸起的經絡能清晰地感覺到。

二十分鐘後，公車到站。

宛紗連忙用裙身擦拭白濁，腿腳打顫地下了車。內褲還黏著他的精液，熱熱的、黏黏的……回到宿舍，宛紗第一句話就是：「我想洗個澡，剛在車上出了汗。」

宛紗有點在意，汗水會散發奇怪的味道，再說傅一珩那麼愛乾淨。

「可以。」傅一珩話語剛落，旋即笑了，「我幫妳洗。」

宛紗尚未反應，腰際便被結實有力的臂膀攬起，一陣晃蕩，已被抱到浴室的白色浴缸裡。

傅一珩擰開水龍頭，調試水溫，側臉看向衣服凌亂的她，眸色幽黑深沉，猶如在斟酌如何吃掉這份盤中美食。

宛紗蜷著雙腿，靠坐在冰涼的浴缸，嘩啦啦的水流，漫上她的腳踝，溫熱的觸感令人十分舒心。她低眸看水面，腳趾在瓷面滑動，享受水流的溫柔地包裹。

猝然間，眼前晃出黑色手套，伸向衣領的藍色鈕釦，一顆顆地扯開。

宛紗呼吸一緊，看著他扒掉自己的校服，輕車熟路地解下內衣，彈出飽滿豐腴的雙乳，黏著精液的內褲也被剝去。

傅一珩嘴角微揚，自旁邊的架子上抽下一條毛巾，蒙住宛紗的雙眼。接著他脫下了黑色手套，手心沾著冰涼的沐浴乳，覆上她隆起的乳峰。

寬大的手掌包著兩團雪乳，用力揉搓幾下，很快起了白色泡沫。

宛紗身體被他操控，嗓音彷彿也不是自己的，發出細微地嗯嗯聲。

傅一珩轉過她身體，後背正對著自己，沐浴乳擦拭她光滑的肌膚。

宛紗彎著腰，半跪在浴缸裡，偷偷將毛巾拉下了一點，望向對著她的一面鏡子。

天花板的白熾燈，投射出刺白的光芒，照得鏡子裡赤裸的少女肌膚雪亮。

她一絲不掛的白皙身軀，染著淡淡的胭紅，飽滿挺立的雙乳，糊滿了白色泡沫，隨著後背的揉捏，乳波微微起伏。

背後站著一身黑襯衫、面容清冷的頎長少年，一手覆在她的背上，有條不紊地擦拭。

「好看嗎？」他勾起唇線，狹長的眼眸微睞，猶如無底幽黑深淵，能讓人一眼淪陷。

宛紗心頭微顫，低下頭，看向浴缸裡一圈圈的流水。

傅一珩在她上半身塗滿泡沫，手掌滑過扁平的腹部，插進併攏的雙腿。

「夾得好緊。」傅一珩聲音戲謔，「放鬆點，馬上就沒有合腿的機會了。」

宛紗雙腿被他輕易掰開，敞出少女無毛嫩白的私處，兩瓣粉嘟嘟的花唇。

傅一珩擠了點沐浴乳，滴在她花唇中間的小孔。

「啊……」宛紗輕叫一聲，被冰涼感刺激得發顫，花唇隨穴肉的收縮，一張一合。

傅一珩喉結滾動，手帶著灼熱的溫度，用力揉搓沐浴乳，擦出一層泡沫。

太刺激了。

宛紗全身的感官都聚集在他的指腹上，堅硬的指甲劃著嫩穴，激起痠脹的酥麻感，下體不受抑制地流水。

「真敏感，想被插進去嗎？」他撥弄兩瓣花唇，夾在指間揉撚。

「唔……嗯……」宛紗說不清話，細碎地嗚嗚，倒在溫熱的水流裡，手揪緊浴缸的頂端。

傅一珩指尖抹上沐浴乳，插進狹小的花穴，不刺破處女膜，僅在穴口淺淺地抽動，帶入空氣會發出噗哧聲。

穴口被指頭撐開，脹得微疼，抽插幾下，頂到某個部位，產生一股刺激的脹滿感，像膀胱收縮的尿意。

他感受到穴肉的夾逼，彷彿找到好玩的東西：「看來老師漏了一個重點，這也是女人的敏感部位。」

沒多時，流水漫過她的下體，使得指頭的抽插越發順暢。

宛紗雙腿大張，浸泡在溫水裡，股間小穴插著他的手指，只覺得裡面被攪得好麻，好想被更粗更硬的東西插進去，渴望得全身發顫。

傅一珩給她全身清洗一遍，拔開塞子，排掉浴缸裡的水後，用寬大的浴巾包裹起她，擦拭濕淋淋的身體。

宛紗被抱起來，離開浴室，無措地拽緊他的肩膀。

傅一珩將她扔到綿軟的床鋪，壓上去，強健的身軀逼緊她。

宛紗肺裡的空氣被剝奪了，呼吸間都是他清冽的氣息。被迫張開的雙腿，隔著他的褲襠，抵著一根駭人的硬熱粗物。

他埋進她的身體，下巴抵著鎖骨，一口咬住雪蔥般的香肩：「插到妳下不了床，怎麼樣？」

第十五章　占有她

宛紗輕輕喘息，盯向天花板，燈光刺著眼珠，眼前一片渙散。剛沐浴過的身子，每個細胞都在湧動著熱潮。

傅一珩迅速褪下衣物，硬朗胸膛貼緊隆起的柔軟，天衣無縫地契合著。

她的體香像催情劑，挑起他無底洞般的欲望，想時時刻刻占有她、撕咬她、吞噬她。

「知道妳有多誘人嗎……」傅一珩低啞的聲音鑽進耳洞，像柔軟的小羽刮撓著宛紗的耳膜。

「好癢……」宛紗在他胸膛底下躁動地蹭了蹭。

傅一珩被頂到腹下的硬物，激起一陣快感，性感地嘶了聲：「哪裡癢？」

宛紗小聲說：「全身都癢。」

傅一珩喉頭吞咽，唇滑進她溫熱的頸根：「我替妳止癢。」

他舌尖滑一圈鎖骨，往下蜿蜒，在酥胸落下細密的吻，忽而咬了下粉櫻色的乳尖。

宛紗被咬得生疼，向上弓起身，像熱鍋裡煎熬的蝦米，逃脫不開他火熱的桎梏。

「我說過了，妳逃不掉的。」他欺身壓住她，盡情享用嬌嫩的胴體。

宛紗揚起頭，感受他濕熱的舌頭，舔遍她的肌膚，過分敏感的身體在他廝磨下觸電般的酥麻。

傅一珩的手指輕捏慢撚，撥弄她肥厚的花唇：「這裡很想被進入，對不對？」

宛紗想找回點主動權，搖搖頭：「才沒有。」

他勾起一抹晶瑩的液體，擦在腿間，讓她感受那股濕熱：「那下面怎麼濕得這麼厲害，嗯？」

宛紗回答不了，在他肉貼肉的廝磨下，像醉了酒般無力動彈。誰叫她神經末梢太發達了，一點小愛撫就足以讓她渾身酥麻。

同樣，她也怕極了痛。

下體傳來硬物的灼熱感，迫使她繃直了背脊，往後挪動身子，頭部卻被枕頭抵住了。

傅一珩拿過枕頭，墊高她的臀部，雙手握住她的膝蓋，往兩側輕輕掰開。

宛紗預感到即將發生的事，生理性的緊張在所難免，腿肉繃緊了下。

他的手覆在她的腿根，輕輕摩挲著柔嫩的私處。

在輕柔的撫慰下，她的身子隨之放鬆，接著便察覺到撫摸的手換成了粗熱的圓柱頂端，刮蹭著她細嫩的花唇。

宛紗深喘一口氣，發出最後的哀求：「輕一點，好不好？」

傅一珩沒做聲，扶起粗壯的肉莖，抵進花唇間的細縫，慢慢向內插入。

「啊……」宛紗張著嘴，小聲哀叫。

太疼了，像肉體被撕裂開，硬生生撐著粗壯的異物，還鍥而不捨地往裡面擠。

她疼得想抓取什麼，腳趾蜷曲著，指頭揪住身下的被單，咬著唇拚命抑制。

傅一珩同樣有點疼，她下面太緊了，穴肉還用力擠著他，像是要把他的大傢伙排出去。

除了輕微的擦痛感外，更多的是快感，她緊致的花壺如同好吃的小嘴，濕熱蠕動的肉壁舔他的龜頭，貪食地含著他。

龜頭塞進去，頂到一層薄膜，象徵著她少女的貞潔。

傅一珩垂下眼眸，凝視她痛楚的小臉，輕笑一聲，抓住她亂動的一隻手，探向分開的腿間，讓她用手指觸摸兩人交合的部位。

宛紗摸到了自己濕熱的下體，以及傅一珩滾燙的碩大，感覺十分奇怪，像是兩人肉體融合在一起，還能再插入到最深處。

分散了注意力後，傅一珩箍著她的纖腰，用力往前一挺，肉擘刺穿了處女膜，插進了三分之一。處女膜是含有神經末梢的薄膜組織，撕裂的疼痛非同小可。宛紗額頭溢出汗水，像被抓出水面的魚，大口大口喘息。

傅一珩俯下身，貼上她的唇，舌尖滑進她的牙關，挑逗丁香小舌。腹下的肉擘卻毫不猶豫地擠開狹窄肉壁，緩緩朝濕熱的深處插入。

他的吻像一劑麻藥，疼痛稍稍緩解，肉擘插到三分之二，猛地用力，出其不意地撞進最深處。

「唔……」宛紗連疼都喊不出來了，深陷在他纏綿的熱吻裡。

甬道被硬生生撐開，肉壁能感覺到巨擘的形狀，像一條長條形的肉質凶器。

肉擘卡在最深處，一時還沒動作，似乎在等她慢慢適應。

宛紗被吻得呼吸不穩，臉頰染上胭脂般的紅暈。

傅一珩結束這個吻，意猶未盡地啄了啄她的唇，手抓握她飽滿的雙乳，呼吸沉重地喘息：「妳是我的了。」

他將她的雙腿分在兩側，開始聳動腹部，肉擘在她體內慢慢律動著。

宛紗看著起伏的胸膛，目光落在他挺動的腰腹，竟覺得這姿勢有點誘人。

「全進去了嗎？」她不由問。

傅一珩嗯了聲，有條不紊地挺動著，享受她穴內的緊致濕熱。

肉莖沾著她的處女血，慢慢抽出半截，又重重撞進最深處，她軟軟的身子隨之晃動。

宛紗皺眉：「真的好痛……」

原來這就是初夜。雖然很痛，但分外奇妙。

宛紗微微出汗，充滿奶味的體香頓時瀰漫四周，誘使傅一珩插得更狠。

「輕一點……太快了……」宛紗綿綿地叫著，肉棒像釘著她的下體，攪動濕熱的穴肉，狠狠往最深處撞擊。

肉體碰撞的啪啪聲，伴隨著床咿咿呀呀，在宛紗耳邊不斷地迴響。

她困在他身下，發出細碎的嗯嗯聲，無助地抱住寬闊的背，任由他在她體內橫衝直撞。

下面被插得發麻，說不上多疼，但真的讓人受不了。

「啊……啊……不行了……輕點……」她小聲求饒。

傅一珩停頓片刻，開始慢慢地操弄，抽動幾下，又用力插進一次。

宛紗啊了聲，刺激得發麻，腦海浮出郭老師教導的話，這就是傳說中的九淺一深吧。

有一次深的，撞到深處一塊肉，她渾身猶如過電般發顫，穴口噴出淫液，滋潤後交合得越發順暢。

傅一珩明白了什麼，盡根出盡根入，專門攻擊她的敏感點。
疼痛漸漸消退，快感像熱流般，灌滿她的四肢百骸，兩人交合處一片濡濕。
宛紗頭埋在他的胸膛，牙齒壞壞地咬了下他的小豆子。
傅一珩作為回報，惡狠狠撞擊她的穴道，睪丸拍打臀部，啪啪響聲越發大了。
她初次享受性愛的舒暢，指甲撓了撓他的背，婉轉地呻吟出聲。
傅一珩眉梢上挑：「還癢嗎？」
宛紗想起這是先前的對話，尷尬地說：「不癢，很痛！」
傅一珩笑了：「多疏通一下，以後就不會痛了。」
宛紗臉頰微燙，看向牆壁掛著的時鐘，也不記得做了多久，只覺得下身被磨得又痠又麻。
「還有多久結束？」她忍不住問。
傅一珩咬住她的唇，下體迅猛地聳動：「還早，待會換個姿勢。」
天啊……
宛紗躬起細腰，跪伏在床上，手指揪著枕頭，承受後背的猛力衝撞，兩團乳房像白兔一樣彈跳。
低下頭，便見合不攏的腿間插著形狀恐怖的肉色陽具，盡根入盡根出，透明液體從交合處流出。
被撐開的部位很脹，她清晰地感覺到他的一部分在體內，次次頂到令人頭皮發麻的深處。
傅一珩箍著她的細腰，壓在她身上，前後挺動，恣意進出濕熱狹窄的甬道。

從他的角度來看，花唇被操得外翻，像貪吃的小嘴一張一合，吞吐他碩大的粗長性器。

在她體內抽動了七八百次，他漸漸摸清這條蠕動濕熱的甬道，猛地一頂，出其不意地攻擊高潮點。

宛紗被撞得往前傾，頭蹭到綿軟的枕頭，快感像海潮似的襲來，全身每一個毛孔都在擴張顫慄，猛夾了體內的異物。

傅一珩感到她肉壁的夾縮，暢快地低吼一聲，肉棒疑似脹大一圈，已有了爆發的趨勢，將宛紗翻轉過身，正對著自己。

她的雙腿被架在他的肩膀上，承受肉擘一波波的衝撞，聽到他粗喘一聲，插進她最深處，一股股灼熱的黏液噴射出來。

他最後一撞擊極其侵略性，彷彿要把她嵌進身體裡似的。

宛紗大腦一片空白，愣愣盯著天花板，大口大口地喘息，全身精力已燃燒殆盡。

一直在動的明明是他，為什麼她會累成這樣？

傅一珩埋進她的胸脯，細細咬著乳頭，發洩後的肉擘還埋在她體內。

下體傳來黏膩的感覺，全是兩人摩擦出來的液體。

宛紗難耐得扭了扭，小聲說：「結束了吧，那個……能不能弄出來。」

傅一珩輕笑，熱氣呼在她耳廓：「可以。」

宛紗耳根微微的癢，感受肉擘從體內緩緩地抽出，被堵塞的精液湧出穴口，股縫滿是他的東西，更加黏糊糊了。

好想去浴室，但確實太疲乏了，被捅破的下面又痠又疼，沒力氣再做別的了。

「好累啊……」她眼皮微閉，昏昏欲睡。

傅一珩精力充沛，還能再來幾次，瞧著她疲憊的樣子，微頓了一下，抿了抿薄唇，翻躺到身側，將軟綿綿的她攬進懷裡。

她實在太累了，沒多時就睡著了。

翌日清晨，宛紗是被癢醒的，撐開眼一看，白色被子高高隆起，有人在裡面輕咬她的乳頭。

「醒了？」隔著一層被子，他性感低沉的嗓音透了出來，震動她的心窩。

宛紗聞到危險的氣息，連忙抽身逃離，剛鑽出被窩，腳挨到地面，就被生猛的力道拽回去。

「我身上好多汗，別弄了好不好……」

「呵，就想要妳這樣。」

「啊啊……嗯……啊……」

鼓起的雪白被毯，像海浪似地起起伏伏，裡面傳來綿綿的呻吟聲、肉體的撞擊聲，整張床都在搖晃。

折騰到十點，饜足的傅一珩才放過她，掀開被子爬下床。

宛紗蜷縮在被子裡，撩起被子的一角，瞄向正在穿衣的傅一珩。

傅一珩挺直脊梁，白襯衫鬆垮地披在身上，黑手套流暢俐落地扣上鈕釦，一顆顆地扣到領口，掩上性感精緻的鎖骨。

很難想像，看似清冷高傲、無欲無求的他，在床上截然不同。

傳一珩側臉，斂下眼眸瞥了她一眼。

宛紗心底微沉，鑽回被窩繼續睡覺，感到有隻大掌隔著被子，輕柔地撫摸她的頭。

接著，只聽到幾聲腳步聲，最後是開門關門的聲音。

這可能是發生關係後，微妙的心理吧。如果不是情侶的話，面對男生會有點小尷尬。

被折騰了大半天，宛紗渾身痠痛得像被車子輾過，癱在床上不想動，睡到大中午才起來洗澡，股間花唇被操得紅腫不堪，還不時流出可疑的濁液。

不僅如此，肌膚布滿一條條咬痕，尤其兩顆乳頭，腫得發硬殷紅。

太狠了吧，搞得像是要活吞她一樣！

宛紗走出浴室，發現自己桌上放了一碗粥。等等，既然他不在，她可以擅自認為這是買給她吃的嗎？不管了！先吃再說！

大量消耗體力後，宛紗早已餓得不行，連忙坐下來，開心地吃了起來：「嗯，好好吃！」

吃完後，宛紗出門透透氣，腿心殘留著貫穿的疼痛，雙腿沒法併攏，像螃蟹似搖搖晃晃地下樓。

這個時候，宿舍區人煙稀少，她獨自坐在空地，玩著一座鞦韆。滿腦子想著昨夜他的強健身軀將她包裹，凶器一下一下貫穿深處，動作邪肆又誘人。腿間不禁有點濕。

徒然，鞦韆毫無預兆地晃了晃，頭頂傳來清朗的笑聲。

宛紗被推到半空中，驚了一下，轉向身後看去，望見一張眉眼彎笑的俊臉：「遲封學長？」

遲封坐到她身側一架鞦韆，似笑非笑地問：「怎麼，發現是我，很失望嗎？」

宛紗搖頭：「我以為是我室友。」

遲封眼眸微瞇，瞥著她頸側的紅痕，收斂笑意，語氣轉而森冷：「看來被他捷足先登了。」

宛紗沒聽清他說的話，發覺他不笑的時候，越發像極了哥哥，不由問：「你認不認識一個叫……」

「妳問的是宛毅吧。」遲封插了她的話，面上恢復爽朗的笑。

宛紗愣住了：「你怎麼知道？」

「妳跟他同姓，這姓氏又還滿特別的，就隨便猜了猜。」遲封揚了揚眉，「我猜對了是不是？妳是他妹妹吧？」

宛紗垂下眼皮，點點頭：「對，他是我哥哥，失蹤一年了。」

遲封晃著鞦韆，漫不經心地說：「所以妳是為了找他，才來讀這所學校？」

宛紗垂頭看著沙堆，腳尖碾了碾，聲線沉了下來。

「哪怕是同父異母，我哥對我也是毫無保留地好。可我媽對他很有偏見，經常在我爸面前挑撥是非。四年前我哥出了一些事，被我爸媽送來這所學校後，他們就不管他的死活了。」

遲封哦了聲：「原來是這樣。」

「就是不知道，他現在在哪。」宛紗深深地嘆了口氣。

遲封撿起一根樹枝，在沙地畫了一個圈：「我看過圖書館翻到一張地圖，上面畫的就是這座島，我們學校只占島嶼的三分之一。」

宛紗盯著沙堆的圓圈，若有所思：「島有這麼大？其他是什麼地方？」

遲封在圓圈隔了一條線：「學校被原始森林圍繞，裡面爬滿毒蛇猛獸，曾有學生組織過探險，可惜有去無回。」

宛紗倒吸一口涼氣。

遲封站起身，鞋底碾平圓圈，轉身離開前，高深莫測一笑：「信不信妳哥還在這座島上？」

「……我信。」雖然旁邊已經沒有人了，但宛紗仍低聲地回應了。

宛紗很晚才想起，昨天他們做的時候根本沒戴套，連忙跑回宿舍，翻出藏起來的避孕藥。研究了一下說明書，服用有效期是做愛後七十二小時內，拖越晚效果越差。

距離他們做完已經過了十四個小時，不知效果會不會變差……

宛紗解開塑膠包裝，放了一粒進嘴裡，果然是草莓味。

喀噠，這時門開了，傅一珩邁了進來，與她大眼對小眼，撞了個正著。

發生那一層關係後，相處氛圍莫名地微妙。

宛紗一不留神，沒喝水直接咽下去，藥丸卡在喉嚨裡，撕心裂肺地咳嗽。

眼前冒出一杯水，杯口湊到了她的唇邊。

宛紗愣了愣，就著杯子啜了口，水滾著藥丸滑下喉嚨，感覺好多了。

傅一珩拿開水杯，撿起避孕藥說明書，掃了眼：「這藥最好帶在身上。」

聞言，宛紗感到無言，為什麼他的態度可以這麼輕鬆？

「要去吃飯嗎？」

聽到對方的問話，宛紗才想到自己身上沒積分，看來他是特意回來帶她去吃飯的。

「好啊！我想吃自助餐！」

兩人吃完飯後，並肩走在綠蔭道，沒多久就接到一通電話。

宛紗知道他有事，乖乖留在原地：「我自己走回去，反正沒多遠。」

傅一珩回頭，目光滑落她腿間：「腿還合不攏，那裡還很疼？」

想起昨夜肉體交流，宛紗耳根發燙：「一點點啦。」

「妳有兩種選擇，我送妳回去，或是妳跟我一起走。」傅一珩平靜地道。

「去哪裡？」

「學生會。」

宛紗的確滿好奇學生會是什麼樣子，便決定跟過去看看。

學生會位於東區，算得上是學校裡最為神祕的地方，普通學生只有在校園典禮時才被允許入內。平時的話，只有老師、管理員、學生會成員被允許自由進出。

到達東區，宛紗跟著傅一珩進了一棟大樓，乘坐電梯到十一樓。

傅一珩有單獨的辦公室，空間寬敞，裝修簡潔大方，還有張寬大的辦公桌和舒適的辦公椅，宛紗特別喜歡，坐在上頭舒服得想打瞌睡。

畢竟是人家辦公的地方，宛紗坐了一下就起身讓位給傅一珩。

傅一珩靠上座椅，點開電腦，長臂一攬，將宛紗撈進懷裡。

宛紗坐在他大腿上，尷尬地說：「我可以坐沙發。」

「別亂動，否則……」傅一珩薄涼的唇，在她耳廓滑動，「會蹭到那裡。」

他指的是極其危險的凶器，想到它的威力，下體還隱隱作痛。

宛紗不敢再動了，像被抱在大人懷裡的小朋友，端正地坐著，看著他握著滑鼠操縱電腦，打開資料夾裡的檔案，裡面列著密密麻麻的數字。

「這是什麼？」

「各個社團的財務報表。」

「你負責管社團的財務嗎？」

「不止是社團，還包括所有學生，制定學校積分規章。」

難怪ＳＭ社團社長對他那麼殷勤，原來他一手掌控學校的財政大權。

等等，這麼說來……她的積分不也歸他管嗎？

宛紗琢磨著，怎麼向他開口請求，挪了下身子，不小心擦到他腿間的肉擘。

如同蟄伏的猛獸，被獵物撩撥一下，饑腸轆轆地醒來，膨脹變硬，凶悍地翹起頭顱，直挺挺侵入宛紗的股縫。

「我知道妳想問什麼。」他火熱的手掌鑽入她裙底，插進胸罩，抓握她飽滿的軟乳，「是不是該給點表示，嗯？」

第十六章　禁閉室的性交作業

宛紗被捏得身子發軟，衣服解得半開，吊在他修長有力的臂膀上，裙底下被探進一隻大手，剝開內褲，將灼熱的粗物硬塞進去。

「啊……」她指頭揪著桌沿，下體被撐開了，一寸一寸擠進肉縫。

「插進去，就濕得厲害。」傅一珩一手抓握她的乳頭，一手揉捏兩人交合處，「告訴我，什麼感覺。」

宛紗小口呼著氣，囁嚅地說：「瘓瘓的，像被撐開一樣……」

傅一珩撥弄被操得翻開的陰唇，沾了一手的淫液，發出低沉的呵聲：「妳這裡天生就是被我插的。」

宛紗被他呼得頸根發燙，體內塞著根莖粗壯的陽具，能感受到附著在肉棒的青筋，清晰地突突跳動。

傅一珩托起她的臀部，猛地抬高，陽具隨之抽出半截。

宛紗呃了聲，肉棒快速抽出體內，產生一股虛空感，缺少什麼似的，想被粗硬的東西重新進入。

「想要就自己動。」傅一珩俯在她耳畔，啞著聲誘惑。

宛紗很想要被填滿，大口地喘息，扶著傅一珩的手臂，臀部小幅度地起伏，陽具在體內進出一小截，但沒到底。

傅一珩喉嚨發出嗯聲，吻著她的後頸，聲色迷人且性感，享受她濕熱蠕動的穴肉，緊緊夾著他敏感的圓碩。

從辦公室的後方看，兩人像大人抱小孩似地摟坐，沒人知道裙子底下的他們，正親暱地交合著，陽剛的性器正插進少女幼嫩的甬道。

宛紗動了二十分鐘，腿有點痠，累得直喘氣：「我不行了……」

傅一珩起身將她壓在辦公桌上，勃起的陽具狠插進去，醞釀很久的性欲發洩在她柔軟的體內。

宛紗倒在冰涼的桌面，體內進出火熱的男根。他一眨不眨地凝望她，在光暗交界處，吸噬光亮般，眼瞳看似沉黑無光。

她渙散不清地對視他，承受生猛有力的撞擊，直到濁液爆發在體內，才稍稍回神。

叩叩叩！

敲門聲忽然傳來，一道嬌滴滴的聲音隨後傳來。

「傅一珩，我知道你在，我要進去囉。」

傅一珩眉宇擰出殺氣，若是外面的人再早一步，可能要出人命了。

宛紗騰地抽身而起，上半身被剝個精光，來不及穿好衣服，拎起上衣躲進後面的超大儲物櫃裡。

傅一珩側頭看她一眼，拋了個「妳躲什麼」的眼神。

這時，門外的冒犯者進來了，宛紗從儲物櫃的小縫看出去，是個高挑豐腴的少女，有點眼熟。

少女一進門，便嬌柔地問：「傅一珩你在忙嗎？」

聽清她的嗓音，宛紗才想起，她是主持開學典禮的學生會副主席夏天雲，學校出了名的美人，在臺上就被傅一珩迷倒了。

傅一珩從桌上堆疊的資料裡抽出一份，清清冷冷地開口：「在忙，妳可以出去了。」

「忙的話，找個部長祕書啊。」夏天雲抬起翹臀，挪到辦公桌上，「我可以毛遂自薦嗎？」

傅一珩懶得抬眼：「恐怕有人會不答應。」

「誰敢不答應呢。」夏天雲笑了。

偏在這時，外頭又有人敲門，「我進來了。」

夏天雲嚇得花容失色，左顧右盼，目光掃向宛紗躲藏的儲物櫃。

宛紗有種不好的預感。

果然，夏天雲朝儲物櫃大步跑來，拉開櫃子門，跟宛紗撞了個正著，當即傻了眼。

宛紗面色淡然，友好地讓了個位置。

夏天雲鑽進櫃子，打量她幾眼，眼底隱隱有點敵意。

進門的是學生會長鄭泱，抱了一大疊資料來，咧著嘴壞心地笑：「這是籌備晚會的財務帳本，得全部算清。」

「我手下的人會看。」傅一珩敲擊著鍵盤，似乎不打算理會他。

趙泱冷著聲問：「你作為部長，就完全不用管？」

傅一珩的語氣毫無起伏：「不用你費心，我會一一過目。」

趙泱一口氣很想發洩出來，索性敞開門窗說亮話，用力拍打桌子：「你想安心待在學生會，就跟天雲保持距離，她是我的人！」

傅一珩抬起下頷，面無表情地看向他，渾然天成的戾氣，從吐字清晰的話透了出來：「這話你該跟她講，可以滾了。」

趙泱渾身莫名地發涼：「你……不過是部長，我是學生會長……」

叩叩叩！

第三位敲門者來了，外面的人脾氣似乎更大一些：「傅一珩在不在？」

趙泱背脊打顫，第一反應，居然也是往儲物櫃躲，朝傅一珩小聲說：「別讓他知道我在這裡！」

一打開儲物櫃子，趙泱看清躲在裡面的是夏天雲，臉漲成了豬肝色。

宛紗很上道地離開儲物櫃，讓他們在裡面聚會。

傅一珩平靜地說：「請進。」

進門的是四十多歲的男人，一臉怒氣騰騰地問：「趙泱這蠢豬呢，有沒有看見他？」

儲物櫃裡的趙泱背後淌著汗，感覺要死了。

夏天雲被他揪著頭髮，同樣不好受。

宛紗還算好心地說：「沒看見，他今天可能沒來。」

趙泱頓時鬆了口氣，好險好險。

男人瞪著冒出來的宛紗，問傅一珩：「她是誰？」

「她啊，是我的小祕書。」傅一珩看向宛紗，唇畔難得揚起笑意。

男人是教導主任，姓金，學校出了名的暴脾氣，學校裡的人都不喜歡他。

金主任一屁股坐下，叼了根煙，將打火機拋給宛紗：「點火。」

宛紗嘴角一抽，被當祕書使喚了，賣傅一珩個面子，替金主任點煙。

金主任吸了口，吐出一圈白煙，翹著二郎腿對傅一珩說：「過幾天是一年一度的晚宴，你這次的籌備工作我看過了，比趙泱那蠢豬當年做的好太多了。不過還是有不足的地方，得慢慢學。」

哪怕傅一珩做得再好，他也不會當面誇讚，反而會故意貶低一下。

傅一珩抽了一張衛生紙，輕輕地擦拭桌面，平淡地開口：「社團的一百萬，我已經發放了。」

宛紗看了看他擦的地方，好像是方才被夏天雲坐過的地方，忍不住暗笑一聲。

潔癖是病，得治。

金主任嗯一聲：「可以，一百萬分夠了，等明年我會撤掉趙泱，提議你做學生會會長。」

匡的一聲，貼牆的儲物櫃，突然震了下。

「什麼聲音？」金主任狐疑地看向儲物櫃。

宛紗連忙道：「是、是老鼠……我今天早上還看到了。」

「學校居然有老鼠？」金主任瞥了她眼，「妳這個祕書是怎麼當的？櫃子裡都是重要檔案，被咬壞了妳賠得起嗎？」

宛紗被他劈頭就罵，有些難堪。

傅一珩唇線繃緊，微瞇著眼道：「殺老鼠是清潔人員的工作，不是她的。」

金主任掐滅煙頭，朝她擠擠眼睛。

宛紗看他擠眉弄眼，很想問一句，主任你是中風了嗎……

「妳先出去。」金主任指著門口。

宛紗算是服了，甩身離開辦公室。

金主任哼笑：「你這小祕書不太靈光，要不要換一個。」

傅一珩冷冷發話：「不需要，我用的很好。」

宛紗關上門，本想遠離這裡，在門縫邊，無意聽到金主任講話。

「過段時間，會有替補學生坐船過來，一共十五個人，正好補失蹤人員的空缺。」

宛紗心頭一緊，手握著門把，留在原地側耳偷聽。

「船上的費用，我會派人清算好。」傅一珩回答。

金主任懶懶地往後仰：「有些人會莫名失蹤……有些則是……呵呵，你懂的，今年的人員似乎流失得快了一點。」

傅一珩指間勾著筆桿，輕敲桌面，鋒銳的目光劃向門縫，刺了過來。

宛紗別開眼，惴惴地挪遠距離。

聽對話的意思，學校早就知道學生失蹤了？他們到底去了哪裡，哥哥也在其中嗎？

金主任離開後，藏在櫃子裡的兩位，終於被解放出來。

夏天雲的臉掛著淚痕，秀髮亂成雞窩，衣領都被扯破了。

趙泱左眼皮紅腫，狠狠瞪向傅一珩：「走著瞧！」

宛紗看著儲物櫃散亂的檔案，猜測裡面發生過激烈無聲的打鬥，她只好真的跟祕書一樣，蹲下身，撿起一本本檔案整理。

等疊好後，她往後起身，撞到一雙大長腿。

回頭一看，傅一珩正垂眸，盯著她一舉一動，不知站了多久。

「從明天開始，妳跟我過來。」

宛紗眨眨眼，不懂其意。

傅一珩繼續說：「擔任祕書的話，每個月都會給積分當薪水，要不要？」

「當然可以！」宛紗一聽有積分，精神就來了。

傅一珩頷首，清淺一笑，旋身走開。

宛紗盯著他的背影，想起他與金主任的對話，心裡像懸著一塊大石頭，久久不能落下。

傅一珩知道多少學校的祕密，他是否也參與其中呢？

第二天，新一堂性愛課程開始。

離上課還有五分鐘，班長孫貿單獨把傅一珩和宛紗叫出來，說是郭老師的意思，領他們來到一間暗房。

結果，他突然溜出來，喀噠一聲，把他們關在裡面。

宛紗發現門打不開，錯愕地問：「這是幹嘛？」

「抱歉，郭老師要我做的。」孫貿撓撓頭，怪不好意思，「你們上節課蹺課了對不對？郭老師說，蹺課不交作業的學生，都要被關禁閉，完成作業才能出來。」

宛紗皺眉：「什麼作業？」

孫貿想了想：「好像是高難度姿勢，具體我也不清楚，你們可以看裡面的說明。」

宛紗轉過身，發現昏暗的牆上出現投影，印著兩個交疊的小人，姿勢稀奇古怪的，女人被男人抱著倒立，雙腿纏著男人的腰，下體交合在一起。

最上面則寫著一行字——**NO．1：手推車**

孫貿看著牆壁投影，開心地笑了出來，找了張沙發坐下：「郭老師要我監督你們，紅外線會掃描你們的動作，成績達標後會門就會開了。」

宛紗怒從心中起，別說動作多高難度，有人旁觀，要他們怎麼進行下去！

傅一珩唇線繃緊，黑手套勾下中指，示意孫貿過來。

孫貿坐得正舒服，哪願意挪屁股，可與瞳色肅黑的傅一珩對視，身體卻不由自主地朝他走去。

傅一珩等他靠近，迅速伸手砍向他頸部。

孫貿被猛力擊中，渾身一震，兩眼翻白昏倒在地。

宛紗大吃一驚：「你做了什麼？」

傅一珩拽著他兩腿，拖到角落邊，用裝器材的麻袋套住他。

「死不了，打中的是頸動脈竇。」他拍拍黑手套的灰塵，朝自己頸部的劃一下，「就是這個位置，輕輕一打就能把人擊昏，但用力過度的話可能會致死。」

宛紗摸一把脖子，忍俊不禁：「原來電視劇裡演的招式真的能用啊？他昏了也好，我找找機關。」

偌大的封閉暗室，找個開關像大海撈針。宛紗腰就疼得不行，回頭看向傅一珩。

他陷坐在沙發，長腿跨開，毫無動靜地看她上竄下跳。

宛紗忍不住說：「過來幫忙找找，好歹一起共患難。」

傅一珩輕笑：「做完這一項作業，房間會自動打開。」

「真的假的？」

「他不是說有紅外線掃描嗎？」

宛紗想起孫貿說過這事，信了他的話：「接下來該怎麼樣？」

第十七章　性愛任務關卡

「妳先脫衣服。」傅一珩直截了當。

宛紗皺眉：「沒第二種選擇？」

他微微傾身，勾唇一笑：「第二種選擇，我幫妳脫。」

宛紗心生一絲寒意，這傢伙絕對幹得出來，連忙剝下上衣，甩過去，大步走到他面前：「我也要幫你脫。」

傅一珩接過衣服，目光炙熱地滑過她白膩的乳，喉線滾動起伏。

宛紗勾住他的衣領，用力扯斷第一顆釦子，壞壞地笑：「唉呀，不好意思。」

接著，第二顆也被她扯開了，露出凹陷的性感鎖骨。

啊哈，就是要他春光大露地回寢室，一雪前恥！

傅一珩不動聲色地看著她鬧，面無表情，像在蓄積著某種駭人的欲念。

當第三顆釦子掉了，他伸手抬起她下頷：「好玩嗎？」

宛紗晃了晃神，愣愣對撞一雙黑瞳。

「輪到我了。」

他反手將宛紗摁在沙發上，扒下她的內褲，皮手套摳弄兩瓣花唇。

宛紗雙腿劈開，下體傳來皮料的摩擦，涼得腿肉發顫。

猝然，頭頂傳來響亮的機械女聲：「系統未檢測到完成作業，請同學自覺進行，半個小時未完成者，關一日禁閉。」

原來真有紅外線檢測，宛紗收起小打小鬧的心思，無奈地笑：「我們認真點吧，姿勢要怎麼開始。」

傅一珩抽回手指，冷冷出聲：「想快點結束，一切服從我，先趴到那張床上。」

宛紗不懂他的打算，時間緊迫，扒下掛在膝蓋的內褲，直挺挺躺上了床。

這張床足有三公尺長，足以發揮任何姿勢。

「翻過身去，張開大腿。」傅一珩命令道。

宛紗聽他的話，翻過身，正面貼著床。

傅一珩跳上床，立在兩腿之間，雙手擒住她的大腿，往上一提。

突如其來地被舉起下半身，宛紗嚇了一跳，小聲叫了句：「這是幹嘛？」

「勾住我的腰。」傅一珩一聲令下，托住她分叉的雙腿，收向自己的胯部。

宛紗兩條腿纏著傅一珩的腰身，感受他在暗淡的室內，尋找準確的入口，硬熱的粗物在她股縫磨蹭。

她被迫雙手撐著床，半吊在空中，纖細的嬌軀晃來晃去。

龜頭撐開穴口，硬挺挺地插了一小截。由於她處於高度緊張，穴道肌肉隨之繃起，比以往更加緊致。

傅一珩箍著她的腰，肉莖的頂端有點痠痛，索性一挺而入，粗長肉莖插向甬道，全根埋進深處，猛地抽出時穴肉外翻。

宛紗黑髮披散開，豐腴的雙乳因重力下垂，隨著抽插前後晃動，穴裡傳來撐開的痠脹感，身子被他撞得搖搖晃晃，刺激又驚險，隨時可能栽下去。

「啊啊……不行了……」她被插得嗚嗚叫，比以往更大聲，像在喊救命。

他生猛有力地挺動著，蜷曲的黑色硬毛，刮著她敏感的花唇，帶起銷魂的癢意。

兩人交合處早已水跡斑斑，漏出來的透明淫液，一滴滴滑落在床單上。

從她的背延伸到翹臀，猶如座白石拱橋，劈叉的底部正被肉色陽具貫穿，噗哧噗哧地撞擊著。

「男一號開始推車。」

系統又開始發號施令。

宛紗一聽，更是糊塗：「推車？」

傅一珩有條不紊地抽插，一邊跟她解釋：「用妳的手代替腳，在床上走幾圈。」

「還剩十分鐘進行下一作業，請盡快完成。」

系統也在催促。

「天啊……」

宛紗倒吊在床上，雙腿夾著傅一珩挺直的腰身，手極為勉強地支撐。聽系統的指令繞幾圈，是要折斷她的腰吧！

傅一珩立在身後，箍著她的胯部，強健的體魄托住一半體重，聲線沉穩動聽，字字有力地告訴她：「有我在。」

宛紗懸起的心忽地落下，深吸口氣後，嘗試著邁出手掌。

傅一珩舉著她下半身，隨之前進，肉棒攪動在濕熱的穴道，小幅度抽插，邪肆地笑了：「夾得好緊……很刺激對不對？」

宛紗被他一下一下頂著，不得不朝前挪動，全身感官都彙聚在被抽動的小穴，異物的撐脹感前所未有地強烈。

這姿勢太刺激了……

總算明白手推車的意思，她就是被推的一輛車啊。

繞了五圈，系統總算放她一馬，刻板地發出指令：「第一姿勢結束，開始第二姿勢，跨肩式。動作要求是，站在牆邊，女同學的腿跨在男同學的肩膀，進行活塞運動。如果女同學與男同學身高有差異，女同學可以站在凳子上。」

怪不得室內擺了高度不同的小板凳，原來是用在這裡！

傅一珩鬆開宛紗，陽具仍是勃起狀態，看她癱在床上不願起的樣子，毫不猶豫地將她抱起來。

宛紗被他壓著，背靠牆壁，一絲不掛地困在他臂膀下。

傅一珩目測她的身材，輕笑：「看來要拿高的凳子。」

宛紗白他一眼，這是嫌她矮了麼，明明是他太高了。

傅一珩拿了張高凳子給她站著，黑手套握住她一隻纖細的小腿，往上掰開。

宛紗跟他平視，面對面貼近，臉微妙地發燙，腿部被他往扯上，拉到高處，腿心傳來撕扯的痛楚：「啊……」

傅一珩停下動作：「受不了就算了。」

宛紗倔強地搖頭，苦中作樂地笑：「沒關係，早知道在柔道社多練練了，哈哈……」

傅一珩另一隻手，輕柔地撫摸她的腿根：「長痛不如短痛，我很快替妳扛上去。」

宛紗點頭：「嗯！」

傅一珩猛地微微用力，將她的左腿放到自己肩上。

宛紗疼得差點落淚，咬著貝齒，硬生生忍了下來。

傅一珩垂眸凝視她，眼底浮出一抹柔光，湊近吻住她的小嘴，舌尖舔了舔紅唇。手指伸向她分開的腿心，按壓被操過後變得紅腫的花唇。

「看看妳，下面的洞都被我操開了。」

宛紗感到他勃起的肉莖，抵著密穴操了進去，初夜的撕裂感又回來了。

「啊……好痛……」一條腿被扛肩上，彷彿身體全交付給他，被迫承受他瘋狂的衝撞。

傅一珩一靠近她，便聞到奶香的氣味，整個人都變得癲狂起來，眼眸猶如幽黑無邊的深淵，狠狠頂弄，粗喘著侵占她的肉體。

粗長的男根每插進一次，粉紅的穴肉都會被操得外翻，可憐兮兮地吞吐著肉莖。

傅一珩把玩她的雙乳，下身迅猛聳動，盡情享用她緊致濕熱的嫩穴。

他的陰莖太長了，這姿勢入得深，好幾次都撞到她子宮口，瘂得發麻又舒服又疼。

宛紗承受了近千次的抽弄，下面一片濡濕，直到男性的精液噴進深處，抽出陰莖，白色濁液滑出體外，一滴滴落在地板上。

「作業達成！」

門鎖開了。

她腿一瘂，栽倒下來，被他及時攬住了腰身。

歇息一會，宛紗一件件穿上衣服，低頭看吐出白沫，被操腫的花穴，正要穿上內褲，卻發現找不到內褲了，只好光著屁股回去。

傅一珩突然說：「在寢室裡，不需要穿內褲。」

宛紗瞪著他，磨牙咧齒。

「對了，班長怎麼辦？」

「管他幹嘛。」

關了半天禁閉室後，宛紗意識到身體的柔軟性多麼重要，便準備偶爾去柔道社練習柔軟度，順便賺賺積分。

柔道社的大廳裡，曲哲插著白色耳機，仰倒在躺椅上，抖動大腿，欣賞女社員自由活動。

宛紗穿著玫紅緊身服，更襯得膚白貌美，纖細的腿放在單杠上，賣力地拉動柔軟的肢體，憨厚可愛。

曲哲心怦然一動，起身從抽屜裡拿一張票，擠出自以為最帥氣的笑，迎上前去：「宛紗，週末的校園晚宴，妳有票嗎？」

宛紗聽梁琪說過，校園晚宴一票難求，搖搖頭：「沒有。」

「我送你一張，一定要去哦。」曲哲擺出舞蹈的架勢，揚揚眉，「到時候，我請妳跳舞。」

沒等宛紗回應，曲哲便被副社長拉走了。

做完運動，宛紗回到宿舍。迎面走來一個陌生女生，忽地拍了下她的肩膀，將一封信塞到她手裡。

「這是遲封學長要我轉交給妳的。」

宛紗撕開信封一看，裡面寫著清雋的字跡，「抱歉紗紗，最近在忙週末晚宴布場，沒時間親自找妳。週末有空嗎？我剛好有張票。」

這是她得到的第二張票，還給遲學長不太適合，不然……送給梁琪吧？

累了一天，全身是汗，宛紗拿好睡衣，正要去浴室洗澡，撞見傅一珩剛好回來。

傅一珩快步上前，掀起她的裙子：「不是說過，在寢室別穿內褲。」

「我不習慣……」宛紗被他橫抱起來，往浴室的方向走，「我要洗澡，幹嘛啊你！」

「幫妳洗。」

在浴缸裡被吃乾抹淨後，宛紗又被摁在床上，承受生猛有力的衝撞。

自從他們發生關係後，幾乎天天被他翻來覆去，再這樣下去，她都想換個寢室了！

事後，傅一珩從口袋掏出一張紙，塞進宛紗手裡：「週末要到場。」

宛紗有種不好的預感，攤開一看，又是晚宴門票！

奇怪，不是說一票難求嗎，怎麼她手上就有三張了！

宛紗不敢跟傅一珩提起自己已經拿到兩張了，只能默默收起門票。

雖然當上祕書後有很豐厚的積分可拿，但距離財富自由還有很漫長的距離，宛紗每天省著積分用。

誰知要參加晚宴，非得買貴的晚禮服，她最近賺的積分，一件都買不起。

沒辦法，只能隨便穿一件連身裙去赴宴。

多出來的兩張票，她送給梁琪和她的室友周圓圓了。

拿到票的兩人高興極了，問宛紗哪來的票，宛紗只說是朋友送的。

三人搭著接駁車到了舉辦晚宴的海灘別墅，憑著門票進了場，瞬間被璀璨燈光迷了眼。

「哇，好漂亮，妳們看妳們看！」周圓圓活潑好動，一路上吱吱喳喳，很是激動。

梁琪嘆息：「他們都穿晚禮服，就我們三個穿了一般的裙子。」

宛紗無所謂地笑：「哎呀，我們本來就不是重點啊，沒差。」

這時，一名工作人員叫住了宛紗，說傅部長有東西轉交給她。

宛紗問傅一珩在哪裡，工作人員回答他晚點才能到，要宛紗跟著她來後臺的化妝間，拿出一件包裝精美的禮盒。

盒子裡裝的是一件金色鳳尾晚禮服，鑲嵌著星光似的金片，耀眼奪目，簡直是為宛紗量身打造的，絲綢裹住飽滿堅挺的酥乳，蜿蜒而下，勾勒出曲線玲瓏的小蠻腰。

送衣服的那傢伙在床上，顯然把她的身材尺寸掌握得清清楚楚。

工作人員幫她畫好淡妝，濃黑的鬈髮挽起公主髻，配上一頂珍珠冠。

宛紗踩著水晶鞋一出場，周圓圓即刻跳過來，羨慕地道：「好漂亮！這是哪來的衣服啊？」

梁琪了然地笑：「男朋友給的吧。」

對於傳一珩算不算她男友，宛紗實在難以回答。

「宛紗，妳來了。」

宛紗這套金色晚禮服，委實惹人矚目，曲哲一眼就發現了她，上前跟她打招呼。

「今晚最美的女神，一起跳支舞吧！」

宛紗第一反應是拒絕：「呃，我不會跳舞……」

曲哲笑著說：「沒關係，我教妳跳，交際舞不難。」

「曲學長，好久不見。」背後忽地響起清越的問候，回頭一看，正是穿著燕尾服的遲封。

遲封一出現，周圓圓的眼就直了，戳戳旁邊的梁琪問，這是誰？

曲哲不滿他來打擾，勉強寒暄幾句。

「有人叫我過來傳話。」遲封指了指人群紮堆的地方，柔道社副社長正臭著臉，狠狠瞪了眼曲哲。

曲哲一臉掃興，跟宛紗說等會再教她跳，朝副社長走去。

遲封趕走了曲哲，目中流露出一絲戲謔，轉過身，上下打量宛紗，頗紳士地問：「很適合妳。今晚的妳很美，有幸跳支舞嗎？」

宛紗的肚子餓扁了，穿著緊身禮服，不好意思大吃特吃，沒什麼動的力氣。不過學長畢竟送她一張票，她還轉贈給了朋友，不跳支舞多不給面子。在梁琪的慫恿下，宛紗被推進了舞池，尷尬地說：「我不會跳……」

遲封笑著伸出手：「把手交給我就好。」

宛紗伸出白皙的手，一下就被他握在手裡，另一隻手被摁在他的肩上。

遲封按交際舞規則，一手攬住她的細腰，眨眼一笑：「我會念出節拍，左右腳跟著我走就行。」

宛紗不習慣跟他那麼近，身子不由緊繃：「我盡量吧。」

要是換成傅一珩，她可能會更自在一點……他到底去哪裡了！

大概是她又餓又沒精神，遲封每次念節拍，她總是慢半拍，尖長的高跟鞋好幾次踩到他的腳。

宛紗十分抱歉：「學長對不起！」

「沒……沒關係，不痛。」遲封額頭青筋抽動，勉強擠出笑臉，還是那般溫文爾雅，將宛紗拉到舞池角落，慢騰騰地旋轉，「這身晚禮服，是傅部長送妳的吧？」

「對啊，是他送的。」

「妳跟他同一寢室吧？幸好他對妳不錯，沒做別的事……」他欲言又止。

宛紗不解地皺起眉頭，「學長這話是什麼意思？」

遲封搖頭，笑了笑：「算了，怕嚇著妳，其實也沒什麼。」

宛紗想起管理員86也曾警告過自己，不免產生濃重的好奇，正色地祈求：「學長，可以告訴我嗎？」

「妳湊過來一點。」遲封故意賣關子，唇挨近宛紗珍珠般的耳垂，「他啊，殺過不少人……」

宛紗背脊一涼，恰時抬起頭，目光穿過熙攘的人流，眼珠彷彿被一道沉黑陰暗的視線刺穿。

只見，傅一珩穿著筆挺的黑西裝，猶如死神般肅冷地盯著他們，觸及她的眼眸，唇角旋即勾出似笑非笑的弧度。

無比嚇人。

第十八章　晚宴後的強迫遊戲

那頭來了學生會的人，傅一珩已然轉移視線，迎上他們的寒暄。

宛紗別開眼，那炙熱的目光彷佛穿透了她的脊梁，如芒在背。

遲封也發現了傅一珩的身影，回頭看了看宛紗的神色，溫和地笑：「紗紗，別怕，有我在。」

宛紗垂著頭，想說點話，紅唇微張，卻發不出音。

方才的傅一珩，散發使人畏懼的氣場。

跳完舞後，她不敢擅自靠近，並非害怕，其實是心虛，彷佛做錯事，惹了他生氣。

遲封貼心地夾了塊蛋糕給她，「餓了吧？吃點東西填填肚子。」

嗅到蛋糕香味，宛紗恢復了精神，道了聲謝謝後，接過盤子吃了起來。

宛紗吞下最後一口，邊嚼邊問：「學長，你怎麼知道傅一珩……」

「一個管理員告訴我，他曾用一柄骨刀剖開活人的頭顱。」

宛紗想起傅一珩為救自己，確實拿出過一把材質特別的小短刀。當時，他手段殘忍地刺傷那些要強暴她的高年級學生。

「我不信。」她輕咬貝齒，小聲卻篤定地說，「我覺得只是別人在造謠。」

遲封眼眸掠過一絲驚異：「我不過是提醒妳小心，沒別的意思。」

宛紗笑了笑：「我不是說學長造謠，是說管理員啦。傅一珩是我室友，要是他那麼壞，早就弄死我了。」

遲封唇幾不可察地抿起，像某種目的沒達成，沒再繼續。

晚宴後半場，副會長夏天雲上臺發言，談起學生會近一年的成果，重點褒揚傅部長的能力，感激他為學生會做出的奉獻，一言一行間充斥著迷戀。

會長趙泱扳著臉看向傅一珩，目中已有怨毒。

夏天雲笑著說：「晚宴結束後，我們進行即興節目——強暴遊戲。」

一聽這詞，臺下開始議論紛紛，多是興奮和迫不及待。

「女士們提前二十分鐘進樹林躲藏，男士們則扮演強暴犯的角色，追捕已經藏好的女士。逮到，即可為所欲為。

「每個男士可以獲得繩子、膠帶這兩樣道具，雖然是強暴遊戲，但也不能對女士動粗哦。」

宛紗正高興地吃著東西，遊戲就已經開始倒數計時了。

梁琪撇嘴道：「有毛病啊，萬一碰上不喜歡的男生怎麼辦？」

遲封單獨將宛紗拉到一邊：「這遊戲恐怕會違背妳的意願，我教妳一個藏起來的方法。小樹林裡有豎起的欄杆，妳找到那裡後，往月升的方向走五百步，有一個隱蔽的樹洞，藏在那裡沒人會發現，到時我也會過去保護妳。」

宛紗嗯了聲：「遊戲開始得太快了，我還沒吃飽……」

遲封意味不明地笑：「我會準備點東西，待會讓妳吃到飽。」

一旁，周圓圓湊過來，剛好偷聽到他的話，眼裡滿是嫉妒。

遊戲開始後，女生們被要求分散行動，不許成群結隊。

過了二十分鐘，只有少數人找到自己的躲藏位置。

二十分鐘後，輪到男生抓人了。

遲封很快來到大樹底下的樹洞前，看著樹洞外的被當成遮蔽物的茅草，心想肯定是宛紗故意弄的。

即便如此，仍能看見茅草中若隱若現的白皙大腿。

他舔了舔嘴唇，已在謀劃怎麼折騰死被騙來的宛紗，捆綁她、強暴她、把茅草塞進小穴，讓她吃得夠，然後……

「紗紗，出來吧，我給妳帶了些『好吃的』。」他恢復溫煦的笑，扯開凌亂的茅草，看清裡面後，當場愣在原地。

「遲學長。」圓臉女生從樹洞鑽出，朝他盈盈一笑，「我等你等了好久。」

遲封皺眉：「妳是？」

「我是宛紗的朋友周圓圓。」圓臉女生羞澀地笑。

「宛紗呢？」

周圓圓搖搖頭：「不知道，她往另一個方向跑了，我看她沒有過來，就自己躲在樹洞裡了。」

遲封握緊拳頭，額部青筋暴起，牙關發出嘶聲：「小賤人，居然騙我……」

夜色昏暗，周圓圓看不清他猙獰的表情，只是嬌俏地道：「學長，我想跟你玩遊戲。」

遲封轉頭看她，展開招牌的笑，咧出白森的牙：「可以啊。」

宛紗踩著高跟鞋，獨自走在密林間，腳踝被鞋磨破皮，又累又痛又餓。她故意沒去遲封說的隱藏點，主要是因為他說了傅一珩的壞話。

有種像是自家人被外人說三道四的感覺，她有點小小的不高興。

不過說實話，直覺也告訴她，現在千萬別接近傅一珩，否則會死得很慘。

「紗紗，妳要往哪跑！」曲哲從草叢裡蹦了出來，嘿嘿笑著拽緊繩子，「乖乖束手就擒，成為我的性奴隸吧！」

宛紗皺眉：「曲學長，你也太入戲了……」

曲哲招招手：「過來跟我一起玩吧，我技術一流哦。」

宛紗微笑著朝他靠近，從背後摸出一根電擊棒，按下開關鍵，猛地戳中曲哲的腰。

曲哲渾身一抖，兩眼翻白昏了過去。

宛紗收起電擊棒，淡定地說：「對不起啊學長，我不想跟你玩。」

躲藏點並不好找，很多女生已被男生制伏住，遭遇各種不可言說的行為。

這電擊棒宛紗可是天天帶在身上，當她在樹林裡尋找躲藏點時，已經擊倒了兩、三個想襲擊她的男生。

一個男生還好對付，萬一同時有好幾個怎麼辦？

宛紗索性脫掉高跟鞋，希望能走快點，沒走幾步，腳底板傳來尖銳的疼痛。

「嘶……」她蹲在草地上，拉起裙子，只見腳底板滲出血絲。

黑茫茫的天，無雲無月，僅有幾顆星星掛著。

一陣風颳來，宛紗忽感寒意，忍著疼痛起身，勉為其難地朝前挪步。樹影婆娑處，晃動一條細長的黑影，踩著瑟瑟枯葉，朝她緊逼而來。

宛紗握緊了電擊棒，轉身就跑。

背後，風送來那人的笑聲：「呵，妳要跑去哪？遊戲繼續。」

低啞的嗓音，像一縷沙礫流進耳洞，摩擦她的耳膜，竟然是傅一珩。

知道背後是誰，宛紗反而跑得更快了，深怕他會抓到她完成強暴遊戲。

「給妳兩分鐘。」傅一珩邪肆輕佻的口氣，彷彿把她當做狩獵圈裡無法脫逃的獵物。

黑夜覆蓋的密林，伸出猙獰的枝條，拉扯金色的偏長裙襬。

宛紗起初慌不擇路，找準方向感後死命狂奔，耳邊颳著呼呼的烈風，光腳踩在枯枝爛葉，腳底板磨出尖銳的疼。

隱隱聽到女人在呻吟，嗚嗚地求饒，就在幾百步內，被男人強迫著交合。

不行，得趕緊躲起來。

宛紗跑了圈，歪打正著，找到一處頗為隱蔽的樹叢。她連忙蹲下身，小心翼翼地掩藏自己。

不敢暴露氣息，捂著嘴，鼻子輕輕呼吸，謹慎地從樹叢的縫隙窺看情況。

呼，應該沒追上來吧……

正歇了口氣，頭頂傳來被撫摸的觸感，一絲涼意從髮根到頭皮，滲透進她的腦髓，力道卻極盡溫存，像情人間疼惜的愛撫。

「兩分鐘時間。」他發出一聲輕嘆，「妳還是沒逃掉。」

宛紗被一雙臂膀撈起，跌進柔軟的草堆裡，健碩有力的胸膛壓了上來。

「你怎麼追上來的？」她用力掙了下，想脫出他強悍的桎梏。

傅一珩捉住她亂動的手，貼近著：「我以前玩過追蹤，從足跡就能看出獵物逃去哪裡，妳的留下那麼多痕跡，太好找了。」

宛紗兩手被他單手擒住，輕而易舉地拉到頭頂，感受他另一隻手在揉捏她的腰際，像在侵犯領土，又在像宣誓主權。

傅一珩離她近了，聞著清淡體香，理智在慢慢崩解，化為洶洶燃燒的火，是欲望還是憤怒，大手伸向她的裙底，沿著一角撕開柔軟的絲綢。

宛紗聽到撕裂的聲音，愣住了，雙腳胡亂地蹬踹：「傅一珩，你瘋了嗎？」

「這不是遊戲嗎？」傅一珩出其的平靜，「躺著好好享受。」

看來他真要強暴她，足以令人心顫。

沒多久，宛紗赤裸的肌膚暴露在空氣中，胸脯微微泛涼，腰部以下卻被困在他火熱的身軀下。

背部壓著有些刺人的青草，肌膚沾上夜晚的露水，彷彿告訴自己，她正在野外被傅一珩強暴。

傅一珩掏出繩子和膠帶，看著她細嫩如玉的手臂，最後還是選了膠帶，合攏她的手腕後，將膠帶纏了上去。

宛紗的雙腿被他掰開，腿心灌進涼颼颼的風，溫熱的指尖擦在花唇上，輕輕地摩擦，然後插進小穴，在肉縫裡來回攪動。

觸感是有紋理的指腹，他脫下了黑色皮手套，相處那麼久的時間，還是沒見過他摘掉手套的樣子。

「妳准許其他男人觸碰妳這裡？」

宛紗知道答錯會很麻煩，可胸口湧著一股倔氣，不想讓他稱心如意，故作輕鬆地說：「這事跟你沒什麼關係吧，傅一珩室友。」

傅一珩一字一頓的聲音，從牙關裡滲出來：「我不喜歡別人碰我的東西。」

他在介意她跟遲封跳舞的事嗎？

「我是東西？」宛紗揚起嗓音，極其認真地說，「麻煩你把我當個人！」

傅一珩別過臉，肩膀微聳，像被她逗笑了，又像被氣岔：「我說的是妳身上的裙子。」

宛紗噎住了，自作多情好尷尬。

「妳這話的意思是……」傅一珩俯身逼近宛紗，像濃稠黑霧籠罩她周身，呼出的灼熱噴在她的頸下，「妳覺得，自己是屬於我的？」

宛紗縮了縮脖子：「不不不，我屬於我自己。」

「妳看妳，全身上下都被我玩遍了，還不屬於我嗎？」傳一珩牙尖咬住她的乳頭，傳出低啞的聲音，「我想碰妳就碰妳，想上妳就上妳。」

接著，宛紗聽到了熟悉的拉鍊聲，知道在劫難逃，雙腿不自覺夾緊起來，感受冒著熱氣的硬物抵進腿心，一下下地刮著花唇。

「都上過妳多少次了，還敢說不是我的人。」他躬起腰身，猛地一個挺進，圓碩的龜頭像一塊烙鐵，輕車熟路地撐開緊致的穴口，往深處狠操進去。

既然是強暴遊戲，他沒做多少前戲便直接闖入了。

密穴還未分泌蜜液，被撐得微微痠痛，軟軟的肉像吸盤吸著，攪著形狀恐怖的異物。

「嗯啊……」宛紗綿綿地輕叫，被捆綁的手難耐地蹭，深刻地體驗粗長的肉棒一寸寸地擠進體內，輪廓格外的清晰，甚至能感受青筋突突地跳動。

傳一珩兩手抓握乳肉，伏在她身上，肉莖小幅度地抽插起來。

宛紗渙散地望向天頂，目光往下挪，看見他寬肩的線條起起伏伏，寬闊的胸膛前後聳動，聽著昂揚在她體內抽動的聲音。

心尖淌出絲絲熱流，猶如冒出的溫泉，灌滿身體各處每一個細胞。

被抽插過猛的甬道，溢出了黏膩液體，使得肉莖的進出更加順暢。

「插幾下就濕了，是不是很舒服？」他將頭埋在她頸邊，嗅著淡淡的奶香，腰腹進出得越發劇烈。

每插進一下，她都會低叫出聲，像被捏弄的小玩具，著實討人喜歡。

他背部躬成性感的曲線，猛地捅到深處，在她體內噴出濃濁的精液。

宛紗感受黏黏熱熱的液體，一股股地彈進體內，有種肉體被泡熱的感覺。

本以為結束了，沒過五分鐘，他再度將宛紗抱在懷裡，雙腿架在腰部，肉莖抵著流出精液的小穴，深深插入。

宛紗將頭埋在他的胸前，隨著肉莖的進出，身子上下起伏著。低頭一看，還能瞧見粗壯的肉棍插在腿間，跟自己親密結合。

有點痛，但非常舒服，慢慢習慣被他玩弄了。

天天被他插進抽出，體內充滿黏糊糊的精液，會不會有一天壞掉？

宛紗有點置氣，牙尖朝他的肩膀咬了口：「這種事，你還會找別的女生嗎？」

「不會。」他極快地回復，彷彿是條件反射，未經過思考脫口而出。

宛紗愣了愣，輕輕咕噥一聲：「好吧，我也不會找其他男生。」

如果換成其他人，大概會覺得很噁心吧……

傅一珩指尖抬起她的下頷，背著星光，看不清他臉龐的表情，薄唇貼上她的紅唇，「我只會跟妳做。」

事後，宛紗軟趴趴的起身，雙手抱著赤裸的胸脯，欲哭無淚的譴責他：「混蛋，你要我怎麼回去？」

傅一珩撿起自己的白襯衫，套在宛紗身上，低笑道：「我抱妳回去。」

宛紗被他橫抱而去，削尖的下頜抵在他肩膀，唇湊近耳畔：「對不起啊，我不該穿著你的裙子，跟其他男生跳舞。」

傅一珩嗯了聲，頓一頓，淡淡地開口：「襯衫口袋裡有顆茶葉蛋。」

宛紗噗哧笑了：「你藏了晚宴的雞蛋？」

「妳不是肚子餓嗎，這是留給妳的。」

晚宴結束的三天後，宛紗接到梁琪打來的電話，問她有沒有看見周圓圓，她已經三天沒回宿舍了，電話又打不通。

宛紗心頭一凜，回憶起那晚跟周圓圓分開時，她神色古怪地問自己，會去遲學長說的小樹洞嗎。

難道……

不好再往下揣測，畢竟才失蹤三天，說不定明天就回來了。

自從當了傅一珩的小祕書，宛紗算在學生會有了一席之地，無疑是調查她哥失蹤的好機會。

傅一珩的電腦裡記錄著在學生的積分資料，但畢業生的資料，就會存在檔案室的一臺電腦裡。平時門上著鎖，普通社員不得入內，但據說傅一珩有鑰匙……

下午，財務部辦公室。

傅一珩身長玉立，微瞇著狹長的眼眸，抬起宛紗下頜：「今天這麼主動？」

宛紗幫他拉下褲頭拉鍊，主動趴在辦公室上，眨著眼：「討好你囉。」

傅一珩掰開她的雙腿，輕笑一聲：「沒穿內褲，很好。」

少女潔白無毛的陰戶大敞，花穴被捅過無數次，每晚都難逃魔掌，仍是粉嫩如初，等待他的再次臨幸。

宛紗解開衣襟的釦子，挑眉笑：「你不是喜歡我光屁股嗎？」

傅一珩像要侵略掠奪，暗沉的身影緊逼：「我更喜歡妳被我進入的樣子。」

宛紗微微震懾，胸口如同被振盪一下，愣然地對視他，魂魄被深黑的眼眸吸噬一半，直到圓粗的龜頭卡進穴口，才稍稍回神。

「太快了吧！」她微微蹙眉，穴裡有點乾，沒多少前戲，被直奔出題了。

傅一珩手往下伸，開始輕輕搓揉起花唇，使她快點出水：「妳不是有其他事？」

小心思被看穿了，果然是傅一珩。

「我想要機務室的鑰匙。」宛紗心裡極為忐忑，擔心他會拒絕。

要是教導主任發現傅一珩給她鑰匙，他在學生會的地位可能不保。

傅一珩掏出鑰匙串，俐落地扔給她：「最小那把的就是。」

宛紗微微錯愕，他竟然不問緣由地給她了？他們對彼此的定位是不同的嗎？

傅一珩弄出水後，窄臀猛地朝前一挺，陰莖貫穿進她濕熱的甬道，雙手抓握胸罩下的乳肉。

他的大傢伙再次進來了，深深埋在自己的體內，每晚跟他肉體交合，融合一體的感官越發鮮明。

一進一出，身體在搖擺，桌子在晃動。

宛紗一絲不掛地躺在辦公桌上，雙腿夾著傅一珩的腰身，背蹭著冰涼的桌面，下體塞滿火熱的肉棒，小穴努力地一吞一吐。

看不見自己的模樣，卻能猜測得出，在傅一珩眼裡，此時的她多麼淫色，無處安放的手捂著嘴。

他嗓音低啞異常，唇瓣像含著冰塊，凍得她顫慄不已：「叫出來。」

「啊……要壞了……慢一點……」

在島上這麼多天，她目睹過不少的性交，聽到女生過激的呻吟，都忍不住笑出聲，太誇張了有沒有。

可當發生在她身上，自己竟然一也忍不住喊出來了，尤其是在傅一珩強大的性能力之下。

傅一珩偏偏最喜歡她喊，昂揚高頻率地往裡穿刺，進出得越發猛烈，插得穴口翻江倒海。

宛紗以為自己要壞了，誰知傅一珩突然抱起她，托住她豐美的臀部，肉棒仍插在被肏腫的穴裡，一聳一聳地插幹。

她生怕掉下去，不得不抱著他修長的脖子，任由粗長的性器進出體內，感受海浪般洶湧的快感。

整整一個小時，傅一珩都沒有射，還換了七、八個姿勢。

直到她快要虛脫時，傅一珩射出蓄積已久的精液，也沒過問為何會索要鑰匙，給予充足的查詢時間。

得到鑰匙後，宛紗偷偷潛進了機務室，打開辦公電腦，試圖查詢哥哥的積分去向。

看得出來，他哥在校的最後一年，談了場轟轟烈烈的戀愛，開銷變得特別大。

看過他們的社交圈，宛紗很早就知道，臨近畢業前的一個月，他和女朋友提前拍了學士照，還送女友去了七天的畢業旅行。

這所學校是全封閉式的，只有被抽中的學生，允許出島度假或進修。

宛紗再查他哥女朋友鄧霜的積分去向，才發現她出去度假後，就再也沒回來過了。

她哥的積分削減速度銳減，可能在鬱鬱寡歡吧。

看過一頁頁紀錄，宛紗發現她哥在畢業前幾天也沒有消費記錄，是不是去找鄧霜了？

宛紗查了鄧霜的一個好友，同去畢業旅遊的女生，也是同樣結果——沒再回來過。

她們到底去了哪裡？

學校培養性交，究竟有什麼目的？

越想，越覺得毛骨悚然。

正專注地盯著一行行數字，宛紗忽然聞到一絲古怪的氣味，正要回頭，一條濕透的白色抹布，迅速蒙住她的口鼻。

「唔唔唔……」類似酒精的刺激氣味，灌進她的口鼻，眼前天旋地轉，意識像被猛力拉拽，直接被甩出了身體。

不知過了多久，宛紗從混沌裡醒來，滴答滴答，聽到雨滴的聲響。

外面下雨了嗎？

知覺一點點恢復，雙手傳來勒緊的充血脹痛，看來是被捆綁了。

她撐開眼皮，迷惘地環顧四周，發現自己身處漏雨的倉庫裡，地面積成一片水窪。

旁邊放了張小桌子，上頭擺著裝滿水的小碗。

是誰綁架了她，倉庫在哪個位置，她一概不知……

情況發生得這麼突然，傅一珩未必能救她，必須靠自己才行。宛紗狠咬一口嘴唇，使自己更加清醒，看著裝水的小碗，忽然有了主意。

搖晃著綁住她的椅子，朝旁邊桌子撞了過去。桌子被撞倒在地，瓷碗隨之碎裂開。

宛紗同樣摔了下來，手肘狠狠撞向地板，疼得她掉出了眼淚。

忍著痛，她挪動著身體，朝破碎的碗移動，總算拿到一塊瓷碗碎片。

她鬆了口氣，捏住碎片一端，卯足力氣割著捆綁的繩子。

希望綁架她的人，千萬別太快回來，否則就麻煩了……

匡噹！

門開了。

傳來皮靴的噠噠聲，一步步朝她逼近，伴隨著陰沉沉的笑。

「紗紗，前幾天被妳耍了一道，我可是很傷心啊……」

第十九章　遲學長的眞面目

宛紗連人帶椅栽在地上，揚起臉看向門邊的身影，呆了片刻：「遲學長……」

遲封扶起捆住宛紗的椅子，依然笑容可掬，眼底卻帶著譏誚：「怎麼摔成這樣，我的小可憐。」

宛紗生怕被他發現，慌忙用手握住碎片。被捆綁的雙手充血脹痛，碎瓷片刮著手掌，彷彿要把手割開了一般。

宛紗提出了思索很久的疑問：「那晚，周圓圓是跟你在一起嗎？」

遲封坐上她對面的椅子，點了根煙，蹺起腿，在煙霧裡睇她一眼：「對啊。」

他吸煙的頹廢模樣，跟以往和善的形象截然不同。

「她失蹤了。」宛紗說。

遲封彈了彈煙灰，輕笑：「她跟我玩了一夜，現在埋在土裡。」

「你殺了她？」宛紗吃驚不已。

「我本來的獵物是妳，誰知道她自己送上門，我退而求其次，就陪她玩一玩。」

他咧開白森的牙，猩紅的舌回味地舔唇角：「她很樂意被強暴呢，穴裡塞滿茅草、石塊，再被我一刀刀割開。長得很一般，下面卻滿漂亮的哈哈哈……」

而他下一個目標，無疑是自己。

外頭的雨聲越來越大，他狂笑聲像冰錐似的，刺著宛紗的背，她渾身冒起層層寒意。

「要逮到妳還真不容易。」遲封炫耀著他的手段，激動得漲紅了臉，大口吸著煙：「不過應該感謝傳一珩，他為了讓妳順利溜進機務室，關掉了沿路的監視器，誰也不知道妳被我抓了。」

宛紗單單扭動腕環節，輕巧地割著粗壯的繩索，故意跟他拖延時間：「學長，至今為止你殺了多少人？」

「算上妳的話……十八個。跟世界頂級的殺人狂，還差得遠。」遲封的口氣還頗為遺憾，似乎想達成某個目標。

對變態殺人狂而言，殺人就跟普通人喜歡養花一樣，是怡然自樂的興趣。

他們殺人後，會留下受害者身體一部分，時不時回味殺人過程，每處細節都記憶猶新。

愛好悶在心裡太久，遲封突然跟宛紗分享起以往的殺人經歷。

第一次殺人，是在他十二歲那年，學校來了個年輕漂亮的老師。有天他沒寫完作業，被女老師單獨留在教室。

他直接提出想跟她做愛，因為覺得老師留下他，是勾引他的意思。誰知道老師並不願意，遲封便趁機用凳子砸她，再拿筆桿撕裂她的陰道，導致她大出血而死。

由於沒留下精液痕跡，警方也不覺得小孩子會做出如此殘忍的事，便排除了他的嫌疑。

自此他便上了癮，隔幾個月後又用相同的方法，姦殺了隔壁學校的十歲女生。

宛紗越聽越覺得熟悉，沉聲問：「被殺的女生，叫劉雯斯對不對？」

遲封挑眉，「怎麼，你認識她？」

「她是我同學！」宛紗驚怒的聲音從牙縫迸出，「員警都說是我哥殺了她，原來是你，你嫁禍給了我哥！」

「我差點忘了妳是宛毅的妹妹。」遲封托腮回想，「當時他剛好經過嘛，就借了根他頭髮用用。反正當時他也未成年，受《少年事件保護法》保護，最後不是拘留後釋放了？」

宛紗氣得滿臉通紅，怒瞪著他道：「你害他被學校退學，被我爸媽趕出家門……他之所以被迫來到這所學校，就是你害的！」

遲封看著她一臉氣呼呼，莫名覺得可愛，幾步上前，撫摸她的臉頰。

宛紗側臉躲開他的髒手：「你殺了那麼多人，學校不知道嗎？」

「學校根本不管。」遲封嘿嘿笑了幾聲，「因為啊……有人喜歡看呢。」

宛紗一臉茫然：「什麼意思？」

遲封手往後一揚，大笑出聲：「學校的學生都是性奴，跟牲畜差不多，死一個算什麼。」

宛紗心頭發緊，手裡的動作卻沒停下：「你的意思是，學校知道你殺人，故意留下你？」

遲封聳肩：「我不過是即興表演。」

宛紗不自覺環顧四周，產生一種被人盯著的錯覺，渾身汗毛直豎。

「妳的小男友也不是好人。我第一眼見到他就知道，這傢伙身上的血腥味不比我少。」遲封拍拍她的臉，「寶貝乖點，我會讓妳舒服的。」

「他跟你不一樣！」宛紗驀地直起身，被割斷的繩子落在地面，拿起手裡的碎片狠狠劃向他的臉。

太過突然，遲封沒來得及反應，臉上傳來火辣辣的疼痛，擦了擦臉，手掌一片血水：「靠，我的臉……」

宛紗抬起膝蓋，用力踢向遲封胯部，接著奮力朝出口跑去。

遲封被踢中下體，呼痛著蹲了下來，被割出血痕的臉越發猙獰恐怖，血珠一滴滴滑進嘴唇，猶如嗜血的惡靈。

「老子要把妳碎屍萬段！」

宛紗奔到門口，紅腫的雙手摸索著門把，卻發現門被鎖住了。

遲封大步朝她逼近，堵住後面的去路：「呵呵呵，還能往哪跑，待會就把妳上到死。」

宛紗奮力摳弄著鏽跡斑駁的門鎖，聞到遲封散發的血腥味，一陣作嘔。

匡當聲，猶如地震一般，門劇烈地顫動。接著，又是兩聲恐怖的震顫。

年久失修的門轟然大開，大雨隨風而入，陰寒肅殺之氣瀰漫開來。

濕透的黑襯衫，勾勒出傅一珩精壯挺拔的身材，蒼白的臉凝著雨滴，薄唇緊抿，沉黑的眼眸像地獄來的勾魂使者。

原本宛紗都做好了再也見不到他的準備，直到親眼見到傅一珩時，頭腦一熱，拖動麻痺的雙腿，卯足力氣朝他奔去。

傅一珩迎面展開手，撈住宛紗，雙臂緊緊將她摁進胸膛。

大雨滂沱而下，宛紗抱著濕透的他，竟不覺得一絲寒涼，反而想靠得更緊些，最好融進他身體裡。

遲封面色煞白，預感傅一珩現身後，可不是賠命那麼簡單，慌忙扛起椅子，砸破窗戶的擋風玻璃，跳窗逃竄。

傅一珩冷厲地掃向破窗，唇角勾出鄙薄的弧度，收回目光，對宛紗低聲說：「我先送妳回去。」

宛紗用力搖頭：「不能放過遲封，他是殺人魔！」

傅一珩將她橫抱而起，大步朝宿舍方向走：「無需操心這些，之後的事我會處理。」

回寢室的路上，大雨漸漸緩了下來。

宛紗換了身衣服，躺在床上修養，攤開紅腫的手掌，看著為了自救而割出來的傷口，胸腔湧動著沉沉的悶痛。

抬起眼，便見一雙黑色皮革手套，從斜上方伸開，捧起她腫紅的手掌，將碘酒塗在傷口上。

手掌傳來火辣辣的疼痛，宛紗忍不住嘶了一聲。

傅一珩停下動作，斂著黑眸觀察她的狀況後，才繼續塗抹碘酒，但動作輕柔不少。

想起她哥平白蒙冤、初中好友被姦殺後屍橫荒野，宛紗鼻頭一酸，眼淚在眼眶裡打轉：「把殺人當作樂趣，怎麼有這樣殘忍的人！」

「他有反社會人格，不存在同情心。」傅一珩用繃帶包紮好傷口，語氣清淡的開口，「我也一樣。」

宛紗微愣：「你怎麼可能跟他一樣，他是個變態殺人魔啊！」

「有區別，但本質相同。」傅一珩很平靜地解釋。

宛紗輕咬下唇，望了眼他孤傲的眉眼，有種體力透支的疲乏感，頭埋進被窩裡喊著：「我不信！」

身後傳來窸窸窣窣的脫衣聲，被子掀開一角，火熱緊實的胸膛貼上她。

宛紗身體微僵，想著他是要那什麼麼，像以前每個夜晚一樣。

然而，傅一珩僅僅是擁著她，周身縈繞沐浴後的薄荷味，耳側是他呼出的熱流，熟悉且舒心。

「睡吧。」他說。

簡單兩個字，卻讓宛紗冷靜了下來，闔眼進入了淺眠。

夜半時分，宛紗從夢中驚醒，下意識地探向身旁，只摸到冰冷的被子。她倏地坐起身，打開床頭燈，燈光盈滿的室內只有自己。

窗外狂風夾著雨滴，拍出滿窗的水斑。

雨越下越大了。

黑樹林，水聲淅淅。

遲封這輩子從未這麼拚命過，他在樹林裡死命逃竄，肺裡的空氣流通不暢，人已到崩潰邊緣。

姓傅的不是人吧，無論他逃到哪裡，都能極快地被追蹤到！不急於抓住他，根本是在享受折磨他的快感！

遲封力氣耗盡，身子往前一栽，陷在汙濁的泥濘裡，咯咯地笑：「夠了沒，我不逃了，要殺要剮隨你。」

他撐開眼皮，模糊地看見一雙皮靴慢慢地朝他而來。

「太弱了，就憑你，還敢碰她。」

遲封嗤了聲：「是我失算，我第一次見你，以為你跟我一樣是小打小鬧而已，想不到你是專業的……」

皮靴猛地踩在遲封頭上，壓著他吃了一嘴的泥巴。

「別相提並論，你不配。」

土腥的泥巴像糞便，遲封被迫塞了滿嘴，再也說不出話。

傳一珩嗓音沉得像磨砂，一字一字穿透他的身心：「很喜歡表演是嗎，明天就演給他們看。」

第二十章　水上性愛教程

翌日中午，宛紗獨自去餐廳吃飯，剛好碰上了梁琪。

梁琪看宛紗無精打采，便擔憂地問她昨晚是不是沒睡好。

宛紗搖搖頭，只說最近出了些事。

昨晚半夜醒來，發現傅一珩不在寢室，電話也打不通。她滿腹心事，呆坐了一整晚，也沒等到人回來。

他究竟去了哪裡？

一旁，梁琪發出嘆息：「放鬆點，別想那麼多。周圓圓失蹤後，我一切都看開了，學校都不關心的事，我瞎操什麼心。」

宛紗動了動嘴，最終還是沒有說出，周圓圓其實已經被殺害的事。

她也沒打算跟學校那邊講。如果遲封說的是真的，學校根本不會在意他們的死活。

梁琪笑著說：「對了，我聽說學校要開放島外旅遊的申請了！」

宛紗心頭一緊，手指不由握緊筷子：「什麼時候？」

「下個禮拜吧，據說每隔一段時間都會舉行，只有抽到的學生才能去，要是抽到我們該有多好……」

宛紗盯著碗沒吭聲，內心波瀾起伏。

梁琪一臉期待：「啊啊，好想來場無憂無慮的旅行啊！」

「無憂無慮……」宛紗低聲呢喃，指腹微微濕透，筷子夾得肉塊一滑，骨碌碌地掉在地面。

有種不好的預感。

吃完飯後，梁琪勾著宛紗的手臂準備回宿舍，看到遠處聚集了一群人，梁琪便興致勃勃地想上前湊熱鬧。

「走走走，去看看那些人在幹嘛吧！」

熙攘的人群一個個朝著頂樓指指點點。

只見，宿舍頂樓有一道瘦長的身影，站在水泥欄杆上，垂頭極目遠眺。

「咦，他不會是要跳樓吧？」

「跳啊，怎麼不跳，趕緊啊，哈哈……」

樓下不懷好意的學生在嘲弄。

離得太遠，宛紗瞧不清那個人的長相，僅僅能看見他渾身在發顫，不知是因為害怕跳樓，還是因為有更恐怖的存在，正在驅使他跳下去。

「快跳啊，怎麼還不跳！」

大家只顧著催促，根本沒有人上去阻止他跳樓。

宛紗皺起眉頭，覺得這學校的價值觀根本整個扭曲了，通常有人要自殺的話，不是應該先救人再說嗎？

正在這時，頂樓的人邁出一腳，踏空欄杆，直直墜下。

樓下，尖叫聲此起彼伏，人群紛紛往後躲開。

宛紗被前面的人撞了下，身子一斜，眼看要被當作人肉墊子踩踏。背後驀地伸開修長有力的臂膀，撈起她的腰身，穩妥地擠出混亂的人群。

待睜開眼，她發現墜樓的人並未掉下來，而是被一條粗長的繩子勒著脖子，吊死在三樓。他滿身是泥，辨不清長相，雙腿在半空中晃蕩，像古代被處以絞刑的犯人。

宛紗只覺觸目驚心，不忍再看。

身後伸開黑色皮革手套，帶著冰冷的觸感，輕輕覆在她眼皮上。

「乖，別看了。」

新的一輪性交課程，是在海灘進行戶外教學。

到達海灘別墅，學生們已經換上泳裝，在泳池旁等待郭老師前來。

周圍都在討論島外旅遊，據說抽籤結果出來了，被選中的人員不會公布，管理員會直接找上門。

有人說戴曼麗就被抽中了，所以今天才沒來上課。

傅一珩也沒來上課，人不知哪裡去了。

宛紗慶幸沒抽中自己，問正在討論的一個女生，往屆出島旅遊的學生，後來有沒有安全返校。

女生一臉莫名：「當然回來啦，高我們一屆的甯學長、馮學姐，上個學期就有去島外旅遊啊。」

聽到此，宛紗稍稍安心了，是她想得太複雜吧，不過是普通的島外旅遊。

旁邊男生突然插嘴：「可是劉學姐沒回來啊，失蹤了學校竟然也不管。」

此言一出，眾人突然詭異地靜了下來，半晌沒人吭聲。

沉默間，郭老師穿著夾腳拖姍姍來遲，臉色些許黯淡，鄭重地開口：「同學們，這是我替你們上的最後一堂課了。」

學生們哀鴻遍野，紛紛追問郭老師原因。

郭老師嘆息一聲：「我在島上待了十多年，有點累了，想回家看看前妻和孩子，不知道他們過得怎麼樣……」

班長孫貿跟郭老師接觸得最多，感情最深，喉頭有點哽咽：「老師，你還會回來嗎？」

「不會了，畢竟島上只是工作的地方，每年畢業季就看著一屆屆的學生離開，就好像送走一群老朋友，關係再好終要別離。對不起，這次輪到你們為我送行了。」

郭老師一席話，使得氣氛變得悲傷起來，不少感性的女生直接哭了起來。

「別難過，學校會找其他老師來教你們。」郭老師勉強地擠出微笑，眼角卻微微濕了，「唉，好歹為學校工作十多年了，遞交辭職信的時候，教導主任居然說我會淪為廢人，真是寒心啊……」

宣布完這個消息後，郭老師大致敘述了一下今天的課程，接著就放學生自由活動。

新課程是水上做愛，活動的泳池只有一點二公尺深，算是相對安全。

宛紗穿著玫紅緊身泳衣，豐盈柔美的身段，吸引了不少男生的矚目。

在拒絕好幾個做愛邀請後，她獨自游出方形泳池，順著流動的水，朝外側泳池游去。

無邊泳池與大海相連，池水的顏色與大自然融為一體，身處其中彷彿游在無邊無際的藍色水域。

宛紗游到一半，發覺所在的池底頗深，絕對不止兩公尺，剛想折返，瞥見水底掠過一道黑色影子，冰涼地擦過腳底板。

她吃了一驚，難道這池子裡有鯊魚？不管怎樣，她連忙往岸邊游去。雙手剛攀上池邊，腳踝便被冰冷的事物勾住了，整個身體被拽了下來。

「救命啊！」宛紗還算理智，碰到被制伏的情況，第一反應就是喊救命，在水裡撲騰掙扎，手肘猛地撞擊身後的胸膛。手肘堅硬的骨頭，磕到人體較為脆弱的肋骨，對方發出了悶哼聲。

居然是他。

「力氣挺大的嘛……」他湊近她耳畔，舌尖抵著她細白的耳垂，往後耳廓滑動，情色且誘人。

宛紗身軀微僵，濕熱的觸感令她身子發麻，呢喃地問：「幹嘛嚇唬我？」

傅一珩輕笑：「跟妳開個玩笑而已。」

宛紗扶著池壁，轉過身，打量眼前冷峻鋒芒的男子。

他頂多比她大一歲，心智卻成熟得可怕，現在卻跟同齡人一樣，跟她搞起惡作劇。

傅一珩挑眉問：「今天上了什麼課？」

宛紗猶豫地回答：「水上做愛……」

「聽起來很有意思。」傅一珩結實修長的手臂，輕輕托起她的翹臀，「我缺了一堂課，妳來幫我補課吧。」

宛紗暗暗腹誹，在她身上實驗無數次的人，還需要她來教嗎……

教就教吧，她要掌握主導權！

宛紗撫摸他極有質感的胸膛，滑向水底下的黑色游泳褲，手鑽了進去，握住他尚未勃起的肉莖。

「看看你，還沒準備好。」她用手套弄粗長的肉棒，沒一會，就在手掌心變硬變粗，暴起青筋突突跳著，還有那份耐人的灼熱，在水下也格外清晰。

傅一珩笑了：「是不是該塞進去了？」

宛紗咽了口唾沫，雙腿夾住他的腰身，保持平衡，將他勃起的肉莖從褲裡掏出來，撥開自己游泳衣的褲襠，朝肉莖的位置坐了上去。

「啊……」因著水的濕潤，幾乎不用多少前戲，男根撐開狹窄的肉縫，貫穿進濕潤的陰道。

看不見的水底下，兩人的下體正交合在一起。

傅一珩托起她的臀部，腰腹用力地朝穴裡頂弄，水濺在他精壯的身軀，晶瑩的水珠垂掛肌膚，有點邪魅的味道。

宛紗削白的下頜，抵在他寬長的肩頭上，任由他一下一下地頂進深處，小口地喘息著。

身子隨著水流漂浮，晃晃蕩蕩，有種無法操控的失重感，特別是肩膀以下全在水裡，彷佛隨時可能落水，激起一種危險又刺激的感覺。

為了平衡，她不得不貼近他，可下體承受的撞擊，又使得她雙腿無力。

「啊……受不了……有點怕怕的……」

「怕什麼，不是有我？」他低低地笑，吻了吻她的唇，臀部迅猛地聳動，肉體插在她體內，時而左右畫圈，像搗藥似地攪著肉穴。

宛紗的腿心被插得發麻，穴裡又痠得不行，夾著粗長的肉棒，次次被頂到敏感的媚肉：「嗯……好舒服……」

腿心被男性的恥骨頂著，兩瓣陰唇被操得往外翻開，攪出來的淫水混進池水裡。

可能水裡快感太強，傅一珩很晚才射進她體內，穴裡還吃了不少乾淨的水。

等她被抱出水面，肉莖從體內拔出的剎那，肉穴像嬰兒的小嘴，發出吃完美食的吧唧聲。

宛紗雙腿大張地躺在沙灘椅上，穴裡流出白色的精液，沿著股縫滑了下去。

傅一珩用紙巾擦乾她的下體，親親白嫩的腿心：「小穴夠貪吃。」

宛紗倏地起身，整理好泳衣：「你不說我都忘了，昨天沒吃避孕藥，我得趕緊補吃一顆。」

傅一珩平靜地說：「不用那麼急。」

「我可不想生小寶寶。」宛紗白他一眼，急忙跑去了更衣室。

避孕藥隨身攜帶在包裡，摸到藥罐後倒出一粒，吞進去的感覺很安心，完全沒有後顧之憂。

宛紗沒喝水，藥丸乾巴巴卡在喉嚨，好一會才咽下去，剛走出女子換衣間，發現走廊站著三名管理員。他們戴著防風面具，看不清臉孔，卻能隱隱感覺到，一道道盯中獵物的目光投射在她身上。

「出島的名單裡，漏掉的就是她吧？趕緊帶她上船！」

見情況不妙，宛紗掏出手機，打過去通知傅一珩。

電話嘟了兩聲，三個管理員卻大步逼近，直接拍掉宛紗的手機。

「我只是想打個電話……」宛紗愕然。

為首的管理員，朝她不耐煩地吼：「沒時間跟妳耗了，趕緊上船！」

另外兩名管理員繞到宛紗身側，架起她纖細的手臂，直接拎起來。

周圍路過三三兩兩的學生，只能眼睜睜地看著宛紗被管理員帶走。

「管理員幹嘛抓她？」

「誰知道，說不定違反校規了。」

面對三個壯年男性，宛紗毫無反抗之力，在眾目睽睽之下被架了出去。

這哪裡是去旅遊，分明是被綁架！

摔落在地的手機，螢幕依然亮著，通話已接通。

傅一珩仔細聽著電話那頭，學生討論宛紗被管理員帶走的事。他薄嘴抿成一線，裹起修長手指的黑皮革，握成拳狀，攥出一條一條裂痕。

「很好……」他沉沉地出聲，眼底壓抑著黑氣，看了眼手表，「呵，看看誰更快……」

換衣室離港口很近，十分鐘後，宛紗就被扛上一艘豪華郵輪。

抽中能夠出島旅遊的學生，加上宛紗一共十五名，奇怪的是，女生占大多數，男生只有三人。

戴曼麗發現宛紗也在，一臉嫌惡地道：「妳怎麼也在？」

宛紗別過眼，沒理會她。

戴曼麗左顧右盼，抱怨一句：「傅一珩居然沒來，好可惜啊。」

宛紗內心嘀咕，就算他來了，也不是妳的，哼。

第二十一章　性愛出島旅遊

郵輪的裝潢極為奢華，每塊磁磚彷彿都鑲了金邊，耀眼眩目，布局錯落有致，色調大方典雅，突顯尊貴不凡的格調。

在管理員的催促下，學生們進了郵輪內部的SPA水療會所，洗浴步驟為全身沐浴、足部護理、頭部護理、全身精油按摩等等。

「哇，好棒啊！」戴曼麗洗完澡後，脫下浴袍，渾身赤裸地躺在水療床上。

男師傅給她推精油，油手滑在她光潔的裸背，時不時抓握兩團豐滿的乳肉。

「重一點，好舒服啊……」

旁邊幾個男生看得口水直流，紛紛喊著要女師傅幫忙油推。

其他女生皆是如此，也像戴曼麗一樣，任由男師傅在她們身上吃豆腐。

一個個光著身子，彷彿遠古時期的原始人類，在學校馴化下失去廉恥，毫不介意被師傅玩弄下體。

唯獨宛紗穿著整齊，安安靜靜地杵在一邊。

一個男師傅拿著浴巾，笑臉迎人地朝宛紗靠近：「您好，我是一零二號師傅，您先脫光衣服，由我來替您水療。」

宛紗感到一陣噁心，拒絕的話險些脫口而出，想了想很快改口：「我先上個廁所，馬上回來。」

男師傅頷首微笑：「好的，廁所在走廊右邊。」

宛紗道了聲謝，拖著步伐溜進廁所，打開水龍頭，麻木地搓洗著手指。

就算剛剛沐浴過，依然覺得身上骯髒。這艘飄著昂貴香水的豪華郵輪，隱隱參雜著一股令人厭惡的氣味。廁所外傳來踏踏的腳步聲，偶有幾句談笑聲，似乎是巡邏的管理員在閒聊。

宛紗警覺地靠在門邊，偷聽他們在講什麼。

「聽說這次來的，有玩得特別狠的。」

「真的嘛，可別像上次一樣，玩壞好幾個。」

「玩壞了也沒辦法，誰叫他們被挑中了，哈哈哈……」

管理員具體在談什麼，宛紗不甚清楚，但敏銳地感覺到，出島旅遊絕不是想像那麼簡單。

躲在廁所只能拖延一時，早晚會被管理員捉住。宛紗算準時間，等油推差不多結束後，才緩緩從廁所出來。

走廊的落地窗外，能望見皎月隱在烏雲的縫隙處，夜空下，被黑暗波濤推動的郵輪，離學校不知多遠了。沉暗的玻璃窗倒映出她穿浴袍的白色身影，單薄得像一張紙片，漂泊在廣大的黑暗海域。

就算傅一珩再厲害，也找不到她了吧……

宛紗咬緊下唇，決絕地轉過身，獨自面對接下來的旅程。

而此時落地窗外，波瀾起伏的暗黑海面，一艘小型快艇，正衝破大浪而來。

快艇之上，挺立著拔長的人影，一身俐落的黑色緊身衣，融於夜色之中，赫然是傅一珩。

他將快艇停在郵輪附近，從工具箱中拿出一隻鉤爪槍，朝郵輪頂部發射。

鉤爪迅速鉤住船舷，另一端則固定在快艇上，以防快艇被海浪沖走。

傳一珩雙手攥著繩索，如同一條黑色獵豹，迅速而靈巧地攀爬而上。

郵輪的甲板上，一名持槍的管理員正在船舷邊巡邏，面朝著海浪，無聊地吹著口哨。

下一刻，背後伸出兩隻健壯的手臂，一隻固定住管理員的肩膀，另一個猛力扳動他的脖子。

喀嚓一聲，頸椎骨當場斷裂。

就算無法呼吸，幾秒內還死不了，但動彈不得的他，只能睜著眼被拖進角落。

半刻後，從角落裡踏出身形修長、穿著黑色制服的「管理員」，扛著另一個昏迷的暴露男性，直接扔進海中。

他一手握起防風面具，迎著凜冽的海風，遮住冷峻深沉的面容。

宛紗很晚才回到集合處，剛巧這時，來了一名管理員喊他們過去。

一零二號師傅直指宛紗，大聲說：「她的陰毛還沒剃，待會客人不滿意怎麼辦！」

管理員看向宛紗，電擊棍輕敲著手掌：「壓住直接剃了，動作快點！」

兩名按摩師傅徑直朝宛紗逼近，其中一個手持剃毛器，齜牙咧嘴地盯著宛紗的裙底。

其他學生眼看宛紗即將受辱，只是在旁邊盯著，沒人願意幫她一把。

「我是白虎，不需要剃毛。」宛紗連忙說，「不是還要去其他地方嗎？快走吧！」

兩名男師傅聞言，動作略微停頓。

管理員一揮手：「算了，換好衣服趕緊過去，那邊在催了。」

新衣服由白色絲綢製成，樣式像古希臘的圍裹式短袍，女生的大腿外側剪開一條空隙，走路晃蕩間，露出白皙的大腿，略顯性感。其他女生連內褲都沒穿，直接跟著管理員走，唯獨宛紗堅持穿內褲上路。

一行人通過長而曲折的走廊，攀上盤繞式樓梯，來到鑲嵌琉璃的楠木大門外。

管理員拍拍手：「進去以後，不准大呼小叫，一切聽從指示。」

學生們異常興奮，遐想著大門裡面，有更好玩的活動等著他們。

兩個管理員推開大門，輝煌燈光傾瀉而出，霎時迷離眾人的視線。

宛紗適應光線，看清門內是偌大的中央大廳，歐式巨型水晶吊燈底下，鋪著波斯風格的大紅蠶絲地毯，四周是雕刻花紋鑲金牆壁，彷彿誤闖進奢華的皇家宮殿。

大廳響起了交響樂，地毯的中部錯落著沙發躺椅。十個穿著光鮮得體的成年人，看膚色應該來自不同國家，正聚在一起暢聊，旁邊站著四個西裝筆挺的翻譯。

那些人聽到開門聲，紛紛轉過頭，含笑地瞧向冒出來的少男少女。

宛紗隱約覺得他們的目光，不太像正常的那種打量人的眼神，更像是在挑選什麼肉品之類的。

「站一排，快點！」管理員用電擊棒催促。

呆愣愣的學生們，猶豫著踩上大紅地毯，在管理員指示下，齊齊列成一列。

有個男生小聲道：「怎麼都是外國人？而且有幾個看起來很眼熟，好像在電視新聞裡見過……」

旁邊女生笑著說：「我覺得外國人長得都一樣。」

在沙發斜靠的皮膚焦黃、中東打扮的老男人，朝戴曼麗勾勾手指。

戴曼麗指著自己：「他在叫我？」

「快過去！」管理員猛地推了她一把。

戴曼麗走到中東男人面前，傻乎乎地打招呼：「哈囉。」

中東男人笑出滿臉褶子，渾濁的眼珠上下睇著戴曼麗，大手突然抓向她的衣服。

這身短袍用了極其柔軟的絲線，稍微使些力就能扯斷絲帶。

戴曼麗半截衣服被猛地扯下，潔白豐滿的乳肉彈跳出來，讓眾人肆無忌憚地掃視她的肉體。

戴曼麗絲毫不覺得害羞，還笑盈盈地問：「玩什麼遊戲呢？」

中東男人說了幾句話，旁邊的翻譯立即解釋：「他要妳掰開腿，摳穴給他看。」

「哎呀，那還不簡單。」戴曼麗大大方方躺在一張沙發上，細長的腿岔成M型，敞開被剪乾淨的粉嫩私處，手指插入穴裡摳挖，插著鮮紅的肉穴。

十個外國人圍著她欣賞，還有些人用手機拍下她私處的特寫。

中東男人看得喉頭滾動，拔開一隻啤酒瓶，用力捅進戴曼麗的淫穴，冰冷的啤酒灌得她渾身發顫。

「啊啊啊……好冰啊……太爽了……」

其他學生看著這一幕，竟不覺得有任何不對勁，大概是因為在學校就看過不少類似情況了。

看過戴曼麗表演後，其他外國人得了樂趣，各自去挑選學生來玩耍。

宛紗慢慢往角落裡躲，想避開別人的耳目，肩頭驀地被拍了一下。

她心臟一陣緊縮，朝後一看，是個四十歲左右的白人男子，相貌端正，舉手間盡顯紳士風度。

男人那雙深藍色的眼眸，直勾勾地打量宛紗，看似在評價她的長相身材，唇角勾起滿意的弧度，語速飛快地說些宛紗聽不懂的語言。

宛紗問旁邊的翻譯：「他說什麼？」

翻譯眉頭一皺，反感被宛紗這類等級的人提問，不耐地回答：「本沙明先生說，他關注妳很久了。」

宛紗正在思索這句話的意思，忽地被那個男子擒住手臂，往三樓拽去。

翻譯朝宛紗微微一笑：「好好服侍本沙明先生，聽從先生任何要求。」

宛紗顛顛簸簸地被拽上三樓，匆匆地從高處的欄杆眺望一眼。

二樓燈火通明的大廳，赫然變成大型淫亂場所。少年、少女們正被隨意玩弄著，也有人像宛紗一樣被拖上樓，獨自享用。

本沙明將宛紗推進一間套房，藍色的眼眸映著她略微慌亂的臉，溫和的五官隱隱帶著興奮，面部肌肉繃出猙獰的笑。

這間高級套房內掛滿了性虐道具，狼牙棒、倒刺皮鞭、鋼質夾片、陰道擴充器等等，皮鞭還沾著一絲乾涸的血漬。

不害怕是不可能的，宛紗只能盡力保持冷靜，滿腦子盤算著如何脫險。

宛紗琢磨一下，試圖用英語交流：「本沙明先生，我先去上個廁所。」

本沙明竟然聽懂了，指著宛紗的身下，說出很流利的英語：「就在這裡。」

宛紗怒不能言，是要她尿給他看吧，該死的變態！

第二十二章　衣冠禽獸

宛紗心跳如擂鼓，假裝對性虐道具感興趣，走到掛道具的牆壁邊，一件件觀賞起來。背脊正被兩道目光洞穿。

她故作輕鬆地問：「本沙明先生，你是哪裡人？」

「我來自巴黎。」本沙明藍眸微瞇，盯梢她一舉一動，「小寶貝，挑件妳喜歡的道具。」

宛紗取下銀色手銬，踱步到支著四根柱子的床尾，唇邊含笑：「能教教我怎麼用嗎？」

本沙明見她竟然樂意，臉上有些意興闌珊。

他最喜歡強暴幼嫩少女，用各種道具貫穿下體，像是遲封這小子表演的戲碼，特別滿足他的口味。折磨女人的方法多的是，就算對方樂意，也能搞得她死去活來。

本沙明走到宛紗面前，頗為紳士朝手銬抬手：「乖，我幫妳銬上。」

喀嚓一聲，手腕傳來金屬的涼意，本沙明這才察覺，自己的手被宛紗銬了起來，手銬的另一邊則銬在床柱上。

宛紗跳開幾步，離他遠些距離：「抱歉，本沙明先生，這手銬是用來銬你的。」

本沙明目光死死地釘住她，額頭青筋暴起，鼻息發出呼呼的抽氣聲，用法語飆出一串髒話。

見他邊罵邊怒扯著手銬，宛紗才稍微鬆了口氣。

下一刻，本沙明一改憤怒，發出得意的笑聲，極為嚇人。

只見他從口袋裡掏出大串鑰匙，手指捏起其中一把最小的銀鑰匙，朝宛紗晃了晃。

該死，這變態竟然有鑰匙！

宛紗急忙轉身，往房門逃去，房門被本沙明反鎖住，解鎖有些費時。

背後，喀嚓一聲，手銬落地。本沙明不知是興奮還是發怒，俊臉扭曲恐怖，藍眸迸發出勢在必得的寒光，邁著強健的步伐朝宛紗逼近。

宛紗總算解開內鎖，衝出房間，卯足力氣往樓上逃竄。

這艘郵輪行駛在海上，又能逃去哪裡？但她情願跳窗墜海，也好過被變態活生生折騰死！

四樓全是客房，門都上鎖了，宛紗只得溜進女廁所，躲在最裡面的隔間。

外面廁所門突地開了，傳來噠噠噠的腳步聲。

宛紗連忙坐上馬桶，雙腿遠離地面，蜷縮成一團，盯著隔板底下的空隙。

透過隔板空隙，能看見油紅的石磚，踏來一雙鋥亮的男式皮鞋。

宛紗不可抑制地微抖，屏住呼吸，靜靜看著那雙皮鞋門外停駐。

好一會後，皮鞋逐漸遠離視線，疑似離開了女廁。

宛紗鬆了口氣，決定再躲藏一段時間再出去。

恰在這時，隔板的空隙驟然一暗。

宛紗低頭看去，撲面而來的寒意，瞬間將渾身的血液凝結。

只見，本沙明的臉橫在空隙，直勾勾地看著她猙獰大笑，森白的門牙露了出來。

「寶貝兒，我抓到妳了。」

宛紗僵硬地起身，拉開門把，使出全力撞門，一下子撞倒了外面的本沙明，拚命地狂奔出去。
爬上樓梯，腳跟踏了個空，整個人狠狠摔在樓梯上，腳踝傳來撕裂般疼痛。
本沙明在身後發出嘖嘖的憐惜聲，猛地擒住她受傷的腿，從樓梯上強拽了下來。
宛紗磕得全身痛，仍然不放棄用腿踹他的下體。
本沙明用法語罵了聲，擒住兩條纖細的小腿，正要撕開她的白色短袍。
太陽穴忽地觸到冰涼的金屬，頭頂傳來低沉的嗓音。
「你竟敢碰她。」
用手槍抵著本沙明頭腦的人，說的是最純正的法語，本沙明還以為對方也是法國人。
本沙明顫聲問：「你是誰？」
「殺你的人。」扳機一扣，消音槍裡的子彈，瞬間穿透他的腦袋。
本沙明往後一仰，栽倒在地，藍眼珠仍然大大睜開著，太陽穴的血窟窿汩汩流出血水。
宛紗扶著欄杆，搖搖晃晃爬起，看清幽暗的燈光下，杵立一個穿著黑色制服、面戴防風面具的男人，渾身散發死神般的氣息。
她隱約猜出他是誰，頭腦發熱，腳步一個不穩，撞也似地跌進他的懷裡。
「對不起，我不是故意撞你的，我扭到腳了……」她臉熨貼在寬闊的胸膛，安心地嗅著他清冽的氣味。
他揭下面具，露出清冷的面容，黑手套摩挲她瑩白的面頰：「我們先離開這裡。」
宛紗重重嗯了聲，堅持不要他抱，一拐一拐地挨著他走。

傅一珩一手拿槍，另一隻手穩穩地扶著她，悄然繞過那些淫亂的場所，來到海風撲面的船舷邊。

「跳下去，下面有快艇。」

底下是深不可測的大海，跳下去委實有點嚇人。但是傅一珩在她的身旁，宛紗竟覺得天塌下來也不怕了，毫不猶豫地從船舷一躍而下。

兩下噗通的水聲，宛紗整個人陷進冰涼的海水，一隻精壯的臂膀托起她，沉穩有力地推到不遠處的快艇。

宛紗爬上快艇，擦掉臉上的水漬，問：「現在要去哪裡？」

殺了本沙明，學校必定會懷疑她，她很難在學校繼續待下去了。

傅一珩啟動快艇，平靜地說：「快艇的油不夠去其他地方，先回學校再想辦法。」

快艇疾速朝學校所在的方向駛去，天東方見白，海島像綠斗篷似的蔥郁樹林，漸漸顯現在藍色海平線上。

這時，快艇尾部傳來一聲巨響。

傅一珩以極快的速度，將宛紗摁在快艇底部：「別動！」

宛紗看不見後面的場景，卻能察覺到無數子彈在朝他們射擊。

遭了，居然追上來了！

兩艘白色快艇朝他們駛來，每艘都站著五、六個持槍的管理員，發狠地朝他們射擊。

再厲害的人物，也不可能在沒遮蔽物的情況下，對付十幾個有槍的敵人。

傅一珩貼近她耳廓，沉聲說：「深吸口氣。」

宛紗愣了一秒，很快聽從他的意思，大口大口地吸氣。

說時遲那時快，傅一珩抱起宛紗，避開流彈的掃射，翻出快艇，落進掀起波濤的冰涼水流中。

潛進海裡，全身被鹹澀的海水裹住，底下是幽深的海底。

宛紗在水裡漂浮，不慎吐出一圈氣泡，連忙捂緊口鼻，保住肺裡最後的空氣。

頭頂是光波粼粼的水面，兩艘快艇的船底懸浮在上方。傅一珩攬住她的腰身，潛到管理員所在的船下。管理員仍沒放過他們，對著水底掃射一番。

無數流彈炸開水花，嗖嗖地穿進水裡，形成一條條銀亮的水柱，就離宛紗不遠處穿入深海。

宛紗憋了兩分鐘的氣，肺裡空氣早被榨乾，胸口傳來緊縮的壓迫感，一陣又一陣，水裡窒息的痛楚在不斷加劇。

水下的傅一珩，面容蒼白，齊黑短髮隨水流漂浮，周圍縈繞大海的微微藍光，暢遊的身形如深海裡的矯健人魚。

他游到宛紗面前，輕輕抬起她的下頜，薄唇貼近，渡出肺裡保命的氧氣。

此時，快艇上的管理員掃射好一陣，瞥見水下湧出一股血水。

「射到了！竟敢殺害本沙明先生，這對小鴛鴦真是找死！」

「本沙明是股東之一啊，校董知道要生氣了。」

「總之，先回去覆命吧！」

第二十三章　對他的依戀

兩艘快艇重新發動，逐漸駛離漫開血水的海域。

須臾後，水面湧起一圈圈氣泡，接著是冒出兩個依偎的腦袋。

宛紗仰起頭大口吸氣，第一次覺得空氣如此甘甜，望著消失成黑點的快艇，鬆懈下來：「他們總算走了。」

傅一珩將一隻死掉的小鯊魚丟進被射成馬蜂窩的快艇，托住宛紗的臀部，護著她先上了船。

「血水會引來其他鯊魚。」傅一珩翻上快艇，試著發動了一下，「還好引擎沒壞。」

宛紗看著旁邊半條腿長的小鯊魚，暗想牠也是倒楣，剛在水下的時候，圍著他們打轉，結果就被傅一珩開膛破肚。

那淌血就是牠流出來的，成功騙走了窮凶極惡的管理員。

傅一珩駕駛著快艇，二十分鐘後，到達海灣的白色沙灘。

宛紗發現這是完全陌生的地方，四周被茂密的樹環繞，似乎還沒被開發過。

她遲疑地問：「這是學校那座島嗎？」

「我們現在在島的另一端，十幾公里內可能都是密林，快艇的汽油不夠繞去別的地方。」

傅一珩坐在石頭上，用木棍摩擦生火，宛紗則在一旁幫他撿枯枝爛葉，在海邊的堆起篝火。

小鯊魚第二次發揮作用，被傅一珩的尖刀掏出五臟六腑，架在木棍上烤。

宛紗盤坐在篝火邊，烘乾濕淋淋的衣服，餘光瞄著旁邊的傅一珩。

他一身黑色制服，軍人般筆挺地坐著，薄唇輕抿，散發禁欲的冷冽感，疏離間讓人忍不住想挑撥。

宛紗伸手，撫摸他的胸脯：「還是有點濕，要不要脫下來？」

傅一珩說了聲不用，面容異常平靜。

宛紗挪動屁股，挨近他，毛茸茸的腦袋往他懷裡靠，心滿意足地蹭蹭胸口。

兩次遇險後，傅一珩對她來說，是個很不一般的存在，她像初生的小嬰兒般依戀他。

傅一珩收攏手臂，將她圈在寬實的臂膀下。

宛紗輕聲地問：「你跟那個法國人講的……是法語對不對？」

傅一珩嗯了聲：「我以前居無定所，在各個國家都待過，學會語言只是為了更好混入其中。」

宛紗揚起臉，盯著他側面：「難怪我覺得你非常成熟穩重，跟同齡男生很不一樣。」

傅一珩攤開黑手套，五指伸展：「我經歷過很多妳難以想像的事。」

宛紗愣了愣，忽而笑起來，手指抬起他削長的下頷：「以前是不是很少笑啊，給姑娘我笑一個吧！」

傅一珩垂眸看她，墨瞳竄動著火苗，湊身在她唇上啄了下。

宛紗唇皮發燙，整個人輕飄飄的，被他吻過不少回，從來沒像現在這樣，怦然心動，想再深入一點點，占有他。

她勾住他的脖子，送了唇舌過去，厚著臉皮親他。

傅一珩睫毛微動，似乎有些意外，很快環住她的腰身，加深這個吻。

宛紗被吻得呼吸加重，拱起身往懷裡黏，像樹懶似地緊緊地纏著他。

傅一珩突然分開她的唇，別過臉，吐出一口熱氣：「有段很長的路程要走，妳該節省點體力。」

宛紗被推到一邊，愣愣地接過他遞來的鯊魚肉。

真是的，搞得她好像欲求不滿一樣，以前明明都是他強迫的！

傅一珩挖空一塊木頭，攜帶火種上路。宛紗則洗乾淨棕櫚葉，包好沒吃完的鯊魚肉，跟著傅一珩一起前行。

頭頂繁茂枝葉，宛紗穿行參天大樹間，猶如走在密不透光的暗綠海底。

事實證明，傅一珩說的是對的。徒步大半天，宛紗的體力在慢慢消耗，所帶的鯊魚肉吃完了，肚子有點餓。

傅一珩走在前方開路，離她幾步之遙，腿部肌肉均勻有力，一腳踩在灌木上，發出喀嚓的斷裂聲。

宛紗走在他後面，目光輕輕地滑過他的黑髮、修長白淨的頸項，蜿蜒到寬長的黃金倒三角腰身，處處極有男人氣魄。

他渾身像散發出強大磁場，吸引她全部的注意。想靠近他，撫摸剛硬挺直的身板，想抱住他，柔軟肢體纏上去，被他硬朗的突起硌著。

想撲倒他，扒掉深黑制服，撕開一層禁欲的假像，握住那根壯碩的男性陰莖，塞進自己體內。

想融合一體，插著他的陽具，坐在他腿間劇烈起伏，攪弄穴裡摩擦泌出的淫水，聆聽肉體交合聲。

想占有他，親吻他的喉結，聽他意亂情迷的低喘……

前方的傅一珩，忽而朝她旋身，眼神驟冷。

宛紗心咯噔一下，不會被他感覺到她在意淫他了吧……

「蹲下。」他一聲令下。

宛紗沒懂意思，但還是雙手抱頭，迅速下蹲。

傅一珩抽出骨刀，猛地一擲，骨刀從宛紗頭頂劃了過去。

「嘶……」

背後的聲音極其恐怖。

宛紗回頭看去，只見一條一公尺長的巨型黑蟒，軟趴趴地已然垂死。醜陋圓碩的頭顱被鋒銳的骨刀刺入深處，紅褐色的血珠沿著黑鱗一滴滴滾落。

宛紗差點葬身蛇腹，盯著那灘血，心驚肉跳。

「這是晚餐。」傅一珩拔回骨刀，平靜地開口。

宛紗下意識摸了下手臂，她最怕那種滑溜溜的動物了。

幸好傅一珩只切了一段蛇肉讓宛紗拿去小溪邊洗，至少沒有整條抓著那麼可怕。

傅一珩是個重度潔癖，宛紗洗得極其仔細，小溪的水流湍急，瞬間將蛇肉上的血水全部帶走。

宛紗一邊洗蛇肉，一邊暗中觀察不遠處的傅一珩，他正在準備生火。

真是十項全能，好想把他打包帶回家……

突如其來地，宛紗的後腦勺被槍支頂了下，身後傳來粗獷的笑聲。

「啊哈，果然有人。看見小溪的血，就跑過來瞧瞧，發現一對亡命鴛鴦，現在整座島都在通緝你們。」

傅一珩倏地起身，看向挾持宛紗的管理員，眼光如刀刃。

持槍的管理員朝傅一珩大喊：「別輕舉妄動，小心我射穿她的腦袋！」

傅一珩微抬下頷，睥睨向他：「敢動她一下，信不信，我能把你碎屍萬段。」

那語氣平平淡淡，卻震人心魄，彷彿挾持宛紗的管理員，才是甕中之鼈。

管理員被他的氣場震懾，略微心虛，朝後指示了句：「站在後面幹什麼，過來幫忙啊！」

宛紗看不見背後，心頭不由發緊，暗想他還有幫手啊，這下麻煩了。

大樹後，那幫手的腳步聲在逼近，緊接著，後背傳來突突突的射擊聲。

被射中的不是宛紗，也不是傅一珩，而是用槍威脅她的管理員。

「呃……」管理員癱軟下來，倒在自己的血泊中，震驚地看向殺害他的同伴，「為……為什麼……」

那人又射了他一槍，算是給予回答。

宛紗有點懵，發現眼前的叛逆者，黑色工作服掛著「管理員86」的名牌。

「你怎麼在這裡？」宛紗見到他的一刻，有種久別重逢的欣喜。

管理員86咳嗽幾聲，嗓音過於沙啞：「我是這裡的守林員，不在這在哪？」

「你之前不是管宿舍的嗎？」

「拜某人所賜。」隔著防風面具，管理員86微妙地向傅一珩側側臉，大聲質問，「帶個拖油瓶來這幹嘛？」

傅一珩輕嗤：「路過而已。」

宛紗被講成拖油瓶，心裡有點不高興，想起一個問題：「殺了他，你要怎麼跟學校交代？」

管理員86陷入沉思，瞥了眼地上的一塊蛇肉：「嗯……就說被蛇吞了。」

「呃，好吧……」

管理員86應該和傅一珩很熟吧，要不然怎麼會突然叛變？

樹林的橡木屋裡，平底鍋油煎蛇肉，漸漸飄出肉香。

宛紗手持鍋鏟，給蛇肉翻個面，時不時看向餐桌那邊。

傅一珩喝著茶，跟管理員86面對面而坐，頂上一盞老燈照著，昏黃晦色的光線攏在兩人周身。

氣氛異常緊繃，彷彿一觸即發，兩人隨時會打起架來。

這座橡木房屋，是管理員86的住所，既然好心請她和傅一珩來住，為何還對他們有那麼大的敵意？

宛紗端上炒好的蛇肉，挨著傅一珩坐下，筷子敲著空碗笑：「嘗嘗我的手藝吧！」

傅一珩黑手套握住筷子，夾起一塊蛇肉，齊整潔白的牙咬了口，然後咀嚼，最後吞入。

宛紗托著雪腮，一眨不眨地凝視他：「好吃嗎？」

傅一珩側臉看她，唇角勾起一抹淺笑，線條凌厲的五官，竟柔和幾分：「還不錯。」

宛紗望進他黑曜石般的眸子，心底泛起一股欣喜：「你喜歡就好。」

管理員86猛地咳嗽兩聲，筷子用力敲打盤子：「不放點辣椒，還能叫野味？」

宛紗好不容易挪開目光，皺起眉數落回去：「都咳成那樣了，少吃點辣吧，對嗓子比較好。」

結果管理員86咳得更厲害了。

其實宛紗也愛吃辣，從小到大無辣不歡，小時候經常跟哥哥搶辣肉乾吃。直到哥哥出事後，她就不喜歡吃辣了。

管理員86那盤沒吃完，就把蛇肉推到一邊，悶悶地坐著，蒙住防風面具，誰也看不清他的面容。

宛紗心想大概是不合他胃口，不好意思地說：「味道太淡了嗎？不然我去幫你加點辣椒醬？」

管理員86揚揚手：「算了吧，你們趕緊滾，看到你們甜蜜樣就倒胃口。」

傅一珩淡然開口：「明天我們就走。」

管理員86愣了愣，半晌說：「很好，離開這座島，不要再回來了。」

宛紗起身，收拾碗盤，正要拿去洗。

管理員挪開茶杯，手指蘸了點茶水，在褐色桌面畫出個圈：「我們現在在西北部，東南區是學校，港口船舶就在那裡。切記不要直線前行，繞開中部的大森林……」

傅一珩打斷他的話，輕笑了聲：「用不著解釋，我看過這座島的地圖。」

宛紗一臉糊塗：「大森林裡面有什麼，野獸還是妖魔？」

管理員嘆息：「比妖魔野獸更可怕的是人心，這座島一半天堂一半地獄，妳不要細問比較好。」

宛紗想起遲封說過，學校只占海島面積的三分之一，那其他三分之二究竟有著什麼祕密，管理員86連提也不想提？

深夜，宛紗汲一桶水洗了個澡，舒舒服服躺進被窩裡。

管理員86雖說對她有意見，但挺有男人風度，把最乾淨舒適的客房讓給了她。

傅一珩則睡在客廳沙發上。

宛紗在床上輾轉反側，撫摸身旁冰冷的被褥，總覺得缺樣東西。

可以緊緊抱住，頭枕在柔軟處，時不時揉揉親親，嗅著清淡好聞的味道，一夜好眠。

那樣「東西」不在她身邊，心裡好像缺了什麼，好想循著氣味找到他。

宛紗彈坐起身，躡手躡腳地走出臥房，雙手在黑夜裡四處摸索，意圖找到沙發所在的位置。

膝蓋突地磕到硬物，疼得她咬牙切齒。所幸聲音不大，管理員86的房間沒什麼動靜。

手腕忽地被擒住，那是他溫熱的大手，掌心有一層薄薄的繭，輕輕擦著她的肌膚，磨得心癢。

他摘下手套了。

她最喜歡在肉體交纏時，他光著手撫遍她的全身了……

「幹什麼？」

他嗓音冷而冽，響在沉暗的黑夜，像引誘她墜入深淵的迷音。

她彎下身，摸到一張薄薄的被毯，撩開一角，柔軟的身體鑽入，貼上那團硬朗的火熱，蹭了蹭，撒嬌道。

「睡不著，我想睡你。」

第二十四章　睡不著想睡你

這句話，傅一珩曾對她說過，現在原封不動回贈給他。

傅一珩輕笑，有意挑釁：「想睡我，拿點本事。」

睡他的念頭，像把火燒著她。

「先去我房間吧。」沙發空間小不好施展，萬一被管理員86聽到就尷尬了。

傅一珩應了，陪她摸黑進入臥房，剛好挨到床沿，便被宛紗推上柔軟的被毯。

他倒也順從，有意無意地讓著她。

宛紗開了盞小燈，騎跨在傅一珩的胯部，黑暗中摸索他身體，一顆顆解開制服上的鈕釦。

上衣被撩開後，敞出寬厚赤露的胸膛。

宛紗手掌摁壓在腹部，盆骨上方有兩條V形的人魚線，往上撫摸，觸感結實的胸腹，隨著呼吸起伏，散發最原始的雄性力量。

身材太好了，她由衷感嘆。

傅一珩弓起身，胯部強勢而有力地頂了下她大腿內側，揶揄地說：「慢得可以，到底行不行？」

宛紗不悅，「哼，待會讓你哭著求我。」

傅一珩清朗地笑出聲，彷彿聽了個天大的笑話。

宛紗說幹就幹，手滑到他胯部下面，隔著布料，撫摸蟄伏在腿間的條狀凶器。

自制力果然強得可怕，她都那麼摸他了，下面還沒硬。

宛紗作出一副凶狠狀，扯掉他的褲腰帶，拉開拉鍊，兩手脫下長褲，露出包覆著凶器的內褲。她從內褲裡掏出肉棒，一手勉強握著底端，套弄幾下，另一手的指頭彈了彈龜頭：「怎麼還沒硬。」

傅一珩氣笑了，片刻後，收斂笑意，嗓音低沉下來：「用妳下面蹭蹭它，乖。」

這一聲乖好像催情劑，宛紗腿間癢癢麻麻，想盡快跟肉棒親密接觸。

宛紗俐落地脫光衣服，重新趴回傅一珩的胯上，扶著肉棒，圓碩的龜頭摩擦肉縫，硬凸刮著柔軟的花唇。

沒一會，她感到雙腿夾著的肉棒，以侵略性的力量鼓了起來，血液在迅充盈，突突地跳動。他總算勃起了，要命的性器抵著她，想占有她，或者被她占有。

「看我怎麼吃掉你。」宛紗握住肉棒，在花唇擦了幾下，龜頭擠著穴口塞了進去，「嗯……好脹……」

傅一珩喉頭滾動，垂眸凝視她粉紅的小肉縫，如何一寸寸塞進自己的性器。那在宛紗體內身經百戰的肉棒，尺寸過於粗壯，撐開薄而窄的穴肉，花唇都被操得翻了出來。

「啊……」宛紗低喘一聲，感到肉棒抵在最深處，軟趴趴地坐在傅一珩胯部，兩人最私密的性器已然結合在一起。

「你在我裡面耶。」她一手把玩睪丸，故意調侃他，「舒服嗎？」

傅一珩微瞇起眼，看著她，笑而不答。

宛紗雙手撐著他的胸膛，抬起臀部，肉莖從穴裡抽出小半截，龜頭摩擦陰道的感覺格外清晰，體內有股莫名的空虛感，想再次被狠狠地插入深處。

於是，她的臀部落了下來，讓肉莖重新貫穿到最深處，頂到一塊媚肉，爽得她腿肉微微地顫抖，肉壁越夾越緊。

傅一珩薄唇微張，發出一聲喘息，聲線振盪她的耳膜。

他應該也很舒服吧。

宛紗彷彿得到鼓舞，身子迅速上下起伏著，後臀撞擊兩顆肉蛋。

「啊……啊……好脹……」她擔心被聽到，只能小聲嬌吟，但足以媚人。

嫩穴被傅一珩整根的肉棒塞滿，攪出黏膩透明的淫液。

傅一珩抬眸欣賞著，一絲不掛的少女張開雙腿跨坐在他臀部。

他愛極了她的媚態，在此之前，原本打算夜襲她，誰知道主動送上門來，還憨厚可愛地說要睡他。

就隨她高興地玩了一場。

宛紗有點累了，停歇一下，軟綿綿地癱進他懷裡，指尖在胸膛畫圈圈：「你的胸好寬哦……」

傅一珩揚起手，輕拭她的汗水：「累的話，我來。」

「我要在上面。」宛紗倔強地坐起身，低頭看兩人交合的私處，突然開口，「我好喜歡你……」

傅一珩看向她，表情微微愣然。

「好喜歡你的肉棒。」宛紗指甲刮著他的乳尖，眉梢挑起，壞壞地笑。

傅一珩眉心一蹙，繼而笑了，眼眸暗匿著沉黑的霧氣，坐起來，翻身將她壓在胸膛底下：「看來今天不能讓妳得勢了。」

宛紗一下子失去主導權，慌了：「放開，我要在上……啊……啊嗯……」

傅一珩壓著她插幹，狠狠地往穴裡撞擊：「不是說喜歡肉棒嗎，塞妳一整晚怎麼樣？」

宛紗次次被頂到高潮點，插得腿心發麻，淫水從穴口流洩出來。

生理性的眼淚淌了出來。

自作孽不可活。

而此時，一道身影立在門外，透過門縫窺見淫色的這幕，沉沉地吐出口氣，頭也不回地轉身離開。

宛紗汗涔涔地倒進他懷裡，頭枕在臂膀上，指尖撩著他的胸脯，呢噥地問：「我出了好多汗，是不是有味道？」

傅一珩高挺的鼻梁，湊近她的頸根，深嗅一口，輕輕嗯了聲。

宛紗略微尷尬，低頭聞聞自己：「真的？」

傅一珩頭埋進她的雙乳間，舌尖在乳肉舔了一圈，含住粉色的茱萸，滋滋地吮吸幾口，彷彿真能吸出奶水。

「是奶味。」

宛紗被吸得發癢，拱起身，像條小奶貓蹭蹭他：「好癢啊……」亂蹭幾下，宛紗忽然不敢動了。她聽到他呼吸越發沉重，料想自己蹭到不該蹭的地方，引發了某個巨物的反應。

果不其然，傅一珩說到做到。

宛紗被塞了一晚的肉棒，享受他強悍持久的性能力。就算發洩後，他的一部分仍深埋在她體內。

醒來後，宛紗發覺傅一珩不在身邊，兩腿發軟地爬下床，在屋子裡溜了圈，一個人影也沒有。

走出木屋，來到一處低窪，宛紗仰起頭，望見蔓草遍地的高坡上，立著兩道高大挺拔的身影，是傅一珩和管理員86。

兩人正對峙著，周身散發駭人的氣焰，任誰也看得出兩人間的敵意。更別提管理員86手握槍支，正對準著傅一珩的胸口。

宛紗瘋了樣的爬上高坡，衝到傅一珩面前，展開雙臂攔在槍口前：「你幹什麼！」

管理員86瞥見宛紗的瞬間，背脊徒然一震，大喝：「讓開，小蠢貨！」

宛紗磨著牙關，惡狠狠地說：「要殺他就先殺我，你這個蒙面怪人！」

傅一珩旁觀兩人對罵，玩味地輕笑了聲，長臂將宛紗勾在身後：「這是我跟他的事，妳不要插手。」

宛紗緊緊挨著他，就是不放開：「你的事，就是我的事。」

管理員86不依不饒地質問宛紗：「以為自己的命多值錢，他是妳的誰，拚了命也要護著……」

宛紗朝他比了個中指：「他是我男朋友。」

連傅一珩都愣了下，看向她一派認真的側臉，唇畔揚起清淺的笑意。

管理員86胸脯起伏，蒙著面罩，看不清他的面容，旁人都能看出他多麼憤怒。

宛紗心頭發緊，生怕他突然開槍掃射。

這時，管理員86忽地把槍一扔，轉身跳下高坡，陰暗的影子沒入林蔭。

「他發什麼瘋？」宛紗不明所以。

傅一珩淡然地說：「他只是想不通罷了。」

宛紗扯著傅一珩的袖口：「先別管他了，我們趕快走吧，萬一他突然又發瘋，傷到你怎麼辦？」

「他傷不到我，而且他不會動手。」傅一珩無所謂地輕嗤，撿起管理員86丟下的槍，「不過，現在離開也好。」

宛紗挽起傅一珩的手臂，跟著他一起離開，穿過林間小道，一個人影閃現在兩人眼前，定睛一看，不是管理員86又是誰，手裡還拎著黑色袋子，說不定是危險品。

宛紗緊張起來，連忙擋在傅一珩面前，「你又想幹嘛？」

管理員86大步上前，將袋子塞進她手裡後，默然無言地離開了。

宛紗打開黑袋子，發現裡面都是壓縮食物、子彈等必用物品，愣然地看向管理員86的背影，張嘴喊道：「謝謝你！」

風瑟瑟地颳著，管理員86影子微晃了下，腳步卻從未停歇，孤身隻影地消失在宛紗的視野裡。

不知為何，宛紗鼻頭有點酸，抱著黑色袋子，用自己才能聽見的聲音，輕輕地呢喃道：「真是個怪人……」

照傅一珩的說法，他們正在森林邊緣繞行，森林內部則是學校設立的某個基地，這也意味著還有一大段路要走。

雖然管理員86給的乾糧夠他們過一段時間，但在樹林裡過夜實在難熬，巨型爬蟲和蚊子如影隨形。幸好傅一珩摘了種驅蟲植物，塗抹在皮膚上，以至於晚上睡覺不會被叮得滿身紅點。

一路上除了毒蛇猛獸，也沒碰上什麼活人，本以為一路都是樹木，誰知就看到一條柏油馬路，馬路旁還有個休息站，有水有電，卻無人看管。

看著屋裡一排排的食物和水，宛紗不敢隨便亂拿，就泡了包熱騰騰的泡麵，坐在一張小凳子上，吸了口麵條，只覺得這是這輩子吃過最好吃的美食了。

傅一珩雙手抱臂，倚在二樓窗臺眺望遠方，身形如同據在高空的雄鷹，陰鷙孤傲地俯瞰這座蒼林。

「一珩你怎麼不吃？」宛紗用叉子捲起麵條，伸到傅一珩嘴邊，「我只吃過一口。」

傅一珩哼了聲：「妳哪裡我沒吃過。」

宛紗訕訕地笑：「我想說你是重度潔癖嘛……」

傅一珩用兩指托住她的下巴，輕輕捏揉：「屬於我的，就如同我身上的骨肉一樣。」

宛紗凝視他黑如幽潭的眼眸，正忍不住想吻上他時，就見傅一珩眸色驀地一沉，瞥向窗外。
「有人來了。」
宛紗順著他的目光看去，只見一臺黑色越野車飛速朝此而來。
傅一珩側過身，藏匿在陰影裡。宛紗則躲在窗臺邊，冒出小腦袋暗中觀察。
到達休息站，越野車車門打開後，兩名身材魁梧的管理員押著一身掛彩的中年男人下車。
看那中年男人滿是血痕的臉，宛紗勉強認出來，他是幫他們上過好幾堂課的郭老師！
郭老師不是辭職回家了嗎，怎麼被管理員抓了起來？
一個管理員忽然揍了郭老師一拳，一手揪起他的頭髮：「辭什麼職，偏要來尋死，以為校董會放你出島？」
郭老師吐出一口血水，咧開嘴巴，門牙赫然少了一顆：「王亞虎，是你對不對？我以前教過你。」
管理員愣了愣，哈哈一笑，拍拍郭老師的肩膀：「老師不錯嘛，光聽聲音就認出我了。」
郭老師想起過往，禁不住笑了起來，又因著嘴唇沾滿血，樣子有點瘆人：「每個學生的長相跟聲音我都記得一清二楚，你當年還拿過獎學金不是？」
管理員一時沒吭聲，似乎也在回憶往事，接著胸脯劇烈起伏，狠狠打了郭老師一巴掌：「都是你害的！教了什麼亂七八糟的玩意！知道畢業後我經歷了什麼嗎？根本生不如死！」
郭老師震驚地看向管理員：「畢業後你不是回家了嗎？後來發生什麼事了？」

第二十五章　島上的真相

管理員彷彿聽到了笑話，諷刺地道：「居然還提回家，簡直做夢！除了那些上等人，誰也沒辦法活著出島！」

「誰是上等人？」郭老師揪著他的衣襬，「王亞虎，究竟怎麼回事？」

「老師別急，你很快就會知道了。」管理員一腳踹開他，「我好不容易活下來成為管理員，還做了不少殺人的事，都是拜你們所賜。」

郭老師滾在地上，嘴巴一張一合，吐出帶著血水的唾液：「是老師不好，老師對不起你……」

兩人的對話，宛紗聽得心驚肉跳。

也就是說，這群管理員以前就是畢業生，不知經歷了什麼磨難活下來，成為下一批新生的管理者。

那這麼說來……那她哥哥呢，是不是也經歷過這些？

郭老師可能也是被學校洗腦的一員，本來是真心想教導正確的性愛知識，沒想到最後竟成了學校利用的工具，真是諷刺。

宛紗望著一臉是血、仍在滿懷愧疚地道歉的郭老師，有種好想救他出來的衝動。

她看了眼旁邊的傅一珩，思忖著不能讓他以身涉險，便放棄了這個念頭。

傅一珩觸及宛紗的目光，看出她想法，口吻平淡地說：「讓妳處在驚險的事，我絕不會去做……」接著，他輕笑出聲，「不過對付他們幾個，小菜一碟。」

宛紗剛轉過頭，傅一珩已然從側邊的窗臺躍了下去。

她連忙趴到窗臺看，瞥見他沿著水管滑落地面，像條狩獵的矯健黑豹朝越野車潛行。

此時，另一個管理員從消息站裡出來，提著一大包的食物，看了看被毆打的郭老師，對王亞虎道：「喂，哪有學生打老師的啊，趕緊幫車子加油，要走了。」

拎著食物的管理員上車後，宛紗目測車內一共兩個管理員。

王亞虎在車外給汽車加油，一手夾著根點燃的煙，一手握住加油管子，插入越野車的加油口，全然沒注意到，身後倏地閃現一道黑影。

「借你的煙頭一用。」

王亞虎手裡的煙頭突然被拔掉，越野車門轟然打開，整個人被背後強大的力量推進車內，匡當一聲，車門又被重重地關上。

這一系列動作發生得太快，其他管理員沒來得及反應，手邊的槍支剛拿起來，正待看清誰在襲擊他們——

燃燒著的煙頭，在空中劃出一條橙亮弧線，掉進盛滿汽油的加油口。

砰！

頃刻間，越野車被大火吞噬，車內的管理員聲嘶力竭地號叫，其中一個打開車門，全身是火地衝了出來，被傅一珩一槍擊斃。

郭老師像個負荊的罪人，埋頭跪在草地上，忽感身後湧來一股火辣辣的氣流，後頸的衣領突地被一隻大手拽住，拖著遠離熱氣騰騰的區域。

郭老師愕然地抬頭，眼前顯出一張冷峻的面孔，赫然是他的學生傅一珩。

宛紗從二樓跑下來，攙扶起他：「郭老師，你沒事吧？」

郭老師一臉懵：「你們怎麼也在？」

傅一珩揮了揮手，冷靜地開口：「先離開這裡再說。」

密林深處，兩人變為三人，繼續朝東南方前行。

郭老師被打得滿身是傷，體力有些虛弱，難免有點拖累行進速度，宛紗覺得倒沒什麼，郭老師卻很不好意思。

「我已經是廢人，你們不要管我，直接走就好了。」

在前面探路的傅一珩，鞋底板突地踩到硬硬的東西，發出輕微的喀嚓聲。

「恐怕沒辦法前進了。」傅一珩停住腳步，低頭看鞋底下鬆動過的土壤，下半身一動不動，「你們往回走，在六百公尺外等我。」

宛紗不懂他的意思：「你踩到什麼了？」

傅一珩從腰際掏出骨刀，動作極輕地蹲下身，出其平靜地說：「地雷，我們誤入一個雷區了。」

前方的樹林後，傳來踏踏踏的腳步聲，似乎有人在朝他們逼近。

宛紗的心被拎了起來，愣然地看向傅一珩。

傅一珩的語調變得嚴厲起來，「我一個人能脫險，你們待在這就是累贅，快走！」

宛紗猶豫了好一會，才咬著唇道：「……我在那裡等你，你一定要來。」

傅一珩稍稍側臉，視線落在她煞白的面龐，眸光閃爍，輕輕地頷首。

「好。」

那一聲好，化進宛紗的心裡。她轉而拉起郭老師，毅然決然地往回跑。

一路上，兩人沿著原路狂奔，宛紗不敢跑太遠，怕傅一珩找不到她。

郭老師喘著粗氣，都在替傅一珩擔心：「他能應付嗎？」

「他很強，一定能的。」宛紗用力點頭。

郭老師看向她的臉，愣愣地問：「妳怎麼哭了？」

宛紗抹了抹臉頰上的淚，憋著嗓子：「我沒哭。」

傅一珩叫她遠離，可能是怕因為她分心，也可能是拆地雷存在風險。

總之，她絕不能成為他的累贅。

傅一珩踩中的是鬆發式地雷，一抬腳，即可將活人炸成碎片。

他動作極輕地蹲了下來，以骨刀刨開土壤，慢慢顯出地雷的原型。

此時，叢林深處，傳來駿馬的嘶鳴聲，魁梧的人影從樹後閃現。

馬背上的人皮膚黝黑，粗眉粗眼，長得虎背熊腰，穿著褐色迷彩服，嘴邊叼了根雪茄，個頭在男人堆裡不算高大，卻不怒自威。

身後跟著五六個同樣穿迷彩服的年輕人，露出的肌膚明顯有陳舊的傷疤，面色極其憔悴。

周圍布滿不少地雷，但地雷是這些人埋下的，知道具體位置在哪，自然對他們不算威脅。

其中一人問：「教官，有管理員踩到地雷了？」

被稱為教官的壯漢，打量著傅一珩，發覺他雖然穿著管理員制服，但沒有戴防風面具，年齡又感覺很年輕，極其可疑。

「他不是管理員。」教官粗著嗓門喊，「是外來的闖入者！」

其他人立即舉起武器，瞄準傅一珩。

傅一珩似乎當他們是空氣，轉動尖如柳葉的骨刀，拆卸腳底地雷，精細得像轉動一根頭髮絲。

教官揚手制止：「等等，看他怎麼拆雷把自己炸死。」

地雷是高殺傷性武器，結構精密複雜，就算是資深步兵來拆，也未必能百分之百存活，更別提一個毛頭小子。

一行人遠遠盯著傅一珩，個個不懷好意，等著地雷引爆後，活活炸死他。

每分每秒都在搏命，稍有一點差池，地雷會將周邊夷為平地，無人能躲。

傅一珩冷靜地轉動著地雷側邊的螺絲，風沙沙而過，拂過額頭覆著一層薄薄汗水。

時間緩慢地流失，極細的螺絲被擰了出來，地雷底下的土壤挖掉一小部分，拆開地雷的外殼，小心地抽出內部的一根撞針。

喀嚓脆響，危機成功解除。

由始至終傅一珩大氣不喘，取出撞針的那刻，暗自呼了一口氣。

教官繃緊鐵青的面容，盯捎傅一珩一舉一動，情不自禁地拍動手掌：「不錯不錯，現在把這傢伙活捉起來！」

五六個人舉著槍支，朝傅一珩的方向疾步走去。

傅一珩緩緩起身，拾起拆掉的地雷，朝那夥人投擲過去。

教官臉色驚變，朝他們厲聲喊道：「快點退開！」

地雷即便沒了撞針，內部炸藥仍處於不穩定狀態，與地面碰撞後產生火花，頃刻間引起爆炸，混著骨肉血水的泥土，像泉湧般炸出地面。

生死只在一剎那，教官眼睜睜看著幾個學徒被活生生炸死。

而始作俑者，已不見蹤影。

「太厲害了！」教官額頭青筋暴起，眼瞳精光乍現，「真是讓人興奮……」

此時，傅一珩順著宛紗足跡，尋覓她的身影。在大約六百公尺外，她與郭老師的足跡莫名中斷，地面徒留一個黑色袋子。

他蹲下身查看，找到兩人倒地的痕跡，旁邊落著數條新鮮的足印，有的淺有的深。

很明顯是宛紗與郭老師昏迷後，被其他人扛走了。

傅一珩黑手套攥成拳狀，指骨喀嚓作響。

誰敢劫走他的人？

第二十六章　競技場

宛紗被關在鐵欄紮成的牢籠，周圍與她一同受困的，還有七、八個衣衫襤褸的少女，抱著手臂蜷縮成團，毫無生機可言。

一輛復古的馬車拖著牢籠前行，不知要駛向何處。

宛紗揉揉痠脹的頭，想起昏迷前的遭遇。

當時，她跟郭老師在樹林裡，聞到一股古怪的花香，便莫名地昏睡過去。

醒來後，郭老師已不見人影，而她被困在這輛馬車上，身旁少女個個萎靡不振，沒人願意跟她講話。

「妳……醒了？」一個黑瘦的矮個女孩，輕快地跳上行駛的馬車，趴在牢籠外，朝宛紗伸出盛水的杯子，「喝……點水吧。」

宛紗接過她的杯子，連忙問：「謝謝妳，請問一下，這輛馬車是要去哪裡？」

黑瘦女孩結結巴巴地說：「去競、競技場……」

「競技場？」宛紗不甚理解，「跟我一起來的中年大叔，他現在在哪？」

黑瘦女孩搖頭：「我不……知……道。」

「婭婭，還在跟女奴講話，妳爸知道又要生氣了！」前方駕駛馬車的男人，朝黑瘦女孩吼了聲。

被稱為婭婭的女孩，回了個哦，朝宛紗吐吐舌頭，小聲說：「我爸……才沒時間管我。」

宛紗喝光杯裡的水，精神恢復了些，滿心祈福傳一珩平安無事。

至於自己，只能隨機應變了。

馬車行駛一段時間，綠林高處顯出高聳的橢圓形建築，外牆包裹棕色大理石，每層分布有幾十個圓拱，極其雄偉壯觀。

進了凱旋門，宛紗靠著欄杆，昂頭打量建築結構，越看越覺得眼熟。

太像古羅馬的競技場了。

她曾在歷史書上，看過競技場的相關介紹。

古羅馬時期，統治者為尋歡作樂，建造了這類大型競技場，訓練奴隸跟野獸生死搏鬥，或者奴隸間相互殘殺。

很多類似的生存類電影，也參考了古羅馬競技場的制度。

想不到這座島的主人，把競技場還原成現實。

進了競技場內部，宛紗發現這裡更像古代與現代科技的結合。高處有環形液晶螢幕，頂部懸空架著玻璃磚舞臺。

十幾架無人機圍著場內旋轉，一排排觀眾席已有若干人入場。

宛紗下馬車後，跟其他女孩一樣，被驅趕到高臺上的牢籠。

「新一輪競技，馬上開始了。」看守她們的管理員，朝她們邪邪一笑，「妳們是勝利者的獎勵品，今晚就能被他們享用。」

宛紗皺起眉頭，想起古羅馬的競技場裡，角鬥士要贏得比賽，必須跟野獸進行肉搏，這無疑極其殘忍。

她自己則成了獎勵品，情況可能更糟。

正在這時，婭婭瘦黑的身影，跟猴子似地爬上高臺，懷裡捧著香噴噴的饅頭，朝牢籠裡的少女喊：「快……快來吃。」

其他少女像惡狗搶食一樣，湧上來搶婭婭帶來的饅頭，狼吞虎嚥起來。

「喏，我給妳……留了。」婭婭塞給宛紗熱乎乎的饅頭，黝黑的臉帶著笑容，一雙眼珠黑白分明。

宛紗接過饅頭，道了聲謝，開口問：「婭婭，來參加比賽的都是些什麼人？」

婭婭唔了聲：「他們被稱作……角鬥士或者生存者，是學……學校培育出來的。」

宛紗愣了愣：「哪所學校？」

場內驟然響起的音樂，打斷宛紗的詢問。

高處，巨型螢幕驀地亮了，舞臺燈光耀眼奪目，一個高大帥氣的身影，現身在舞臺中央，數隻無人機環繞他拍攝。

他似乎是競技場的主持人。

螢幕同步放映主持人的身影，他的面孔是亞歐混血，帥得無可挑剔，一身花哨的藍色西裝，濃密的黑髮吹得高高豎起，耳廓插著無線話筒。

「早上好，女士們和先生們，我是您們的主持人維塔斯，歡迎來到海島度假區的羅馬競技場。

看現場直播的觀眾，也祝您們心情愉快。」

海島度假區?現場直播?。

宛紗問旁邊的婭婭，這類節目是通過什麼管道直播。

婭婭想了想：「好像是……暗網吧。」

暗網屬於非法網站，也是犯罪滋生的溫床。毒品、軍火、性奴販賣，大多數通過其網站進行交易。

來現場的人並不多，但從衣品穿著就看出，他們非富即貴。看來這座島，比她想得更複雜。

主持人維塔斯激動地揚起雙手：「接下來，有請生存者們入場，進行第一輪競技賽！」

競技場中央，一扇石門大開，陸陸續續走出十幾個年輕男人。

無人機圍繞他們拍攝，將影像高清晰放映在巨型螢幕。

他們穿著頗為復古，都是統一的黑色盔甲，手持短劍或者長矛，看樣子大多是二十歲左右。

其中一個最為高大健壯，目測有一百九十五公分，陽光下皮膚油光鋥亮，胸腹肌肉成塊狀繃緊，盔甲架不住他魁梧身段，充沛著野獸般駭人的氣焰。

他兩眼無神，額頭青筋暴起，像隨時處於憤怒中，猛地撞開前邊的男人，咧開大嘴，衝著對準他拍攝的無人機怒吼。

主持人笑著說：「我們最強的生存者，暴怒小子出場了，今天非常期待他的表現！」

宛紗通過螢幕，看清他猙獰的五官，不由毛骨悚然。

這不是上輪船前，有過一面之緣的周承嗎？

他本來應該是她的室友，想不到竟被抓來了競技場，被當成娛樂節目的主角。

婭婭雙手揪緊衣帶，一眨不眨地望著臺下發狂的周承，呢喃出聲：「大個子……」

「今天來了一名新的生存者。」主持人接著說：「據陳教官說，他經歷過軍事化特訓，還是第一個自願參加比賽的選手喔！有請新生存者出場！」

一片掌聲中，一道挺拔的身影緩緩走出。

寬大螢幕映著他面龐，臉部線條深邃威肅，薄唇抿成一線，通體成熟內斂，像蟄伏在劍鞘裡的冷劍，氣場頗為逼人。

宛紗定定地望著他，聽到心跳驟然加速，周身的血液直衝顱頂。

是傅一珩，他怎麼來了？

傅一珩身披黑色鎧甲，抬起頭顱，望向高臺上的牢籠，對視宛紗，目光在一瞬間對上了。

宛紗抓緊鐵欄，凝望著傅一珩，周圍人煙彷彿都步存在，只有他們遙遙相望。

瞬間明白，他是為她而來。

音樂驟然停下，響起主持人亢奮的聲音：「所有生存者已經上場，接下來是遊戲競技環節，讓我們拭目以待。」

掌聲此起彼伏，全場氣氛沸騰，血腥大戰即將開場。

競技場表演區有地底洞口，遮掩的隔板被揭開後，洞底傳來駭人的嘶吼聲。

那吼聲讓在場的人聽得心驚肉跳，看著洞底的生物慢慢被帶了出來。

金黃色鬈髮隨風抖動，體型雄偉壯碩，張著血盆大口，一頭頭從洞底跳躍出來，竟是十隻雄獅子。

維特斯笑著說：「這十頭獅子已經餓了兩天，現在很狂躁呢。」

新生存者面對饑腸轆轆的雄獅，兩條腿軟得發抖。

來參加競技賽的生存者，一共二十五人，都是身強體壯的男性。

宛紗還看到兩個熟人，紅髮男和刺蝟頭，不正是先前企圖強暴她的三人的其中兩人嗎？

原來管理員86說會處置他們，就是把他們帶來了競技場啊！

刺蝟頭發現高臺上的宛紗，指著她大笑：「老大快看，小妞被關在這啊！」

「靠，都是她害老子被關進來。」紅髮男啐了口，「這小賤人居然成女奴了，等比賽結束，老子非操爛她不可！」

十條雄獅餓得咧牙磨爪，圍著二十五個男人打轉，隨時在找機會捕殺眼前美食。

某個老練的生存者，對其他生存者說：「我們圍成一圈，用長矛對付它們。」

獅子是貓科動物，最會嗅獵物氣息，一旦獵物氣勢變弱，就直撲而上。

一隻雄獅瞄準慌亂的矮個子，從高處跳起撲了過去，咬住最脆弱的脖子，將他從人群裡拖出來。

「啊……救命……救救我……」矮個子厲聲尖叫，遭到幾頭獅子圍住，手臂被活生生撕咬下來，猩紅血水噴濺一地。

目睹殘忍的場面，其餘生存者嚇得屁滾尿流，觀眾席那邊反而掌聲四起。

主持人激動地道：「飢餓的獅子總算吃到食物，第一滴血達成！」

血腥味在迅速蔓延，有些生存者漸漸人心渙散，已然有不戰而降之勢。

生存者們組隊已求生存，唯有周承和傅一珩兩人各自站著。

周承的肌肉大塊大塊擰著，青筋突得像鋼筋鐵泥，大聲咆哮，手持大砍刀追砍雄獅，力道之狠像在發洩憤怒。

幾頭雄獅往後退散，嚇得毛皮耷拉。

主持人揚起嗓音：「我們的暴怒小子，還是一如既往的暴力，連萬獸之王都怕！」

由始至終，宛紗一直盯著傅一珩，發覺他似乎有點不對勁。

傅一珩撫著額頭，寬肩輕微顫動，像在壓抑著體內湧動的痛楚，忽而蹲了下去。

「一珩……」宛紗心亂如麻，恨不得掰開圍欄跳下去。

一頭雄獅瞄準傅一珩，趁其不備從後方偷襲，兩排獠牙還摻著血肉，張口朝傅一珩後頸撲咬過來。

在獠牙抵住皮肉的那刻，一根長矛從傅一珩手裡伸出，刺進血盆大口，猛地貫穿雄獅的喉管。

雄獅嗷嗚一聲，血水從喉嚨噴出，碩大的身軀癱軟，隨之栽倒在地。

傅一珩挺身而起，從獅頭拔出長矛，蒼白的俊容掛著血水，嘴角勾出殘忍的笑。

他深邃的眼瞳凝著嗜血的暴戾，與以前的沉穩禁欲全然不同，舌尖舔舐唇邊血絲，恣笑著刺向另一頭偷襲的雄獅。

整個競技場，充斥著腥臭的血水。

十頭雄獅無一倖免，至少有七、八頭死在傅一珩和周承手上。其他生存者死了一半。紅髮男和刺蝟頭兩個刁滑奸詐，把別人推出去當肉盾，基本上毫髮無傷。

主持人面容浮出一絲遺憾，但是面對鏡頭，轉而笑了：「這次比賽太過精彩，存活的人數比以往要多。生存者可以享用他們的獎品，美食還有女人。」

宛紗心頭絞動，盯著傅一珩一舉一動。

即便殺光了雄獅，傅一珩渾身戾氣猶在，額前黑髮垂下一縷，遮著眼眸，落下一片沉沉暗影。

隱隱覺得他變了，整個人似乎處在癲狂狀態。

紅髮男要強暴她那次，傅一珩也曾經發狂過，傷了他們三人後，差點強迫她。

究竟什麼原因，使他性情突變？

宛紗作為獎勵品，單獨被關在陰暗的黑屋子裡，等待生存者來臨幸。

屋外，霧濛濛的天，隨時可能下雨。

這時生存者應該還在享受美食吧，她唯一擔心的是傅一珩，不知道他現在狀況怎麼樣了……希望他能吃得飽飽的，別像她一樣餓肚子。

念頭一起，肚子便傳出了咕嚕聲，宛紗有氣無力地躺在屋內僅有的大床上。

好久沒吃飽過了，他們根本把女奴當畜生養，婭婭施捨的饅頭都算是奢侈品了。

不能再這樣受制於人，早晚會被掌控者整死，必須想辦法逃出去！

屋門忽地傳來扳動的聲響，宛紗彈坐而起，激動地喊出聲：「一珩，是你嗎？」

「是我，呵呵呵。」陰陽怪氣的笑聲傳來。

宛紗倒吸一口涼氣，怒斥：「滾出去！」

「靠，竟敢喊老子滾！」紅髮男踹門而入，衝到宛紗面前，「小賤人，都是妳害老子被關進來，胖子也被老虎吃了，今晚要替他報仇雪恥，上死妳這個小賤人！」

宛紗甩出枕頭扔向他，趁其不備，打算從一側溜出門外，不想體力不支，再加上紅髮男在競技場練的一身好身手，輕而易舉地擒住她的後領，猛地將她扔向大床。

宛紗頭撞到床板，磨著牙喊：「你敢碰我，有人不會放過你的！」

「妳說的是傅一珩吧？」紅髮男拉下褲頭拉鍊，呵呵地笑：「我為了上妳，先派瘦駝子在那裡看住他了，等他來救妳，妳大概都死透了！」

看來他打算先奸後殺了。

紅髮男爬上床，兩手拽住宛紗的腿，拖向自己的胯部，手伸向她的裙底。

「滾開！」宛紗腳跟猛地踹向他的胯部。

紅髮男抽了口氣，捂著胯下：「靠，差點害老子斷子絕孫！」

他越加發狠，擒住她纖細的腿，正要掰開，身體突然不動了。

宛紗抬頭一看，發現他額頭滲出一滴滴猩紅的液體，一把骨刀赫然穿過他的腦袋。

紅髮男兩眼瞪著，已然失去氣息，一頭栽倒在地。

一道高大身影立在眼前，他面無表情地盯著宛紗，猶如從幽冥浮現的羅剎，散發著詭魅之氣。

宛紗感到他不對勁，仍是不顧一切地撲進他懷裡，用力抱緊他。

傅一珩一言不發，將她摁在床上，大手拽著她的裙襬，猛地用力撕開。

女奴的衣服為了滿足某種興致，本身薄透易破，宛紗的裙子三兩下就被撕光了，抱著雙臂渾身發涼。

眼前一暗，沉重的身軀壓下來，將她禁錮在懷裡，像餓了太久的野獸，唇齒舔咬她細嫩的頸根，胯部堅硬的武器，抵在她柔軟的腿間。

面對對方霸道冷硬的氣息，宛紗卻一點也不覺得害怕，反而心滿意足地回抱他，安慰他。

「沒事了，我在這裡……」

第二十七章　你屬於我的

傅一珩進入她時，宛紗貝齒緊咬下唇，抑制痛楚呼出喉嚨。

沒有前戲，穴道乾澀狹窄，壯碩的男根撐開肉縫，一寸寸地塞進深處。

宛紗環住傅一珩的腰身，攤開嬌軀，像狼嘴叼著的白兔，任由他在體內衝撞。

窗外雷聲陣陣，肉體撞擊聲響徹室內。

抽插像機械一樣重複，穴裡被磨得發麻，塞滿男性那部分。

這一次的性愛比以往更猛烈，傅一珩發狠似地擺動下身，毫無情緒可言，瘋狂地占有她。

宛紗一想到壓著她的人是傅一珩，心底溢出甜蜜，輕念著他的名字。

「一珩，我的一珩……」

傅一珩停下動作，肉莖埋在最深處，熱氣噴在她頸項，詭異地沉默著。

宛紗抬手，掌心熨貼他的臉，從額頭撫摸到嘴唇，傾吐出口：「我好喜歡你。」

滿腔湧動的情感，頃刻爆發。

不知道是什麼時候喜歡上他的，也許是在他多次捨身救她後，也許是在與他夜夜纏綿之時。

夜色迷離，看不見彼此，宛紗卻能體察他細微的波動，周身散發的暴戾氣息，猶如黑霧消散後的清明。

「再說一遍。」他出其平靜地問。

「啊？」宛紗沒反應過來，嘴唇傳來柔軟的觸感。

那是他的唇，柔得像一片羽絨，輕輕摩挲唇皮。

「我好喜歡你。」她搬回主動權，含住他的唇，「我好喜歡好喜歡你，這句話我可以說一百遍一千遍一萬遍，只要你高興。」

傅一珩靜默片刻，驀地深深吻住她，唇齒攪動濕熱的檀口，捲起她的香舌吮吸，彷彿要把她融進體內。

兩人唇舌相依，下體仍在交合，動作卻溫柔太多。粗長壯碩的肉棒，緩緩抽動在嫩穴深處，盡根出盡根入，細細品味她的溫情。

「啊啊啊……」宛紗深陷在他身下，像藤蔓纏繞他，總算能嬌喘出聲。

快感像潮水般流遍全身，與自己最喜歡的人，緊緊融合在一起，沒有比這更暢快淋漓的事了。

那晚，兩人纏綿到凌晨四點。

濃液充滿於深處後，兩人黏膩地相擁，聆聽彼此微喘的呼吸聲。

天亮後，外面吹起號角，召喚生存者聚集。

隔壁那邊在查房趕人，不准生存者在床笫上耽放時間。

宛紗起身，幫傅一珩系上繁瑣的鎧甲，想到離別後，不知何時能再見到他，眼眶泛起酸意。

傅一珩抬手，摩挲她的眼角，聲線放得很沉：「我不會讓妳久等。」

宛紗說了聲好，忽而踮起腳尖，抱住傅一珩，發出享受的哼聲：「我再抱抱你。」

傅一珩收攏雙臂，輕柔地擁她入懷。

宛紗蹭蹭他胸膛，貪心地渴望時光能停留在這刻，哪怕一會也好。

送走傅一珩後，宛紗被管理員押回牢籠。飽受一夜摧殘的女奴，裸露在外的肌膚，布滿被凌虐過後的青紫，死氣沉沉地倒在草堆裡。

到了大中午，婭婭給女奴送食物，宛紗正好問她一些關於生存者的事。據婭婭說，生存者每日都會被強制體力訓練，為表演增加一些觀賞性。先前她在小樹林被抓那次，就是運氣不好，碰上陳教練在野外培訓生存者。

古羅馬的競技場也有奴隸訓練，想不到古代殘忍的制度，全都照搬了過來。

宛紗想起一事，伸手探出鐵欄，握住婭婭的手腕，難以啟齒地小聲點問：「婭婭，你們這有沒有避孕藥啊？」

自從下船後，宛紗跟傅一珩做了兩次，都沒有避孕措施。

「避孕藥?那是什麼?」婭婭眨眨眼，一臉不解。

宛紗見婭婭一臉單純，忍俊不禁：「就是吃了可以不生小寶寶的藥。」

「小……小寶寶?」婭婭更疑惑了。

「婭婭。」身後傳來驚雷般的喝聲，「不是叫妳不要再來這裡嗎?」

說話的男人皮膚黝黑，個頭不高但虎背熊腰，面寬耳大很有威儀，長得跟婭婭有三四分相似。

看守的管理員朝他鞠了一躬：「陳教官。」

原來陳教官就是他，宛紗猜測他是婭婭的爸爸，眼前這個契機絕不能錯過。

宛紗打了個招呼：「陳教官，我有件事想跟您商量一下……」

陳教官眉頭一皺，徑直略過宛紗，拍拍婭婭的肩膀：「趕緊回家！」

婭婭搖頭：「爸爸，紗紗有事跟妳講呢！」

「管一個女奴幹什麼！」陳教官緊皺著眉頭，暴喝道。

被打斷話的宛紗，不依不饒地說：「求教官給我個機會，我想申請成為生存者！」

周圍爆發出大笑聲，嘲笑宛紗的不自量力。陳教官不禁看她一眼，鄙夷不屑地笑：「就妳？哈哈……」

宛紗面不改色：「教官，我有信心成為生存者。」

陳教官聞言，打量宛紗幾眼，嗤笑：「瘦巴巴的一個小丫頭，兩三口就被獅子吃了，能有多大的力氣？」

宛紗猶豫一下，正正經經地說：「我有巧力。」

「巧力是什麼力？」陳教官把一根鐵棍丟進牢籠裡，「妳有本事用這根掰彎鐵欄，走出這間牢籠，我就答應妳的申請。」

宛紗撿起鐵棍，插進鐵欄間撬動幾下，連一點擦痕都沒有。

除了婭婭，所有人包括那些女奴，都在冷眼譏笑著宛紗的一舉一動。

宛紗作出沉思狀，摩挲下巴，忽地打了個響指，對婭婭說：「能不能幫我拿兩樣東西，一塊布和一杯水。」

婭婭愣了愣，連忙起身去拿。

陳教官瞇起牛眼睛，對她接下來要做的事產生一絲興趣。

宛紗得到兩樣東西後，倒了水杯裡的水，沾濕一塊長布，再用布捆著兩根鐵欄杆，布條的兩段則綁住鐵棍的中間，打了個死結。

陳教官哼了聲：「這樣就能掰彎鐵杆？」

這是宛紗以前看節目上教的，能不能真的掰彎她也不確定，但試一下總比什麼也不做好。

宛紗雙手握住鐵棍的兩端，卯足了勁轉動鐵棍，頗像旋轉汽車的車盤，鐵棍傳來咯咯的摩擦聲，卻紋絲不動。

耳畔的嘲笑聲越大了。

婭婭跺著腳，結結巴巴地替她打氣：「紗紗，加……油！加……油！加……加油！」

宛紗呼呼喘息，小臉漲得通紅，握著鐵杆生痛，滿腦子想的卻是傅一珩……

她要跟傅一珩在一起，不成為他的拖累，執手相望，並肩同行！

永遠不再分開！

鐵棍猛地被轉了小半圈，鐵杆頂部匡匡作響，似有些鬆動之勢。

四周傳來驚嘆聲，個個目瞪口呆地看著她轉動鐵杆。

一旦頂部脫節，後面就好辦很多，兩根粗硬的鐵杆在緩緩併攏，形成一個寬大的空隙。

宛紗丟了鐵棍，扯下濕布條，僅僅看了眼自己紅腫的手掌，然後握緊，嬌小的身軀從空隙鑽了出去。

婭婭激動地拍掌：「紗紗好棒！」

宛紗跨出牢籠，立直身板，朝愣然的陳教官鞠躬：「陳教官，請多指教！」

中午，生存者們在食堂吃飯，一排排坐著。

陳教官大步跨來，兩手撐著前排桌椅，扳起黝黑寬臉：「今天來了個新生存者。」

所有的生存者毫無反應，經常會有新生存者被帶來，跟他們一樣，都是來送死的罷了。

傅一珩坐在窗邊，眸色冷漠，手持刀叉切割牛排，毫不在意地吃著自己的餐點。

一身黑色迷勁裝彩服，裹著挺拔精實的身體，僅有他能穿出肅殺冷感，那股生人勿進的強大氣場，使得旁邊座位都空了下來。

眼前驟然一黑，細嫩的手掌蒙住他雙眼，身後傳來故意捏起嗓門的聲音：「猜猜我是誰？」

他身形微頓，旋即薄唇勾出淺笑，將那隻手拉到唇邊，在她掌心落下一吻。

宛紗觸到一片柔軟，掌心的溫熱流遍全身。想到他在身邊，她就心跳如擂鼓，環抱住他修長的頸項，輕快地笑：「一珩，我來了。」

旁邊一個生存者，拋來鄙夷的眼神，指著宛紗質問：「她不是女奴嗎，怎麼跑到這裡來了？」

在前排的刺蝟頭瞥見宛紗，滿臉驚恐。

看來，他已經看過紅髮男的屍體了。

「她是新的生存者。」陳教官咳嗽一聲，不太願意承認這事，但許諾了宛紗就必須兌現。

「女人怎麼當生存者?連點力氣也沒有，教官你在開玩笑吧！」

「以前也有過女生存者。」陳教官頓了頓，「不過死得挺快的。」

底下爆出一陣笑聲。

宛紗無視那些人，捲起迷彩服袖口，倚著傅一珩坐下，輕輕晃著他的手臂，低聲問：「見到我，意不意外？」

傅一珩搖頭輕笑。

宛紗略微失望：「怎麼可能不意外，你又不是料事如神……」

「不是意外。」傅一珩側頭看她，俊容逆著窗外浮光，鋒利的輪廓淌出柔色，「是驚喜。」

向來孤傲冷漠的他，第一次表露出情緒。

宛紗回味幾秒，含笑地湊過身，黏進他寬闊的懷抱中，「嗯，我滿意你的回答！」

門外，踏踏踏的沉重腳步聲朝食堂逼近，所有人詭異地靜了下來。

宛紗正膩著傅一珩，張著小口，享受他親手餵的牛排。

前面一個長臉的男人，手指敲了敲兩人的桌板，好心提醒：「噓，小聲點!那個大塊頭最受不了吵，惹到他，他會發瘋的！」

說話的長臉男，是先前在與獅子搏鬥時提醒團結作戰的生存者，很有領導能力。

宛紗聞言，扭頭看向門邊，發覺魁梧壯碩的周承走了進來，一百九十五公分的個子把整道門的光都擋住了。他一進來，便長手長腳地坐在最後一排，還能聽到椅子晃動的聲響。

他的臉擰成通紅，扒著盆子大的飯碗，撒得一桌都是米粒。

陳教官吃完飯，在周承來之前就離開了。其餘人沒有陳教官壯膽，隨便扒了幾下，繞過周承趕緊溜。

周承前兩排的男生，吃完後站起身，一不小心拖動椅子，與地面發出劇烈地摩擦聲，吵得耳膜生痛。

男生知道惹了大禍，僵硬得轉過身，看見周承咧開大嘴，滿口米飯瞪著自己。

「對不起，對不起……」他慌忙道歉，想到不能大聲，捂著嘴抽身要逃。

說時遲那時快，盛滿米飯的大碗，朝男生的腦門扔了過來。

下一刻，大碗砸昏了男生，同時碎裂。米飯像天女散花般灑了一地。

宛紗的衣服沾到幾粒，拍了拍衣襬，拉著傅一珩說：「他在發瘋呢，我們先離開這裡吧！」

傅一珩沉穩地開口：「不急，妳還沒吃飽。」

壓根沒把周承放在眼裡。

那一頭，周承像被引爆的炸藥，狂躁地發洩著憤怒，舉起凳子丟擲逃奔的生存者。

宛紗咀嚼牛排，迎面襲來一張凳子，朝她的腦袋瓜砸了過來。

霎時間，傅一珩抬起黑皮手套，快如閃電地接住凳子，反手朝周承拋了過去。

周承的大腦袋被砸個正著，雙手捂住頭，鼻孔發出呼呼的抽氣聲。

最後跑路的男人，指著傅一珩道：「是他幹的！」

周承高揚暴起青筋的臉，爆吼一聲，拎起男人的衣領，往傅一珩丟去。

傅一珩餵了宛紗吃下最後一塊牛排，抱起她躲開人肉攻擊。

沉黑的眼眸盯著周承，薄唇緊抿，深鎖的眉峰隱有戾氣。

周承暴怒地回視他，臂膀像彎弓一樣拱起，咬合的肌肉繃得像鐵塊，隨時要上前攻擊。

「大個子，你……你在幹什麼！」

一聲略帶稚嫩的呼喚，打斷危機四伏的僵持局面。

周承的肩膀耷拉下來，遲緩地扭動大腦袋，看向門外。

只見，黑瘦的嬌小身影，雙手叉腰立在門檻，一副要教訓人的模樣。

婭婭站在周承面前，身形小一大半，氣勢卻瞬間壓過周承，指向一地的狼藉裡：「大個子，你……你又搞破壞，劉伯伯知道要……要生氣了！」

至於她說的劉伯伯，早就逃得不見人影了。

周承耷拉著腦袋，一雙粗笨的大手，被婭婭塞了個根細掃帚。

「全部……要清理乾淨。」婭婭一臉認真，「我……我陪你一起！」

那麼壯的大塊頭，跟婭婭站在一起打掃，看起來就像成年人陪小孩玩扮家家酒似的。

宛紗挽著傅一珩走出食堂，遇上先前好心提醒的長臉男。

「我叫王佑安，來競技場已經半年了，你們初來乍到，有不懂的地方可以問我。」

宛紗看得出來，王佑安是個極其聰明的人，明眼人都知道傅一珩有多強，自然忍不住想巴結。

宛紗順便問：「來競技場前，你是學校的畢業生嗎？」

王佑安沒料到她這麼問，點了點頭說：「是啊，我被學校培養了三年，不過並非剛畢業就到了這，曾經在另一區待過一小段時間。」

宛紗愕然：「還有另一區？那是什麼地方？」

王佑安面色一沉，似乎不願提及：「是人體非法實驗室，如果說競技場還有一線生機，那邊就是人間地獄。」

傅一珩目光下挑，看向他的手臂，輕嗤：「你身體被改造過。」

王佑安下意識摸向手臂，似乎想起了過往，身軀倏地繃緊：「對，肌肉被增殖強化過。不過我的還算好，那個叫周承的大塊頭更可悲，不只被迫吃了誘發狂躁症的藥，全身上下都被強化改造過了。」

他嘆了口氣，繼而說：「我們還算幸運。更慘的是那些體質虛弱的人，一輩子困在實驗室，被活生生解剖身體、感染細菌病毒，或者被基因改造，人不人鬼不鬼地活著。」

即便全世界禁止非法人體實驗，但私底下的罪惡誰也阻止不了，這座島本身就是犯罪最理想的溫床。

郭老師體質那麼虛弱，很可能也被送到人體實驗室。

有王佑安做嚮導，宛紗瞭解了不少競技場方面的事，每隔一週一次生存賽，其餘時間都是強化訓練。

下午，生存者們在健身房進行體格鍛煉。

直到其他人差不多鍛煉結束，宛紗才姍姍來遲，免得造成不必要的麻煩。

她穿著緊身運動服，天胸脯曲線飽滿性感，一進健身房，周圍就響起口哨聲。

一個壯漢拉著杠鈴，有意向宛紗暴露肌肉：「嘖嘖，女人也來鍛煉，要不要我教妳？」

宛紗搖搖頭：「謝了，不需要。」

壯漢一臉欲求不滿，撇撇嘴問：「妳是怎麼當上生存者的，贏了比賽，教官有答應妳什麼獎勵嗎？」

宛紗秀眉微挑，眸光一閃，落在不遠處高大桀驁的身影：「獎勵我一個男人。」

傅一珩正在鍛煉胸肌，身板筆挺，手臂左右拉伸，肌肉線條均勻有力，爆發出最誘人的雄性力量。

這樣的男人，無論身處何處，都是眾人焦點。

關鍵是，他屬於她。

只有她知道，禁欲內斂的表皮底下，藏著多麼粗長野性的凶器。

壯漢看她沒把自己放在眼裡，輕嗤一聲：「可不要得意太早，明天生存競技，女人哪裡比得上男人。」

宛紗沒意料到，「明天？這麼快？」

壯漢笑了：「剛才教官說的，據說這次跟往常不一樣，是生死搏鬥，大概妳撐不過五分鐘，哈哈哈……」

宛紗僅是微微一笑：「放心，我一定比你活得久。」說罷，轉身朝傅一珩走去。

壯漢被她一席話惹到，正要發作。

傅一珩微微側臉看向他，瞳仁凝著冷厲的光。

壯漢背脊一震，全身汗毛直豎，暗忖這人到底是誰，僅憑眼神就震懾人心。

刺蝟頭湊到他跟前，小聲提醒：「馮老大，先別惹這女的，她是姓傅那傢伙的女人。」

壯漢厚嘴唇抽搭下，冷哼：「我可不怕她，等明天再對付他們。」

第二十八章　密林的野合

健身房的生存者一個個走掉，只剩兩人獨處一室，宛紗坐進傅一珩懷裡：「教我健身吧。」

傅一珩收攏臂膀，環住她細腰：「想學什麼？」

宛紗拉動蝴蝶機的兩端把手，卯足了勁都動彈不得，累得呼呼吸氣：「根本動不了！」

傅一珩輕笑一聲，呼出熱氣噴在她耳廓：「這裡的器材是十倍加強版。」

難怪，這裡的生存者體力比一般人強悍得多。

明天就是競技賽了，一天也練不出任何成果，重要的是跟他享受兩人時光。

「那我坐仰臥起坐好了。」宛紗退而求其次。

健身房裡有仰臥起坐板，宛紗斜躺在上面，拍拍自己的大腿：「一珩，幫我壓腿。」

傅一珩長腿一抬，跨坐在她腿根：「我數一二三開始。」

宛紗總覺得他的胯部有意無意地頂著她，硬物粗碩的輪廓，隔著層層布料，磨著她的私處。

蟄伏的胯間陽具，不知何時甦醒，散發出侵略性的雄性氣息。

他輕啟薄唇，一字一頓地誘惑她：「一、二、三……開始。」

宛紗口乾舌燥，兩腿被他磨得發軟，手撐在腦後，雙腿併攏抵著他陽具，腹肌用力，上身往他前屈。

髖部離他腰腹越近，腿心被硬熱的陽具戳弄，彷彿隨時要入侵她的體內。

第一次坐直身板，她故意親了下他的唇，接著又倒了回去，朝他吐吐舌頭。

她的運動短衫是男款，寬鬆地罩在身上，一起一伏間，蕩起誘人的一片白膩。

傅一珩喉頭滾動，一手罩在她隆起的胸上，一手抓起運動褲的褲頭，猛地拉下。

一條粉紅小內褲露了出來。

「啊……」宛紗沒料到他的舉動，少女臀扭了扭，無意地擦到他胯部。

傅一珩嘶了聲，將她的內褲褪到大腿處，解開自己的拉鍊，掏出饑渴難耐的陽具，放在她兩腿之間，低啞著聲：「繼續。」

宛紗雙手抱著後腦勺，上體朝他靠近，胯部隨之收攏，噗哧一下，陽具猛地插進濕熱的小穴。

「啊……」宛紗嚶嚀一聲，因著兩腿並著的，只留了條可以塞陽具的縫，穴道比往常更緊致。

傅一珩托著她的粉臀，腹肌往前一挺，欲撐開狹窄的甬道，緩緩深入。

宛紗兩腿微抖，軟得像一淌水，暗想這仰臥起坐是沒辦法練了。

誰知，傅一珩插入深處後，出其不意地開口：「繼續練。」

宛紗愣了愣，這要她怎麼繼續，下體都被他釘住了！

她勉為其難地往後仰，細腰被他臂膀環住，肉莖隨之抽出一大截。

穴裡失去肉棒的充盈，空虛得發癢，想快點被他重重肏進去。

他埋進的半截小幅度抽弄，誘哄她：「接著起來。」

宛紗為了吃到肉棒，不得不起身，穴裡吞進粗長的性器，滿足地喟嘆：「啊……好脹……」

傅一珩為獎勵她，用力抽動幾下，攪得蜜汁溢出。

從上往下俯瞰，上身齊整的少男少女，相擁著做仰臥起坐，下體卻裸露著交合在一起。她一低頭，能看見白潔的腿間，塞著一根肉色的男性陽具，凸起的青筋磨著肉穴的褶皺。

「嗯嗯啊……一珩……」她擁著他的腰身，承受他一下下的撞擊，心滿意足地呻吟。

淫色的肉體撞擊聲和少女嬌柔的呻吟聲，在健身房裡傳了開來。

不管明天將會如何，兩人只想擁緊彼此，分秒不離。

這次的競技與往常不同，戰場定在野外森林，規則不再是以往的獵殺野獸，而是生存者之間的生死決鬥。

入場前，生存者被命令戴上電子表。

主持人維塔斯給大家解釋：「電子表是最新科技，有監控和記錄的作用，強行拿下會釋放高壓電流，麻痺佩戴者。」

「每個表的背面會畫有符號，太陽或者月亮。」維塔斯展開手腕的表背，螢幕同時出現兩個日月符號，「你們入場後，目標就是搶奪另一種符號的手表。」

生存者面面相覷，有些沒懂意思，聽懂的人則提問：「不是說強行解下手表，會觸電嗎？」

維塔斯笑著說：「這個不用擔心，手表能感應到體溫，倘若沒有人的體溫，手表會自動脫落。」

提問者倒吸一口氣：「所以……必須把對方搞死，或者砍下他的手，才能取下手表？」

維塔斯點頭：「沒錯。」

更殘忍的是，手表由管理員為生存者戴上，不准他們擅自查看自己的符號。也就是說，生存者在不清楚自己符號的情況下，就必須開始廝殺搶奪。

規則極其殘酷。

宛紗戴上手表，看著表面上的數字正在倒數。

「請在三小時內完成任務，沒達成任務或被搶走手表的生存者，會被視為廢物處理。」

維塔斯解釋完後，一揚手，命令管理員帶生存者進入森林。

氣氛凝結著殺氣，所有人不知道自己的符號，更不清楚對方的，都在打量刺探周圍，看有沒有可以下手的人。

宛紗是女生，是最容易被率先攻擊的目標。但她跟傅一珩一起行動，暫時沒人敢動她。

生存者一共五十人，有老手有新手。

聰明的老手一入場就隱藏了行蹤，躲在暗處等著毛手毛腳的新人。

每個人都處在殺戮的亢奮，或者被虐殺的憂患中。

唯獨宛紗和傅一珩，跟森林的血腥氛圍完全不合。

密林間，宛紗挽著傅一珩的手臂，親昵的依偎在他懷裡，湊在耳畔小聲說：「其實我看到自己的符號了。」

宛紗抬起手臂，晃動戴手表的手腕：「管理員不給我們看，我趁他拿起手表的時候，假裝肚子痛，俯身偷看了一下，我是……」

「噓。」傅一珩眸光一沉，俯視前方低下身，撿起石頭，朝沙地拋擲過去。

嘩啦一聲，長繩劃向空氣的響動，偌大的網瞬間從沙地騰起，罩住被扔出的大塊石頭。

傅一珩冷嗤：「陷阱跟人一樣低級，全部出來吧！」

窸窸窣窣，草叢裡發出竊竊私語聲。

「馮老大，姓傅的特別強，最好別惹他。」

「我們五個打他們兩個，還一男一女，怕什麼！」

話語一落，魁梧的漢子跳出草叢，手上還拿著一把日本武士刀。

其他四個生存者，包括刺蝟頭，也各自帶著一把。

競技賽為了提高觀賞性，允許每人帶一樣武器，長刀算是各種刀類武器裡，殺傷力相當大的類型。

他們五個組成一隊，要從五十個人裡找出另一種符號的手表，完全不是問題。

馮老大拿起武士刀，狂笑道：「你們一把武器也沒有，等著被削成肉塊吧！」

傅一珩不予理會，黑瞳轉向宛紗，出其平靜：「轉身走五十步，捂住眼睛。」

宛紗點了點頭，看著明晃晃的刀，心裡惴惴，但仍照傅一珩的意思，蒙住眼睛往後退開。

既然他那麼從容自若，她便不能成為他的絆腳石。

精壯男生看傅一珩沒武器，得意忘形，迎面朝他砍了過來。

傅一珩敏捷地躲避鋒利的長刀，猛踹他的膝蓋，在他不慎歪倒之時，雙手擒拿住他的手腕，搶過他握著的長刀。

「連握刀的姿勢都錯了。」傅一珩兩手揮動刀柄，在空中劃出銀光，唇角勾出殘忍的笑，「要我教你們嗎？」

十分鐘後，宛紗背對著傅一珩，看著手表的時間，一秒一秒地倒退。

有東西滾落過來，撞到腳跟，宛紗低頭一看，竟是沾著血的手表。

身後，一雙修長的臂膀緊抱她，胸膛起伏著，似乎在壓抑體內的躁動，冰冷的唇埋進她頸項，舔吻白膩肌膚。

宛紗心頭微顫，輕念他的名字：「一珩……」

傅一珩呼了口氣，已然恢復平靜，冷冷開口：「別回頭。」

宛紗聞言，沒轉過身，只是蹲下撿起他丟在地上的手表，查看背後的符號。

「他們的全是太陽，也太巧了吧……」

競技場上，數架無人機準時起飛，在上空環繞拍攝。

宛紗將手表放進口袋，隨手挽起傅一珩手臂，摸著他的肌肉。

她詫異地抬頭，發覺他俊容看似毫無波瀾，眼底卻黑不見底，凝著嗜血的暗湧。

難道先前的殺戮，使他心血沸騰？

宛紗心頭微動，輕輕喊他：「一珩，等等。」

傅一珩聞言，側臉垂眸。

宛紗踮起腳尖，粉唇微微嘟起，親了親他的薄唇，故意發出吧唧聲。

傅一珩微愣，眸中暗黑淡化不少，旋即唇畔漾出笑意，勾起她輕盈的腰身，加深這個吻。

他的唇瓣微涼，舌腔卻火熱濡濕，浸染著她的檀口，牙尖細細密密地咬她，溢出一陣痠麻，舌頭情色地進出小嘴，吻技爐火純青。

宛紗被吻得喘息不止，輕輕推他：「還有兩個半小時……」

「沒聽過一句話嗎，鷸蚌相爭漁翁得利。」傅一珩將宛紗抱進一旁的草叢，解開她迷彩褲的拉鍊。

想來也是，很多人為了完成任務，會把兩種符號都齊集，只要搶奪留到最後的人的手表就行了。

宛紗感到他在摩挲大腿內側，腿心發麻，下意識夾緊他的手：「他們五個的符號都是太陽。」

「知道。」傅一珩輕笑，掰開她的細腿，「說不定其實全是太陽。」

「我……嗯……」宛紗內褲被脫了下來，掛在膝蓋上，傅一珩似乎不想她在野外露光，只脫下她大腿以上的褲子，男性陽剛的身軀擠進她的腿間。

那根灼熱的陽具摩擦她內側花唇，帶起微微的癢意，對準濕漉漉的穴口擠了進去，撐開緊致的肉壁，往深處擠壓。

宛紗跪伏在雜草上，下體被粗壯的男根貫穿，小聲嬌吟著。

傅一珩覆在她身上，手鑽進衣襬，熟稔地解開內衣釦子，抓揉兩團飽滿的胸部。

這時，無人機的嗡鳴聲傳來，似乎在朝這裡接近。

從高處看，傳一珩的寬背在不停聳動，身下隱隱可見趴著的少女。

傳一珩眉峰一皺，撿起一塊石頭，精準地扔向準備偷拍的小型無人機。

下一刻，無人機被砸爛機翼，歪歪斜斜地撞到一棵大樹，發出刺耳的爆裂聲。

宛紗被頂著往前傾，聽著身後肉體的撞擊聲，快感從下體溢到頭頂，渾身像脹開一樣。

傳一珩技巧高超，九淺一深地抽弄著，每次輕輕抽插幾下，必會狠狠用力撞進深處，弄得宛紗嬌呼出聲。

穴裡被磨出來的蜜汁，一滴滴濺在綠草間，晶瑩透亮，奢靡淫膩。

就因著時光短暫，宛紗很珍惜這段交合，竭盡全力配合他，穴道時不時夾緊他的男根，攪得他性感低喘，加快抽弄的頻率。

「一珩，如果能出島，我想跟你像普通人一樣上同一所學校，每天一起回家，週末到了就去約會，好不好？」

傳一珩箍著她的腰身，下腹一挺，在最深處射出白濁，低啞地說了聲：「好。」

宛紗等他發洩夠了，轉過身抱緊他：「我成績不好的話，你要幫我補課。」

傳一珩臂膀合攏，輕柔地回抱她：「可以。」

「其他女生寫情書給你的話，不准收下。還有還有，報考同一所大學，再每天膩在一起。」

說著說著，宛紗臉埋進他的胸膛，眼皮發燙，淚腺湧動熱流。

他深吸口氣，聲音清冽起來，像泉流淌進心尖的涼爽，吐字清晰地告訴她：「我都答應。」

「嗯！」宛紗心滿意足地笑了。

兩人纏綿過後，還剩一個小時，路過密林一片狼藉，地面上處處可見血痕，甚至有屍體臥在草叢深處。

不遠處，有人在誇張地大笑：「這大塊頭居然暈了！」

「好像是拆開自己的手表時被電暈的，摸摸他身上有沒有其他手表。」

宛紗躲在暗處窺看，見周承四肢大開地倒在地上，被三個魁梧的生存者圍著。

一個生存者蹲下，摸索周承的口袋：「沒有手表，只有一塊乾巴巴的饅頭。」

另一個生存者罵了聲髒話，踹向周承：「這傢伙根本是豬吧，只顧著吃……」

罵罵咧咧之際，腳跟被一隻寬厚得過分的手掌擒住，猛地一扔，整個人像甩餅似地撞向地面。

周承呼呼地喘息，像野獸一樣翻身而起，一拳砸張另外的生存者，頓時頭破血流。

改造過後的身體，體格猶如鋼筋鐵骨，力道大得難以想像。

不到片刻功夫，那三個生存者已然奄奄一息。

周承沒去搶他們的手表，反常地到處狂奔，像猩猩一樣捶擊自己胸膛，尋找可以發洩憤怒的場所。

宛紗本想拽著傅一珩溜走，沒想到迎面就碰上周承。

周承拉動青筋暴起的手臂，朝傅一珩大吼，似乎想起先前被他砸傷，狂躁大怒。

傅一珩冷笑，將宛紗推到身後：「我就知道，早晚要解決你。」

第二十九章　終極對決

周承咆哮著，肌肉像拋射的箭弩，一拳擊向傅一珩。

傅一珩將宛紗護在身後，帶著她躲到了樹幹後面。樹枝劇烈搖晃，綠葉大幅抖落。

周承收起拳頭，看著被砸出窟窿的樹幹，竟然不見傅一珩蹤影，撓撓大腦袋，繼續尋找他的蹤影。

頭頂驀地傳來凌厲喝聲：「在這裡！」

周承緩慢地抬頭，眼前驀然一暗，一道身影從樹頂躍下，跨坐在他的肩上，捶擊他的太陽穴。

周承被捶得腦袋歪斜，頭暈目眩，口水從嘴裡噴出來，魁梧身軀直直倒下。

傅一珩很清楚，周承的肌肉已經被開發到極限，除了反應遲鈍，幾乎沒什麼弱點。但太陽穴亦是人的死穴，就算不致命，也能使人動脈破裂，陷入昏迷。

傅一珩翻身落地，俯視周承猙獰的臉龐，肌肉過於粗醜的手臂，冷冷嗤笑：「被弄得人不人鬼不鬼，倒不如我送你一程。」

殺了周承，也算除掉隱患。

宛紗小跑上前，擔心地問：「他昏了？」

傅一珩原想掏出骨刀，但不想讓宛紗目睹血腥，便將刀收了回去：「他很快就會醒來。」

宛紗嘆氣：「其實他很可憐，誰也不想變成這樣吧……」

傅一珩抿緊薄唇，不置可否，除了宛紗外，他對其他人沒有多餘的同情心。

身後傳來呼呼的喘氣聲，有人結結巴巴地祈求：「求求……求你們，別……別傷他。」

宛紗回頭一看，來人竟是滿頭大汗的婭婭，不由問：「婭婭，妳怎麼進來的？」

婭婭衝到周承跟前，跪下來，小心翼翼捧起他的大腦袋，枕在瘦小的大腿上。

「我……看到競技場上的大螢幕……播著大個子打架的畫面……擔心他受傷或者傷……傷到別人，就偷偷溜進來了。」

跟婭婭一起來的，還有王佑安。他沉穩地開口：「她是陳教官的女兒，就算混進競技場，也沒人敢碰她。對了，你們收集到兩種符號了嗎？」

說罷，王佑安怕引起誤會，連忙又說：「我沒別的意思，只是懷疑那些管理是故意整我們，說有兩種符號，其實只給了一種。信不信，我已經找到解開手表的安全方法，說服十二個生存者停止打鬥。」

「我知道你說的方法。」傅一珩斜睨他帶著的大袋子，「哼，就算解開手表，你做的也毫無意義。」

王佑安看著手表的倒數計時，還剩二十分鐘，拽著袋子的手青筋擰起，聲音從牙關磨出：「我已經受夠了被當畜生玩弄。傅一珩，我知道你很強，可以帶領我們逃出去。」

從樹林後踱來數十名生存者，他們的手表已經解下，像降服一樣把手表擺在草地上。

王佑安目光灼灼看向傅一珩，期盼他能夠跟自己同謀。

宛紗暗忖，王佑安本身很有領導手腕，主動把領導權交給傅一珩，肯定是看中他超於強人的能力。

不過，傅一珩喜歡獨來獨往，未必會答應王佑安。

傅一珩勾唇，笑出幾分譏誚：「搞出那麼大的動作，以為沒被他們察覺嗎？說不定你們的反抗，早就被當成競技場的即興表演了。」

王佑安一愣，因激動而泛紅的臉色，霎時轉為黯沉。

傅一珩目光斜瞟向樹頂，長臂一伸，指向放在樹頂的無人機。

「其他話，等滅了那隻蒼蠅再說。」

王佑安等人處理掉無人機後，心情甚是複雜。他們的計畫被竊聽到，意味著接下來的反抗會更艱鉅。

「你們最好卸掉手表，這東西會監控你的行動。」他將大袋子遞給宛紗，打開一看，全是冒著涼氣的晶瑩冰塊。

手表有體溫監測功能，降到正常體溫以下，會自動解開。

進競技場前，王佑安就暗地謀劃好，請婭婭帶一袋冰塊過來。

宛紗指腹摩挲表面，眼神閃爍，看似不願卸下手表。

傅一珩率先取下手表，沉聲對宛紗說：「有我在。」

宛紗聞言，定了定心神，手臂插進透涼的冰塊裡，滴答一聲，手表從腕部脫落下來，恰好露出表面的符號。

王佑安看清後，倒吸一口氣：「果然跟我想的一樣，日月恰好對應陰陽，只有女人才有月亮。」

宛紗早知道自己的符號，準備留給傅一珩，迅敏地彎身撿起手表，放進口袋裡。

這時，躺在婭婭大腿上的周承突然醒來，額頭的經絡凸起，嘴裡發出呼呼躁動。

婭婭抬起黑瘦小手，輕輕撫摸他的頭顱，低聲安慰：「別……別怕，我會保……保護你。」

周圍的人聽了，都忍俊不禁。那麼壯的人，還用得著她來保護？

王佑安知道周承只聽婭婭的話，俯身告訴婭婭他接下來的計畫。

婭婭聽得一愣一愣，猶豫不決，結結巴巴地答不上話：「我……我擔心他……」

王佑安柔聲說：「我們也是為了周承好，你也不希望他一輩子待在這裡吧。」

婭婭低頭看周承，咬了咬下唇後，點點頭。

「好。」

周承翻身而起，寬大的手掌撈起婭婭，將她摟到自己肩上。

婭婭起初晃了晃，為穩住身子，抱住周承的頭，跨坐在他過於寬厚的肩上。

為了防止生存者逃跑，競技場周圍皆是高壓電網，由持槍的管理員分別看守，想逃出去並不容易。

高壓電網沒那麼容易破壞，王佑安決定讓周承連根拔起一根壯碩樹幹，並用樹幹突破電網。

王佑安部署好後，來到高壓電網前，假意跟看守的管理員搭訕。

管理員對王佑安有所戒備，管他怎麼說，持槍對準他的胸前，不許他再接近一步。

在沒人預料到之時，一根二公尺高的樹幹砸向管理員的背，連人帶樹一起撞倒了高壓電網。

管理員被高壓電一擊，渾身抽搐，嘴角連吐白沫，沒幾下就一命嗚呼。

「靠。」王佑安拍拍胸脯，瞇起眼睛看著周承，腹誹這大傻子也太沒腦筋了，差點把他一起撞進電網。

電網被破壞，管理者哪能不注意到。幾分鐘後，數臺無人機嗡嗡地環繞拍攝。

與此同時，直播的大螢幕旁，維塔斯對著鏡頭，露出主持人風格的假笑：「生存者已經成功跨出電網，他們絕不是第一批妄圖逃離的生存者，但很可能是死的最慘的一批。」

十幾名生存者身體大多被改造過，體力強健，順利弄死數名管理員，搶到他們的槍支。

生存者手持武器，射死一個管理員後，開始得意忘形。

「這些管理員真沒用，老子一槍就能斃了他們。」

傅一珩唇角微掀，呵出一聲冷笑。

宛紗隱隱覺得不對勁，敵人在明他們在暗，怎麼會那麼容易就逃離？

高空中，驀地傳來維塔斯高揚悅耳的嗓音。

「給你們五分鐘回到原地，否則全部判為廢棄品。」

好幾名生存者露出忐忑不安的表情，猶豫著要不要回去。

王佑安察覺人心渙散，舉起槍朝天上射擊幾槍：「別怕，我們現在有槍，待會搞到車輛，想辦法避開他們的監視就好。」

「還剩三十秒，看來是不打算投降了？再給你們一次機會，三十、二十九……」

森林深處，傳來急促的腳步聲，一群管理員正朝他們逼近，隱約聽到陳教官的吼叫：「婭婭，給我回來！」

婭婭聽到父親在喊自己，背脊一僵。

王佑安目眥欲裂，舉著槍大吼：「寧死不投降！」

「絕不投降！」擁護者跟著大聲喊。

「她投降。」傅一珩忽然轉向宛紗，將自己的手表塞進她手裡。

宛紗被迫接過冰冷的手表，品嘗到那三個字的意味，心猛地被揪起。

王佑安被激怒了，質問：「傅一珩，你在搞什麼？」

傅一珩冷然開腔：「我會陪你繼續玩下去，但不會帶著她。」果然，傅一珩發覺王佑安看起來不如表面理智，接下來的槍戰在所難免，到時候一番掃射下來，宛紗可能會受傷。

宛紗用力拽著傅一珩的手，哽咽著道：「我不離開你，就算死也不怕！」

「我不允許妳受傷，哪怕一點點。」傅一珩握起她的小手，落下輕柔的吻，吐出的熱氣拂著肌膚，「聽我的話，我很快就回來接妳。」

宛紗眼皮痠澀得難受，重重點頭：「一定要來接我，知道嗎！」

她心裡清楚，傅一珩是因為遊戲規定只能活一個人，選擇讓她取勝，自己則殺一條血路。

至於是生是死，他也不能篤定。

十多名生存者的目光頓時一變，盤算著即便反抗失敗，搶到這小丫頭的手表，可能還有一線生機。

宛紗被他們齊齊注視，背脊生出寒意，眼角餘光看見一道高而寬闊的背，擋在身前。

「誰敢碰她？」傅一珩攥緊黑手套，森然地發出警告。

所有人有賊心沒賊膽，只能眼睜睜地看著宛紗走回電網內。

三名管理員圍上了宛紗，將她視為勝利者，「走吧，去領取獎勵。」

第三十章　你就是我哥哥！

遊戲時間結束。

誰都預料不到，勝者是一名看似柔弱的少女。而最強生存者，則選擇叛逃，抵抗整座島的所有火力。

維塔斯從錦盒掏出一枚金製的勳章，別在宛紗胸前：「恭喜贏得比賽。」

宛紗全然沒在聽他說話，只是專注地看著大螢幕，一場火力對決正在直播。

無人機盤旋於高空中，清晰地拍下樹林間的槍戰，上百名管理員圍起王佑安等人，對著他們猛烈掃射。

突突的子彈射出星火，收割一個個人頭。場面過於混亂，竄動的人影躲在暗處，朝敵方猛烈射擊。畫面晃動太快，很難看清鏡頭裡的人是誰。宛紗盯得眼睛發疼，生怕漏掉任何細節。

維塔斯在一旁說：「按照以往規矩，由得勝者擔任新的管理員。能力更突出者，會被招募進島外的軍事組織。至於妳，校董安排妳先回學校。」

提及學校，宛紗倏地回神，眸中流露驚異之色。

兩名管理員齊步跨來，持槍抵著宛紗，示意她趕緊跟他們過去。

宛紗看向直播畫面，手捏成拳頭，不太願意離開。

維塔斯彎起嘴角，溫文爾雅地笑道：「放心，妳是勝利者，會優待妳的。」

管理員瞧她不為所動，伸手要抓住她的手臂。

「我自己會走！」宛紗拍開他們的手，望向螢幕最後一眼。

希望傅一珩千萬不要有事。

離開總臺，宛紗跟隨兩名管理員，坐上一輛吉普車的後座。

吉普車疾速行駛在林間小道，路過一處坑窪，車子突然熄了火。

開車的管理員暗罵了聲，下車檢查是什麼原因。

宛紗略感睏倦，靠著窗揉揉眼皮，徒然響起槍聲，震得耳膜一陣刺痛。

她愕然地看向窗外，只見管理員倒在血泊裡；另一名管理員蹲下身，從沾血的手掌勾出車鑰匙。

他一步步走回車邊，面具下的眼睛似乎瞥了宛紗一下，然後坐上駕駛座，繼續開車。

「我不會傷害妳。」他一字一頓開口，過於沙啞的嗓音，如同刀子割著玻璃。

吉普車在窪地順暢地前行著，兩人詭異地陷入沉默。

良久，宛紗遲疑地開口，聲音在微顫，不是因為害怕，而是過於激動：「哥哥，是你嗎？」

車子驀地撞進低矮的草叢，樹枝刮著刷刷作響，伴隨那人鄙夷的輕笑：「誰是妳哥哥。」

宛紗篤定地說：「除了哥哥，誰會對我那麼好？管理員86，你就是我哥哥吧！」

聽說管理員是由畢業生擔任這件事後，宛紗就疑心起他的身分了。

他跟傅一珩不太融洽，兩人似乎有過什麼約定，才會有所牽連。

「既然你不是我哥哥，敢不敢摘下面具讓我看看？」宛紗身子前傾，挨著駕駛車座，手伸向管理員86的面具。

手忽地被他抓住了，腕部傳來扣緊的力道，微微生疼。

「夠了。」他磨著牙關，像忍耐著痛楚，又像豁出去般決絕，緩緩抬手，揭下厚重的面具。

「滿意妳看到的嗎？」

宛紗愣然地對視他，心痛的感覺一擁而上。

此時，車內的廣播，正播報一則島內要聞。

「十五名違紀成員死傷一半，主謀傅一珩、周承等人已被押回學校，等待校董審問。」

宛紗懷疑聽錯了，廣播裡報出的每個字，她都覺得荒謬無稽。

傅一珩被抓了，怎麼可能呢……他那麼強，不可能的……

管理員86見她失落地垂下了頭，墨黑的捲髮遮著側臉，面龐沉進陰影處，肩膀微耷，感覺隨時都會崩潰。他很想安慰她，話一脫出口，習慣性地變成了奚落。

「這座島被重重看守，到處都是一擊致命的武器，就算有翅膀也逃不掉。」

宛紗咬下嘴唇，嘗到一絲疼痛：「我清楚一珩的個性，他肯定有自己的打算。」

這句話是在自我安慰，但她深信他絕不會有事。就算他身陷囹圄，她也會想法設法，拚盡全力去救他！

管理員86嗤之以鼻：「妳還真瞭解他。」

宛紗拽住管理員86的手，用力攥緊：「說到這點……哥哥，為什麼不肯認我？」

管理員86微愣，下意識握緊她，很快抽回手，撫摸自己爬滿疤痕的臉，苦楚地笑：「我……都變成這樣了……」

管理員86的確就是宛毅，他不願跟妹妹相認，不止是因為想繼續留下來報仇，更因為在極端惡劣的生死搏鬥中，慘遭毀容。

這副人不人鬼不鬼的模樣，自己看了晚上都做惡夢，更別提要他在從小呵護到大的妹妹面前露出醜陋面容，簡直比殺了他還難受。

宛紗直直凝視他，毫不在意地說：「在想什麼，你是我哥啊。」

宛毅觸及她澄澈的目光，心思千迴百轉。

多麼簡單的一句話，打破了長久壓抑的魔障。

原來妹妹根本不在意，只是他庸人自擾罷了……

宛毅笑了，笑自己的可笑。

宛紗驀地想起要事，急切祈求：「哥，先帶我回學校吧！」

「憑妳，是救不了他的。」宛毅別過頭：「我可以帶妳偷偷上船，離開這座島。校董的心腹是本沙明，校董為了他的死，十年難得回島上一趟，傅一珩殺了本沙明，校董絕不會饒過他。」

「一珩曾救過我好多次，我的命早就是他的了。」宛紗彷彿在起誓，語調極為沉穩，「我不會丟下他，他在哪裡我就在哪裡！」

宛毅喉嚨生出癢痛，惱怒地掩嘴咳嗽：「真不該管妳！」

話音甫落，發動車子，重新開往學校的方向。

他實在很嫉妒傅一珩。

第三十一章　重回情欲學院

校園東面，植滿了一片合歡樹，六月恰是開花的時節。合歡，有男女交歡之意。而合歡樹下，三兩結伴聳動著赤裸肉體，正應了合歡的情調。

宛紗別開眼，越過交媾的男女，疾步走在漫長的人行道上。此時的她，謹慎地偽裝自己，戴上口罩和平光眼鏡，扮成一個重感冒的學生。由於不能刷卡搭公車，只能徒步前行。

為了避免嫌疑，宛毅跟她分頭行動，應該已經抵達了東部的教職員大樓。許是經歷太多事，離開一個禮拜後重回校園，有種恍如隔世的感慨。

想起開學典禮時，傅一珩曾說過「世上沒有真正的天堂，所得到的贈予，都必須付出同等代價」。

這裡的學生不過是被豢養在牢籠裡的牛羊，隨時會被推進屠宰場。用金錢堆成的美好幻覺，遲早要加倍還回去，被吃得連渣都不剩。

看來傅一珩早就知道真相了，宛紗一直很好奇，能力超出常人的他，究竟是為了什麼目的而來？

徒步一個小時後，宛紗抵達教職員大樓。據宛毅說，一般學生是完全不得進入的，就連學生會幹部，也只能在五樓以下走動。五樓以上，是管理會工作的地方，最高層則是校董的辦公室。

傅一珩會被關在那裡嗎？

一樓大廳還是可以自由進出，但普通學生只能透過一樓櫃檯向樓上聯絡。

宛紗來到櫃檯，意外地聽見暴躁的質問聲，嗓音很是耳熟。

「我的朋友都失蹤一個星期了，學校就當作沒這個人嗎？」

櫃檯小姐帶著柔美的笑容道：「已經向校方反應了，他們會處理好，請不必擔心。」

「前幾天妳也是這麼講的，每次都這麼敷衍！你們一天不答覆，我就天天過來！」

宛紗定睛一看，講話的女生正是梁琪。

在一旁陪伴她的男生，是柔道部的社長曲哲。兩個八字沒挨邊的人，怎麼會湊到一起？

無論梁琪怎麼據理力爭，櫃檯小姐還是制式化的回答，氣得梁琪甩頭就走。

宛紗生怕被認出來，迅速轉身，避開梁琪的視線。

梁琪徑直走來，從宛紗身後掠過，憋著嗓子跺腳：「這群人怎麼這樣，大活人失蹤了也不管！」

曲哲疾步跟上，捉住她的小手，放進掌心裡揉：「七七別急，我們回去再想想辦法。」

宛紗目睹兩人牽著手離開，心情五味陳雜。

原來在自己失蹤的時候，還有人擔心著自己……

一樓的電梯裡設有身分認證系統，除了學生會幹部，普通學生不得搭乘。宛紗守在角落，等候宛毅給出指示。這時，一個男生與她擦肩而過，不露痕跡地塞給她一張卡。

宛紗攤開一看，是學生會幹部的校園卡，卡面上印著戴眼鏡的少女。

「五樓五零二室。」男生悄聲說。

這無疑是宛毅的意思，他莫非找了別人來幫忙？

不過仔細想想，哥哥都待在這裡好幾年了，有點基礎的人脈也算正常。

宛紗刷卡上了樓，推開五零二室的門，果真發現除了宛毅之外，還有其他人在——竟然是學生會正副會長，趙泱和夏天雲。

還記得，夏天雲對傅一珩很有好感，趙泱還為此大吃飛醋。

兩人齊齊看著宛紗，展顏微笑。

宛紗略感詫異，目光轉向旁邊的宛毅，想問問這是什麼情況。

「紗紗，妳總算來了……」牆面靠坐的佝僂身影，僵硬地朝宛紗招手。

宛紗一眼認出是誰，激動地小跑上前：「郭老師你沒事，太好了！」

郭老師看向宛毅，笑著說：「多虧他救了我。」

趙會長大步跨到宛紗面前，熱切地問：「妳見過中央森林的競技場對嗎？能不能告訴我們，妳經歷了什麼？」

宛紗尚未搞清現狀，但見宛毅對她點了點頭，她便毫無保留地告訴他們，短短數天的恐怖經歷。

夏天雲秀眉緊鎖，一雙美目流轉向趙泱：「阿泱，果然跟你想的一樣。」

趙會長攥緊拳頭，狠狠砸擊桌板：「這兩年在學生會做事，早就察覺這座島不對勁，這群畜生根本沒把我們當人看！」

夏天雲柔聲解釋：「我跟會長暗地裡組織了祕密社團，一直在調查真相，有時還會故意安排學弟妹示威遊行。」

剛開學那幾天，宛紗確實見過抗議場面，提出他們是學生還是性奴的質問，最後被管理員抓走。

「我們一直在等著機會。」趙會長拍拍胸膛，目光炯亮：「今天，就是最好的時機。」

「等等！」宛毅拔高嗓門，一手拽起趙會長的領口，「我答應給你們情報，但是別把我妹妹牽扯進來！」

趙會長被勒住脖子，呼吸一緊，連忙跟宛毅解釋：「放心，我們不會怎麼樣，只是想要宛紗和郭老師當個證人。」

宛紗有些明白了，哥哥之所以跟他們合作，是想利用學生會的力量，為她找到傅一珩。

誰知道，趙會長打算得寸進尺。

「抱歉，我們有正事要做。」夏天雲走到屏風前，甩手揭開，光線霎時敞了進來。

此時宛紗才看清，這間房是學校的廣播室。

「唔唔唔唔……」有人在用鼻息發出聲響，像在求饒。

宛紗聞聲看去，大吃一驚。

廣播錄音室裡，教導主任竟然被綁在椅子上，嘴巴封著膠帶，臉漲成豬肝色，瞪大眼睛，驚恐地看向他們。

狹窄的審訊室內，有面是單向透視玻璃，只有室外的人能看見裡面情況。

天花板的燈投射出銀白的光，忽暗忽亮，審訊椅坐著一道脊梁筆挺的人影，身處在光與暗的強烈衝突。

玻璃牆外，傳來粗曠的質問：「傳一珩，現在校董親自審問，你最好老老實實地回答！」

傳一珩聞言，下頷微抬，隱在暗影的唇角，勾出鄙薄的冷笑。

「說吧，想問什麼。」

審訊室外，傳來推輪椅的聲響，校董進來了。

校董透過玻璃，審視被關押的傳一珩。

傳一珩端坐在審訊鐵椅，即便雙手被縛，脊梁依然挺拔蒼勁。

來這之前，傳一珩已被嚴刑逼供過，誰也套不出他一句話。

呵，真是根硬骨頭。

本沙明可謂是校董的主心骨，他一死，無疑對學校帶來極大打擊，校董怎能不恨傳一珩？打算等問出細節後，要讓他死無全屍。

審訊人員遞給校董一疊檔案，諂媚地說：「校董請看。」

校董一頁頁翻看：「傳一珩……出生在法國巴黎……曾犯下十樁殺人案……這個人不是你吧？」

傳一珩垂眸，保持緘默。

校董審視傳一珩，目光從他冷峻的面容，落到套著手銬的雙手：「他們說你沒有指紋，通常只有執行特殊任務的特務或殺手，才會磨平指紋。」

「學校每年都會招一兩名具有反社會人格的學生。像遲封這樣的變態殺人狂，表演的姦殺遊戲，是本沙明最喜歡觀看的戲碼。」

校董猛地將檔案拍在桌案，鼻孔喘著粗氣：「本以為你跟他同是變態殺手，學院給予你優等生的身分，誰知道你竟敢殺了本沙明先生！」

「我的資訊資料，出生日期，還有傅一珩這個名字，全是假的。」傅一珩抬頭，唇線勾起薄涼的笑，「唯有一項是真的，我確實殺過很多人。」

校董愣在當場。

傅一珩身形前傾，極具侵略感，一字一頓地補充：「都是該死的人，包括本沙明，還有你。」

渾然天成的殺氣鋪天蓋地而來。

校董撞見他視線的剎那，心臟彷彿被大手揪緊，胸腔在震懾下顫動。

「你究竟是誰？誰派你來的？」校董隱約察覺不對。隔著單向玻璃，傅一珩分明看不見自己，可那雙深黑的眼眸，覷準他的方向，彷彿能望見自己一般。

校董下意識想避開，朝手下揮手：「繼續拷問，然後處理掉。」

一名手下推著校董離開，一矮一胖的手下則留下來，打開關押傅一珩的審訊室。

矮男人取下牆壁的金屬皮鞭，獰著張臉笑：「居然敢恐嚇校董，是想嘗嘗這根皮鞭的苦頭嗎？」

傅一珩闔眼，充耳不聞，面色清冷。

胖男人站在傅一珩身側，扯了扯他沾滿血跡的衣服：「我懷疑他骨頭是鋼筋造的，每一鞭揮下去，半點聲音都沒有，這傢伙還是不是人？」

「奇怪了，皮鞭上的那根釘子呢？」矮男人拉著皮鞭察看，那根軟釘子原本鑲嵌在皮鞭上，打得人皮開肉綻，可上次使用過後就不見了。

胖男人疲倦地打哈欠：「該不會被他撿走了吧，哈哈……」

矮男人抬頭望向胖男人，大驚失色：「小心後面！」

胖男人反應遲緩，沒及時回頭，後腦勺慘遭椅板重重一擊。

肥腫龐大的身軀倒塌後，露出傅一珩拔長秀頎的身段。

他的手銬不知何時解開了，甩手丟了用來解鎖的釘子，大步朝矮男人靠近。

第三十二章　揭發校園眞相

大中午，烈陽當空，校園食堂擠滿了學生。

梁琪跟曲哲正甜甜蜜蜜地享用著午餐，你一口我一口，情意正濃。

倏地，牆上的螢幕一黑，重新亮起後，顯示出學校廣播站的畫面。

影片裡的趙泱會長正襟危坐，面容凝重地交疊手指：「各位午安，現在有緊急情況播報，請大家停下手邊的事務。」

聚在食堂用餐的學生，聽到這席話，紛紛抬頭看向螢幕。

夏天雲朗聲開口：「我和趙會長經過半年時間調查，已經確認一樁真相——學校花金錢教我們性交，目的是為了將我們培育成性奴。」

「性奴」一詞說出，舉座譁然，沒人相信這個事實。

有人大聲議論：「副會長說我們是性奴，是開玩笑吧？這是學院安排新遊戲嗎？」

此時，數名管理員從三樓員工餐廳衝下樓，正想關閉螢幕，腳底突地一滑，一個個倒地昏了過去。

趙會長正色：「請大家少安勿躁，員工餐廳的飯菜我們事先下了迷藥，會盡量保證大家的安全。下面由郭老師和宛紗給大家講述，學院外是什麼樣的世界。」

梁琪背脊一震，看清鏡頭前的宛紗，激動地搖晃曲哲的肩膀：「是紗紗，太好了，她沒事！」

宛紗被推到鏡頭面前，起初有點不適，很快展顏笑了笑：「夏會長說的沒錯，我們就是那些有錢人培養的性奴。監視器拍攝學生的性愛日常，在暗網放映，供那些有錢人挑選玩弄。

「等我們一畢業，可能就會被販賣器官，或者淪為基因研究的實驗品，還可能被迫參加殘忍的虐殺遊戲。那些人根本沒把我們當人看，而是有利可圖的商品，早晚有一天會被他們生吞活剝。」

將血淋淋的真相一口氣告訴那些被蒙在鼓裡的學生，宛紗感到前所未有地暢快。

這座孤島好比一座囚牢，喚醒沉睡不醒的眾人，逃出囚牢的希望說不定更大。

即便有宛紗證詞，仍有高年級學生不信，咄咄逼人地大聲嚷嚷：「這些人是瘋了嗎，居然說我們是性奴，性奴哪會像我們這樣過得舒服自在！」

「我信。」梁琪毅然決然地站起，加重語氣重複，「我信她的話。」

旁邊的曲哲舉手：「我也信。」

「我也信。」一個戴眼鏡的男生，猶猶豫豫地附和。

「我也信。」

越來越多的人舉起手，紛紛回應。

宛毅氣得不輕，將宛紗拽到一邊，小聲說：「這群學生太天真了，人再多也鬥不過學校，簡直是雞蛋碰石頭，一個個都想找死，妳今天必須跟我離開。」

宛紗心頭澎湃，胸腔湧動股股熱流，輕輕推開宛毅：「哥，我還有話要說。」

她快步跨到鏡頭前，眼眶發熱，手掌撫上心口：「一珩，你聽得到嗎，無論你在哪裡，我都會找到你！」

低沉而堅定的聲音，傳到了教職員大樓的高樓層處。

傳一珩俊容病態的蒼白，猶如在殘酷深淵惡鬥的修羅，一路大殺四方，渾身浴血地逼向驚慌失措的校董。

此時，他聽到宛紗的聲音，側臉看向天空靛藍的窗外，墨鴉色的睫毛搧動，動作略微停滯。

校董察覺他情緒波動，暗忖這是殺他的最好時機，偷偷摸索抽屜裡的手槍。

說時遲那時快，傳一珩反應敏捷地奪過他的手槍，不慎扣到扳機，槍口的子彈砰地一聲射出，嚇得校董蜷縮全身。

傳一珩握著槍柄，頂了頂校董的太陽穴：「有遺言想說的嗎？」

校董喉嚨發緊，顫著問：「你是誰派來的？」

「十七年前，你參加過一場恐怖暴動，這雙腿就是在那時炸斷的吧？」傳一珩冷嗤一聲，指腹輕扣著扳機，「你創辦的學院在公海，原來安分點，只搞性奴交易，就沒任何國家會插手管制。可你太過貪心，準備將資金投入基因研究和核武器，為你以前的恐怖組織賣命，這無疑觸犯某個超級大國的利益了，上頭派我過來調查。」

傳一珩頓了頓，唇畔綻出殘忍的笑：「順便給我一個機會，殺你。」

陳教官聽到廣播，意識到事態嚴重，即刻趕往辦公大樓最頂層。

在走廊口，隱隱聞到血腥味，他察覺不對勁，大步來到校董辦公室，用力撞開屋門：「校董，你沒事吧？」

只見，落地窗邊，校董靠在輪椅背對著他，看似在欣賞窗外風景。

「校董，你聽到廣播了嗎？」陳教官見他不答，輕拍校董的肩膀。

校董的腦袋突地往後仰，赫然露出腦門上的血窟窿，還有一雙瞳孔驟縮的眼珠，死不瞑目。

陳教官驚得後退，盯著死去多時的校董，粗壯的手掌握成鐵拳。一定是他，一定是他幹的！

「傅一珩，我要你的命！」

此時，宛毅出去趟後，面色凝重，朝宛紗大步走來：「我查到傅一珩的位置了。」

宛紗心頭發緊，激動地拉住宛毅：「他在哪裡？」

「我帶你過去找他。」宛毅不由分說，拽著宛紗的手臂，一同坐電梯下樓。

外面硝煙四起，一大群學生相繼前來辦公樓，要求學校董事會給出解釋。數名管理員驅趕著人心渙散的學生，用高壓電擊棒脅迫他們離開東區。由於一部分管理員被下了迷藥，剩下的管理員寡不敵眾，竟被氣勢洶洶的學生圍堵起來。

看來一場大戰，在所難免了。

宛毅避開打鬥，拉著宛紗坐上一輛車：「繫好安全帶，此地不宜久留，我們趕緊離開！」

宛紗察覺不對勁，側臉看他：「哥，你不是要帶我去找一珩嗎？」

宛毅悶聲不答，猛地踩踏油門，車子疾速駛了出去。

這時，陳教官到處找尋傅一珩，踏出大樓門口，正巧看見車窗閃現一過的宛紗，磔磔大笑：

「哼，看我先抓到你的女人，不怕你不現身。」

宛毅全然不知被人盯上，穩穩駛向學校大門，車子飛馳在通向海港的小道。

「停車，快停車！」宛紗顯然猜到了哥哥並沒有打算去找傅一珩。

宛毅任由妹妹生氣，仍專注地開著車。

宛紗實在很難理解宛毅，知道他吃軟不吃硬，哀聲祈求：「哥，我不會拋下一珩，放我回去好不好。」

「不能讓妳置身在危險中，明天有艘貨輪會來海島，我認識裡面一個船員，他會偷偷帶妳回國。」

宛紗用力搖頭：「不找到傅一珩，我絕不會回去！」

「別任性好嗎？」宛毅氣得不行，雙手緊握方向盤，「傅一珩有什麼好的，只因為他睡了妳嗎？要不是他先破壞約定，耍了手段，把我降到森林裡做守林員，他怎麼有機會占妳便宜！」

宛紗聽完後，豁然開朗，怪不得哥哥那麼恨傅一珩，原來他們一開始就因為她，產生過巨大矛盾。

宛毅一口氣說出原委：「他發現我在暗中保護妳，猜出我是妳的親人，就利用妳來威脅我，從我那邊拿到許可權，間接控制了學校的監視器。這傢伙來島上肯定有別的目的，對妳……也說不定只是虛情假意。」

宛紗輕咬著唇，回想過去發生的種種，很多事都可以串起來了。普通人怎麼可能有傅一珩的能力，他的身分必然不簡單。

但那又如何？

宛紗手伸向車門，決絕地重複：「不掉頭的話，我直接跳車。」

宛毅愣然地看著她：「妳——」

「砰！」後車廂發出刺耳的碰撞聲，車身在巨大的撞擊力下，猛地向前一衝。

從後視鏡看去，一輛紅色大卡車正追擊著他們。

卡車的駕駛座上，陳教官瞪著布滿血絲的眼珠，準備發起下一場的致命衝撞。

「居然是他！」宛毅猛踩油門，想甩開卡車。轎車車速比卡車快，偏在這關鍵時刻，汽油所剩不多，沒辦法再加快車速。

陳教官開著卡車，故意駛到宛毅側邊，狠狠一撞，頓時使轎車撞向山壁。

車身被撞得翻倒，金屬凹陷進去，宛毅磕得頭破血流，當場暈了過去。

宛紗扣著安全帶，身上只有擦傷，沒什麼大礙，萬般擔心地喊著哥哥。

車門轟地被打開，一隻粗壯魁梧的手臂，拽著宛紗拖出車內，粗糙的大手扼住她細嫩的脖子。

「說，傅一珩在哪？」陳教官火氣衝衝地威脅，「敢說謊，我殺了妳！」

宛紗身子被他拎起，脖子被掐得呼吸不暢，疼痛加劇，聲嘶力竭地咳嗽。

「放開她！」宛毅不知何時醒了，血水滾落，滑進他眼球裡，睜著一隻眼看著宛紗，渾身無法動彈。

陳教官怒不可遏，突然改變主意，直接殺她解氣：「他殺了校董，我就殺他女人！」

宛紗感到他的手勁加重，肺裡的空氣被榨乾了，腦海一片空白，魂魄彷彿被他的大手拽出體外，臨死前的感覺是這樣吧……

好不甘心啊，還沒找到傅一珩，她不能這樣死掉！

宛紗不知哪來的力氣，抬腳踹向陳教官，正中男人最脆弱的胯部。

陳教官罵了聲髒話，疼得彎下身，雙手鬆開宛紗的脖子。

宛紗想起傅一珩教過的防身術，用指甲猛戳陳教官的眼球，趁他不備，朝宛毅飛奔過去。

「繡花枕頭還敢對付我，呵呵呵，別忘了我是武術教官……」陳教官捂著眼珠，面目猙獰地朝她逼近。

下一刻，他身軀忽地一震，伴隨一聲槍響，胸口綻出猩紅的血花。

陳教官口吐鮮血，錯愕地回頭，發覺一輛黑色摩托車就在不遠處，一道拔長偉岸的身影坐在上面。

「傅一珩……」陳教官嘶啞地喊出對方的名字，龐大的身軀倒塌下來。

黑色摩托車上的他，揭下頭盔，齊黑的短髮隨海風拂動，目光灼灼地凝視宛紗：「我來晚了。」

第三十三章　再見了海島

傅一珩檢查宛毅的傷勢，發覺他傷得不算嚴重，只是輕微腦震盪致昏迷。學校正處於暴亂，回去極其危險，傅一珩將宛家兄妹安頓在離海港較近的閒置房屋裡。房子是宛毅先前安排的，就等著送宛紗上船前臨時住下。

宛毅醒來後，第一句話是說：「明天早上，那艘客船會到達海島，妳必須上船。」

宛紗回握他的手：「跟我一起回去。」

宛毅躺在床上，面無血色，迷惘地盯著天花板：「我能回去哪裡？」

他已經二十多歲了，沒能順利完成學業，身上還背著「殺人犯」的罪名。除了宛毅，其他管理員也是如此。跟原來的社會脫節多年，註定很難過上正常人的生活，他們回去後還能幹什麼……

宛紗胸口悶疼，啞聲說：「哥，我是為了你來的，絕不會拋下你一個人。你頭部傷得嚴重，必須回去治療。無論如何，我也要把你帶回家！」

宛毅沒再說話，疲倦地閉上了眼。

宛紗想讓他多休息一會，默默退出房間，在客廳遇見傅一珩。屋內昏昏沉沉，一盞老油燈微微亮著。

傅一珩坐在燈下，背部筆直，黑手套俐落地組裝槍支，金屬喀嚓響動。

宛紗坐在他身旁，保持無聲，等待他組裝完成。

傅一珩嗅到奶香，是她的味道，清甜好聞。經歷過血腥虐殺，他的神經長期緊繃，在貼近她的那刻，頓時鬆懈下來。

傅一珩低頭，看著又軟又白的她，安靜地挨著自己，伸臂將她圈進懷抱裡：「明天黎明前出發。」

宛紗嗯了聲，抬眼凝視他側臉。

這樣的男人，超有安全感，越看越喜歡，恨不得融進他的體內。

「一珩。」宛紗輕喚他的名字，主動抬身，送上柔軟的紅唇。

傅一珩深吻她，唇舌糾纏，占有少女的香軟。

宛紗被托起來，放倒在床上。

傅一珩壓在她身上，迅速地解開裙釦，舔吻大片的雪白肌膚，手指摳弄起她粉嫩的花唇。

「我要在上面。」宛紗哼哼唧唧道。

軟得像糯米丸子的她，內心深處還是想翻身為王。

傅一珩挑眉看她：「妳在上面能堅持多久？」

宛紗作勢思考，唔了聲：「二十分鐘，應該可以。」

傅一珩笑了，呵出的氣噴在她肚皮，熱熱癢癢的。

他唇舌覆下來，舔吻她的腹部，滑向三角地帶的柔軟。

宛紗像過電似的，渾身一個顫慄，感受他含住自己的陰蒂，那裡很敏感。

想起傅一珩是超級大潔癖，宛紗心裡說不出地悸動，有種全身心屬於他的歡喜。他的舌頭模仿交媾，鑽進她緊致的穴口，淺淺抽插。

宛紗舒服得全身發軟，看著黑短髮埋在她的腿間，突然想換成更大更粗的傢伙，跟他徹徹底底融為一體。

「一珩，我要你。」

傅一珩抬頭，漆黑眼瞳吸噬她，結實的身軀壓了上去。

「嗯……啊……」宛紗拱起身，張腿勾住他的腰，任由他長驅直入。分隔時間不算太長，宛紗卻像是許久沒跟他做過似的，穴裡痠脹不已。

傅一珩箍著她細腰，一衝一撞地進出。

宛紗被撞得前傾，乳肉搖晃，低頭看著兩人交合的性器，很是滿足。

她想起某事，忐忑地問：「一珩，你明天會跟我上船嗎？」

好不容易回到他身邊，宛紗不願再跟他分開，屏住呼吸等回答。

傅一珩停下抽弄，雙手撐著兩側，肉棒嵌在她深處：「我不會上船。」

追問原因，傅一珩只回答他在等人，這事太過複雜，她還是不知道為好。

宛紗胸口發悶，別過頭，低低應了聲。

傅一珩凝視她的側臉，溫熱的指頭輕刮面頰：「生氣了？」

宛紗張著小嘴，一口含住他的手指，重重地咬，很大力的那種。就是要他疼，在身上留點印記，他就永遠離不開自己了！

他有太多祕密，卻從來不告訴她，實在太壞心了！

傅一珩任由她咬，下身持續有力地挺動著，水漬聲曖昧地響起。

宛紗鬆開口，提出長久困惑的疑問：「那你來這座島的主要目的是什麼？」

「取一個人的命。」傅一珩唇角勾起，「已經完成了。」

宛紗打了個激靈，脫口而出：「是復仇嗎？」

傅一珩沒有直接回答，攤開無指紋的手掌，然後握成拳狀：「不，只是任務。我在戰場出生，連名字都是假的，註定一輩子雙手沾滿鮮血。」

宛紗微愣，勾住他的手指，親親被咬紅的那塊：「我才不在意你是誰，別想改個名字就裝作不認識我，這輩子賴定你了。」

傅一珩聞言，幽黑眼瞳緊鎖她，接著俯身舔咬耳朵，低沉地笑：「這可是妳說的。」

宛紗下體被撞得發麻，發出破碎的呻吟：「啊……啊啊……我說的怎麼樣……好了……輕一點……受不了……」

傅一珩繼續挺進，狠狠攻陷她，床板嘎吱作響。

結束後，宛紗面頰抹上紅暈，喘息著癱在身下，蹭蹭他的胸：「離開島後，你來找我好不好？」

她不捨得傅一珩留在島上，但也放心不下受傷的哥哥。

傅一珩吻她汗涔涔的臉，細細耳語：「好。」

得到他承諾，宛紗心滿意足了。挪了挪身體，蜷縮在他懷裡，找了個最舒服的位置窩著。

兩人相擁著，時間過得飛快，天際暈出淡淡的曦光。

這裡離海港很近，傅一珩找了個支架，扛起宛毅，徒步前往港口。

宛毅的朋友叫姜蔡，在貨輪當船員。等客輪靠岸後，姜蔡拉了輛裝貨的空貨櫃，來到約定地點，一處隱蔽的倉庫內。

「哈哈哈，你這是怎麼回事！」姜蔡調侃了宛毅幾句。

宛毅支起身，不耐地開口：「別廢話，時間緊迫，帶我妹離開。」

「我哥要跟我一起上船。」宛紗仍在堅持。

「我把你們一起弄上去。」姜蔡笑著說，三角眼瞥了眼門外。

傅一珩靠在牆邊，覷著他的目光，刺向太陽穴的劍眉，瞬間顰起。

姜蔡走近傅一珩，親熱地問：「小老弟，那你呢？」

傅一珩傾身，猛地擒住他手臂，扣住後腦勺，用力朝牆壁一推。

姜蔡悶頭撞到牆壁，聲響不大，力道卻狠辣至極，當場暈死過去。

宛毅大吃一驚，質問：「你幹什麼！」

傅一珩長指豎在唇畔，輕聲道：「外面有埋伏。」

數人持槍伏擊草叢，就等兩兄妹進了貨櫃，再拿他們當人質對付傅一珩。

沒想到姜蔡進倉庫後，好一陣子都沒動靜，他們正想著要不要派人進去探探，突見姜蔡肥碩的身子，跟球似地滾出倉庫。

於此同時，傳一珩以迅雷不及掩耳之勢，關上倉庫的鐵捲門。

「糟了，他們可能察覺了！」為首的管理員踩過昏迷的姜蔡，揮了揮手，指示其他人包圍倉庫，「直接上！我們人多，不怕對付不了！」

他們升起了鐵捲門，一哄而上，發現倉庫裡竟空無一人。

「怪了，人呢？」

一名管理員指著敞開的窗戶，上面還有些許腳印：「肯定從窗戶逃走了，快去追！」

所有人只注意窗戶，全然沒發覺房梁上躍下一道身影，敏捷跳到他們背後，不給予回頭的時機，拿起散彈槍，開始攻擊。

一番掃射後，血流成河，橫屍遍地。

事畢，傳一珩放下槍，目光森冷地跨過屍體，翻窗而出，順著宛紗留下的蹤跡追去。

宛紗攬著受傷的哥哥，遠離倉庫，站在高坡遙看海面。

港口，一艘貨船正在卸貨，另一艘郵輪剛停泊下來。

客輪的艙門大開，十八歲左右的少男少女推推擠擠地下船，踩著銀白沙灘，一張張青澀的小臉，驚奇歡喜地左顧右盼。

此情此景，跟宛紗第一次登島的情況一模一樣。

如同一次輪迴。

宛紗感嘆：「想不到新生來得這麼快。」

宛毅咳嗽幾聲，身體徒然一僵，指著遙遙的海域：「妳看那是什麼？」

宛紗順著他所指的方向看去，只見深藍大海的遠處駛來一艘幽黑的船隻。越來越近，越來越清晰。

宛毅聲音顫著，像激動又像恐懼：「是軍艦！」

果不其然，軍艦頂部支著雷達艦炮，軀殼如同鋼筋怪物，大舉進攻港口。水路坦克、兩棲裝甲車陸續登陸，一排排士兵訓練有素地跟隨戰鬥車輛前進。

眼見此景，新生倉皇退散，連管理員都嚇得奪命逃亡。

宛毅捏緊妹妹的手臂：「我們也趕緊離開吧，這軍艦不知是敵是友。」

「等等。」宛紗站著不動，望見背影巍峨的傅一珩，正往海軍陸戰隊走去。

士兵主動避開一條道，朝傅一珩行了個軍禮。

佇列末尾，一個穿軍裝的年輕男人，步履穩健，邁到傅一珩面前：「辛苦了。」

傅一珩平靜地說：「顧少校來得倒是快。」

顧北慕揚眉，微微一笑：「聽說你順利殺死了首腦，不趁機行動不行。你的背部有傷，要不要先上船休息？待會可有得忙了。」

「不用。」傅一珩旋身，目光沉澱下來，看向高坡上的少女身影，「我還有重要的人。」

僅僅一個白日，軍艦便剿滅了大半的恐怖組織，但仍有部分的恐怖分子在負隅頑抗。

學生們受到保護，一批批地坐上郵輪，被送回他們的國家，其中包括宛紗和宛毅。

臨行前，宛紗遇到了梁琪和曲哲，笑著跟他們問好。

梁琪搖晃宛紗的手臂：「紗紗，太好了，我們能回家了！」

「回家？哪裡是家？」旁邊一個落寞的少年嗤笑，「如果爸媽還要我們，會把我們送到這裡嗎？

他們不會來接我們的。」

現場頓時陷入寂靜。

梁琪拉著宛紗：「我們一起上船。」

「不了，你們先上去吧，我很快就來。」宛紗搖了搖頭。

宛毅看一眼妹妹，了然於心，別過頭，扶著曲哲的手臂：「走吧。」

所有人陸續上船後，唯獨宛紗一動不動，雙手抱臂，立在冷瑟的海風中。

不知何時，身後火熱的胸膛，攬住了纖細的她，為她擋住了寒冷的海風。

不用回頭，宛紗就知道是他，柔順地埋進那人的懷抱裡。

兩人緊緊擁抱彼此，像是永遠也不想分離似的。

艙門的海軍吹著哨子，揮揮手，催促宛紗上船。

宛紗輕輕地說：「別忘了，你昨晚答應我的。」

傅一珩微涼的唇擦過她額頭，啄吻清甜的唇角：「好。」

再怎麼不捨，終究仍要離別。

宛紗艱難地邁出第一步，不敢回頭，生怕看見他的臉，眼淚就潰不成軍。

上船後，宛紗扶著欄杆，凝視落日晚霞，鋪開暈紅朦朧的光，攏起傅一珩的身影。

海浪將自己越推越遠，直到孤島化為海平面的一抹綠。

再見了海島。

還有，一珩。

歷經輾轉，島上學生被送回各自的國家。

離家一年後，宛紗出現在家門外，被熱淚盈眶的父母摟在懷裡。

而躲在一旁的宛毅，看著家人團圓，鬆了口氣的同時，默默轉身走遠。

宛紗不想哥哥離開，但理解他的想法，尊重他所有的決定。

宛毅沒有進過家門，也沒有告訴父母自己回來了，獨自在外租了個小套房，半工半讀，日子過得清苦，卻很充實滿足。

宛紗時常去探望哥哥，陪著他一起打掃餐廳。

下班後，兩兄妹並肩坐在餐廳附近的長椅，聊起島上的過往，那些可怕的經歷彷彿只是場匪夷所思的夢。

「我和島上的朋友還有聯繫。」宛紗掏出手機，給宛毅看梁琪的個人頁面。有一張照片，梁琪戴著編織的草帽子，跟曲哲臉貼著臉，在金燦燦的沙灘對著鏡頭笑。

據說梁琪和曲哲的家離得很近，這也許是命中註定的緣分吧！

宛紗由衷替他們高興。

宛毅看著照片，兀自講了句：「鄧霜的家也在這附近。」

鄧霜是哥哥的女朋友，這還是自離開學校後，他第一次提及她。

宛毅蒙著面罩，僅露出一雙眼，濃黑的夜裡辨不清神色：「原本以為畢業後，我們還能天天在一起，某次她參加了所謂的度假旅行，跟其他十幾個人同時失蹤，學校卻不管不問，我發了瘋地到處尋找，還差點死在競技場，後來在實驗室找到她……」

他的喉管受過傷，似哭似笑說著，聲音越發沙啞刺耳：「當時……我居然沒認出是她。她求我……求我殺了她……」

郭老師曾在實驗室待過幾天，據他所知，裡面在搞非法人體實驗，先前碰上的那隻科摩多，也許就是基因實驗的產物。

宛紗想像著過去的經歷，心頭發寒，要不是傅一珩不留餘力地救她，自己可能會落到跟鄧霜差不多的結局。

她抬起手，搭在他顫抖的肩頭上，輕柔地撫摸：「哥，我們都回來了。」

宛毅仰頭，愣愣地看著手機跑出的即時新聞通知——性奴島並非真實事件，而是一群非法組織編造的謠言。警方目前已逮捕了數名造謠者，皆為十八九歲的年輕人，提醒民眾理智判斷，不要相信任何相關的訊息。

宛紗也點開某個新聞頻道的網頁，一頁頁地看著留言，發現有關性奴島的新聞竟然被刪光了。

性奴島的內幕，是他們親身經歷的，卻被媒體輕易否決了，背後的勢力究竟有多大？

「我當了管理員後，其實有很多逃出來的機會，但我不願回來。」宛毅吐出一口濁氣，眼神空洞地望著天空，「不管在哪裡，結局都是一樣的……」

豢養學生的權貴，來自世界各地。他們用權力控制的，可能不只是一座島，甚至是整個世界。

宛紗握緊拳頭，想為真相抗爭一把，可是她只是一個小人物，又能做些什麼？

島上不為人知的過去，被編成休學養病的空白。

時隔一年，宛紗重回高中，坐在靠窗的書桌前，預習著下堂課的內容。

由於是插班生，位置很偏，旁邊的座位也是空的。

喜靜的她，對這樣的安排很是滿意。

宛紗推開玻璃窗，感受初秋襲來的涼意，不慎被風沙刺進眼珠。

「嘶……」宛紗揉著眼皮，試圖擠出沙子，眼珠被磨得生痛，淚水隨之溢滿眼眶。

這時，老師的聲音響了起來：「今天有一位轉學生來到班上。」

底下頓時傳出陣陣驚呼聲。

「哇，太帥了！」

「好高好帥啊啊啊！」

宛紗艱難地撐開眼皮，只能從朦朧的淚霧裡，窺見一道高挺孤傲的身影。

腳步踏踏踏，一步步朝她靠近。

視線很模糊，她看不清那人的長相，緩緩抬手，朝他伸去。

那是指尖冰涼的手，力道沉穩，不偏不倚地回握她，緊緊地，十指相扣。

「找到妳了。」他笑。

不知何時，眼裡的沙子隨淚水滾落，她終於能看清他了。那張熟悉得讓她心顫的面容，時光在朦朦朧朧間回溯。

一襲襯衫，白淨無暇。

亦如初遇，陽光正好。

——《逃出情欲學院》完

番外　未來有你

七月盛夏，宇航第一高中，來了個很出名的轉學生。

每節課餘時間，三兩成群的女生，都會有事沒事地在他的教室外走動。

不過令女生們失望的是，那個叫傅一珩的轉學生，跟坐他隔壁的一個女生走得很近。

那女生名叫宛紗，長得可愛乖巧，性格也很討喜，據說是因為身體問題，停課一年，十分湊巧地跟傅一珩成為了同班同學。

兩人每天一起上學放學，幾乎時時刻刻黏著。校園的樹蔭小道，綠意層層下，偶爾會出現他們手牽手散步的身影。

放學後，前排的女生趁傅一珩不在，湊到宛紗面前好奇地問：「妳跟傅一珩才認識幾天，就跟他談起戀愛來了？」

宛紗笑了：「我認識他很久了。」

女生好奇地問：「很久？你們在哪認識的？」

宛紗收拾書本的手一頓，目光下沉，似回憶起雲煙過往：「在一座島上……」

女生繼續追問：「島上？是旅遊遇上的吧？」

宛紗只是笑了下，不便繼續多說。

走廊上，一道高大挺拔的身影斜靠在門口，朝宛紗偏了偏頭：「走了。」

女生看清那人是誰時，眼都瞪直了。

無論何時何地，傅一珩的存在依然奪目耀眼，尤其他的氣質，跟同齡男生完全不同，沉穩內斂，像一把封在劍鞘裡的鋒芒寶劍。

宛紗抿著淺笑，小碎步跟上傅一珩，她的書包也被他順手拎了起來，斜掛在他寬闊的背上。

傅一珩牽著她的手，像往常一樣送她回家。他的手掌很寬大，掌心長了薄薄的繭，能牢牢實實包裹她的小手。

離開海島後，他還是戴著手套，只有觸碰宛紗的時候，手套才會摘下來。

周圍無人，宛紗輕輕地碰了下他的身體，輕聲說：「我哥這幾天出去了，今晚去你家寫作業好不好？」

傅一珩將她勾進懷裡，勾唇一笑，應了聲好。

在宛紗的努力下，宛毅已經回歸家庭，不再過顛簸流離的生活了。爸媽對宛毅心懷愧疚，很熱情地接納了他。

反而是宛毅在得知傅一珩成了宛紗同學後，生怕妹妹又被吃乾抹淨，下了門禁，嚴厲監督她必須在七點前回家吃飯。

傅一珩的公寓離宛紗家隔了一條街，家裡只有他一個人，宛紗擔心他寂寞，常常想方設法去陪他，可惜哥哥管得太嚴了。

一到他家，宛紗打開冰箱，發現沒幾樣食材，詫異地問：「你平時不做飯的嗎？」

傅一珩回答：「一個人在家，煮個麵就行。」

「那樣會營養不良的……」宛紗心想，如果他餓瘦了怎麼辦，她會心疼的。

宛紗操碎了心，去樓下超市買了食材，將冰箱塞滿後，再挑出牛肉和新鮮蔬菜，準備給傅一珩做一頓好菜。

「我來吧。」傅一珩對她的刀功有點看不下去了，乾脆地接過菜刀，「牛肉要沿著紋路切。」

宛紗滿臉疑問：「原來你會做菜？那怎麼不給自己做頓好吃的？」

「大部分時間我都是一個人。」傅一珩平靜地說：「上面沒派任務的話，以前的宿舍也會提供伙食。遇到出任務時，更沒時間做飯。」

宛紗看他凌厲的側臉線條，心底發酸。

她對他瞭解的其實不多，他也很少提及自己的過去。但她能感覺得出，他經歷過的事情遠非同齡人能承受的。

晚飯後，宛紗耳朵夾筆，將作業本捧到傅一珩面前：「一珩，我有一道題不會……」

傅一珩翻開作業本，面無表情地閱讀題目。

宛紗生怕他覺得這題簡單，亮出雪白的小尖牙威脅：「不准嫌我笨！」

傅一珩忍俊不禁，揉揉她毛茸茸的腦袋：「笨還不讓人說。」

宛紗腦袋頂他的胸膛，氣呼呼地：「你看，你又說我笨！」

傅一珩順手將她抱在大腿上，抵著書桌，灼熱的氣息撲著她嬌嫩的臉頰：「就是因為妳笨，我才放心不下妳。」

所以，他不遠萬里地跨國而來，跟她上同一所學校，陪伴左右，只為實現對她的諾言。

聞言，宛紗心頭一片柔軟，主動吻上他的眼皮、鼻梁、嘴唇。

傅一珩一動不動，任由她為所欲為，他淡色的唇被她吻得紅腫。

酥麻感從被挑逗的舌尖炸進腦海，愛與欲在心底劇烈翻騰，她好想好想占有他。

「一珩，我想要你……」宛紗抬了抬臀，撩開裙子，飽滿的屁股蹭著他的胯部，磨擦蟄伏在腿間的男性象徵，很不老實。

傅一珩面色沉靜，紋絲不動地被她挑逗。宛紗頓時懷疑起自己的魅力，略微低頭，便見他喉管上下滑動著，很是性感。

宛紗噙著壞笑，吐出舌尖舔他的喉頭，聽到吞咽聲，那是男人情動的預兆。她臀部底下的肉莖，開始膨脹變硬，散發出灼熱的溫度。

「哈哈，忍不住了嗎？」宛紗摩拳擦掌，想要剝下他的褲頭。

「夠了沒？」傅一珩托起她的下頷，眼眸隱著極致的黑，唇若即若離地逼近她，「輪到我了。」

宛紗眼前一暗，傅一珩吻上她的嘴唇，舌頭火熱地鑽進她的檀口，濡濕的唇舌糾纏間，還殘留著米飯的清香。

宛紗被動地承受他的吻，制服的釦子被一顆顆解開，露出藍色胸罩包裹的飽滿雙乳，乳肉很有彈性，被裹得緊緊實實，像是任人採擷的水蜜桃。

宛紗在海島住了一年，胸部大了一個罩杯，成長的原因不言而喻。

傅一珩滿意地打量乳房，解開胸罩後的排釦，雙手托住渾圓把玩，低笑道：「被揉大了好多。」

他俯下身，含住她的粉紅乳頭，發出曖昧的吮吸聲，被他舔過的肌膚像澆了熱流，燙得發麻。

宛紗臉微紅，緊緊抱著他：「一珩……」

他的手插入她的裙底，將內褲的襠部剝向一邊，粗糲的指頭褻玩著柔嫩的花唇，很有技巧地撩撥，像一股電流穿透她的陰部。宛紗被激得渾身打顫，在他懷裡越發難耐地扭動，下意識地打開四肢，想要他快些侵占自己的身體。

傅一珩解開拉鍊，褪下部分褲頭，掏出膨脹發熱的性器，頂端直直地戳弄她的花唇。

花穴被刺激得流出淫液，圓碩的龜頭沾上液體，掰開花唇，吞進肉棒粗壯的前端。

「嗯……」宛紗叮嚀一聲，感受到兩人的性器連接在一起，雖然只是小小的部分，下體卻脹得像被撐裂一樣。

哪怕被撐得有點疼，絲毫不影響她想要他的心情。滿心滿眼都是他，恨不得每時每刻在一起。

宛紗抱住他的肩膀，臀部重重一挺，使得男根撐開肉壁，猛地一下貫穿她的甬道，柔嫩的私處太久沒被插入過，哪裡受得了他碩大粗壯的性器。

「疼嗎？」傅一珩輕聲問道。

曾經滿手鮮血的他，唯獨對她才有難得的溫柔。

宛紗咬著唇，搖了搖頭，擠出欣慰的笑：「一珩，我好高興。」

她跨坐在他腿上，主動起伏臀部，使得肉莖在體內抽動，肉碰肉地摩擦，滋生出飽脹感和癢麻感，異常滿足。

砰！砰！砰！

一陣敲門聲傳來，究竟是誰不合時宜地打擾他們！

宛紗氣惱地不已，抬起臀部繼續挺動，吞吐身下的肉棒：「是誰啊？」

誰知那敲門聲越來越大，像砸門一樣狠狠敲打，「紗紗在嗎？給我出來！」

宛紗嚇了一跳，縮進傅一珩懷裡，小聲說：「是我哥！他怎麼發現的，完蛋了……」

「不用理他。」傅一珩冷冷開腔，托住她的上半身，將她橫擺在書桌上，目光幽深地鎖定她，「看著我。」

宛紗愣然地對視他的眼眸，慌亂的內心緩緩鎮定下來，外面的敲門聲也沒先前聽起來那麼駭人了。

傅一珩嵌著她的細腰，肉莖在甬道插進插出，力道生猛，彷彿要把她的魂魄生生扯出來。

她雙腿大開，膝蓋曲成M的形狀，嫩穴保持被插入的狀態，被抽插得全身酥軟，哪裡還顧得上外頭的叫喊聲。

「傅一珩肯定在裡面！」宛毅雷霆大怒，「你敢碰我妹妹一下，我——」

說到後面，宛毅都不知如何威脅了，畢竟他也打不過對方……

屋裡，宛紗被插得搖搖晃晃，身下的書桌嘎吱作響，兩人交合處，可疑的透明液體滴落在作業本上。

「啊……啊……」宛紗被插入得太快了，下面塞得滿滿的，花唇被弄得翻進翻出，穴口腫得通紅，艱難地吞吐肉棒。

隔著一道門跟傅一珩做愛，刺激感更加劇了不少。

好刺激……被塞得滿滿的……太舒服了……

宛毅敲了一個小時的門，隔壁鄰居終於受不了，呼叫樓下的保全過來趕人。

一名保全衝了上來，質問宛毅在做什麼，再擾民的話就要報警了。

宛毅怒指公寓的房門：「我妹妹在裡面！」

保全擰著眉頭：「你妹妹多大啊？她被關在裡面還是怎麼樣？你那麼激動幹嘛？」

恰在這時，公寓門終於開了，宛紗衣衫齊整地站在門口，眼神帶著譴責地直瞪宛毅：「哥哥！」

宛毅見著妹妹穿著完整，鬆了口氣，而後責怪道：「妳在傅一珩家裡偷偷摸摸地幹嘛？」

「寫作業啊。」宛紗不自然地蹭了蹭腿根，還有殘留的精液從小洞流出，花唇被內褲擦得痠麻。

屋裡，傅一珩正在客廳裡倒咖啡，神情淡漠地瞥了眼宛毅。

宛毅如見仇人，咬牙切齒地喊：「傅一珩！」

傅一珩別過眼，抿了抿咖啡，懶得理會。

宛毅轉而看向宛紗，拽住她細細的手臂：「跟我回家。」

宛紗搖頭：「哥，我跟爸媽講過了，今晚在同學家過夜。」

「哼，妳有說是男同學還是女同學嗎？」宛毅嗤笑。

說罷，他用力將宛紗推進電梯裡，再強拽出公寓大樓。

奇怪的是，宛紗沒有反抗，到了戶外，握住宛毅紅腫的手掌：「哥，你的手不疼嗎？」

宛毅一愣，抽回自己的手，訕訕地說：「敲了一個小時，怎麼會不痛……」

宛紗嘆息：「何必這樣呢？」

「我還不是為了妳！」宛毅痛心疾首地說，「好不容易逃出海島，妳還要繼續跟他牽扯下去嗎？妳年紀還小，哥哥必須保護妳。」

「可是……」宛紗抬頭，認真凝視他的雙眸，「我已經長大了。」

這一聲「長大」讓宛毅愣住了，他一直把妹妹當小孩子，其實是私心不想讓她長大，做永遠依賴自己的小妹妹。

其實，她真的長大了……

宛毅眼角發燙，嘴唇微微抽搐，內心掀起驚濤駭浪：「也是，妳長大了……」

或許，他該放手了。

幽暗的街道上，燈柱投射的白熾光，傾瀉出一道明亮狹長的路，路的盡頭站著一道挺拔頎長的身影，斜靠燈柱靜靜等著她。

宛紗回頭對那人一笑，對宛毅說：「他在等我，我回去了！」

宛毅遲緩地鬆開了手，目睹她輕快地飛奔過去，撲進他寬闊的懷抱，糾纏的影子在黑夜中融為一體。

他突然有種預感。

現在乃至未來，世間再也沒有阻礙能分開他們了。

——番外〈未來有你〉完

高寶書版集團
gobooks.com.tw

ERO4
逃出情欲學院

作　　者　流　雲
繪　　者　JNE*靜
編　　輯　林思妤
校　　對　任芸慧
美術編輯　林鈞儀
排　　版　彭立瑋

發 行 人　朱凱蕾
出　　版　英屬維京群島商高寶國際有限公司臺灣分公司
Global Group Holdings, Ltd.
地　　址　臺北市內湖區洲子街88號3樓
網　　址　www.gobooks.com.tw
電　　話　(02) 27992788
電　　郵　readers@gobooks.com.tw（讀者服務部）
pr@gobooks.com.tw（公關諮詢部）
傳　　真　出版部　(02) 27990909　行銷部 (02) 27993088
郵政劃撥　50404557
戶　　名　三日月書版股份有限公司
發　　行　三日月書版股份有限公司/Printed in Taiwan
初版日期　2020年11月

國家圖書館出版品預行編目(CIP)資料

逃出情欲學院 / 流雲著.-- 初版. -- 臺北市：高寶國際, 2020.11-
冊；　公分. --

ISBN 978-986-361-882-9(平裝)

857.7　　109008980

三日月書版

三日月書版

GOBOOKS
& SITAK
GROUP ©

GOBOOKS & SITAK GROUP ©